VIES ET MORTS D'IRÈNE LEPIC

DU MÊME AUTEUR

Cancer, roman, 1994
1993, roman, 1994

Mehdi Belhaj Kacem

VIES ET MORTS D'IRÈNE LEPIC

TRISTRAM

Le corps n'est plus que l'immense réseau d'étroits conduits creux, finissant tous en poches gonflées à bloc, infectées comme une verrue de pus brûlant, et précipitant le corps en avant tout en le maintenant dans cet état d'agacement presque explosif. C'est une rage démentielle qui court de par toute ma chair, desservant ses replis moindres et creusant partout une quantité innombrable d'infimes vallons, qu'elle remplit juste ensuite de cette espèce d'hydrogène cuisant – invasion d'air qui m'empeste et me pointille d'affreux grumeaux, me contaminant de l'impérieuse envie de faire quelque chose, n'importe quoi, tout en m'en soustrayant les moyens. Ce n'est plus la peau seule qu'on dépiaute et qu'on tanne longuement au soleil, mais chaque cellule de mon corps rayée, poissée d'alcool fort, rôtie de flammèches soufreuses. L'ensemble de mes mouvements ou allongements dans la chambre sont d'une forcenée emprisonnée. Sous la peau rien que le renouvellement sans fin d'une chaîne de haricots sauteurs uniquement aptes à poncer et racler les parois, créant un brasier d'urticaire se répétant sans fin dans ma chair et y restant confiné, étroitement boudiné sous ma peau. Emprisonnement qui n'est qu'une perversité de plus, puisqu'il ne tient qu'à mon bon vouloir de me lever, d'ouvrir la porte et aller prendre l'air. Prendre l'air littéralement : l'air est devenu l'aliment par excellence de mon agacement, perfusant au sel liquide chaque fibre de l'Irène jusqu'au moment où elle éclatera pour de bon. Mais restant enrayée dans cette enflure de tous les instants, tumeur tuméfiée qu'aucune explosion ne saura libérer. Autant d'atomes, autant de sacs étanches où se sont figées d'anciennes vibrations, caillées d'épines torses, de sorte que de la tête aux pieds je ne suis plus qu'une grande rétention d'ondes durcies, la digue de chair empêchant le flot vibratoire de s'épancher, l'ayant longtemps fait revenir, tourné et retourné pour qu'il sèche en gangue sous-cutanée et complantée d'infimes arêtes, gorgées de poison à très lente infusion. Mais enfin ai-je jamais été autre chose que cette digue de viande contractée vers dedans. J'ai beau remonter aussi loin que possible dans ma mémoire, nulle trace d'un relâchement à quelque époque que ce soit. Peut-être qu'enfant j'appréhendais mon état sous un angle différent, n'empêche que l'état était déjà là. Et enfin ce qu'on désigne sous le terme d'hommes, qu'est-ce sauf l'ensemble de mille caillements retombés, les concrétions lourdes d'une ancienne géographie, faite de courants magnétiques, d'effluves tremblants, crépitements colorés et sérosités flottantes, dont le mouvement presque infini s'est pourtant un beau jour figé sous forme humaine – dans ces viandes et ces os et ces sangs où je me débats sans issue. Tous semblent se faire à leur détention corporelle, alourdis et pétrifiés et cloués à eux-mêmes ; ils passent outre et vivent par omission, alors que de mon côté j'en ai une conscience permanente, si profondément ancrée en moi qu'à la rigueur je me demande si ce n'est pas moi la hantise de cette onde mise en boîte plutôt que le contraire, le cauchemar Irène qui cloue ce flot au présent et à l'espace bien définis ; et qu'enfin pour que je me sente soulagée il faudrait que ce soit elle qui parvienne à m'oublier. Il m'est à moi impossible de m'en défaire, elle m'est inextricable et m'emboîte à la fibre près, pas un atome de moi qui n'ait son grain de présure fermement incrusté ; ayant tellement plus d'existence que moi qu'elle ne peut être un phantasme, d'une présence si indissociable de mon corps que je ne peux l'attribuer à telle ou telle névrose. Parfois elle paraît s'éventer timidement, relâcher son étreinte mais mon corps fait vite de se rappeler à son bon souvenir et l'oblige à me travailler à nouveau, et ça caille et ça crisse et ça gargouille de calvaire raffiné. Physiquement inapte à la résignation ; quel soulagement ce serait pourtant que d'accepter de vivre avec ces filaments d'ondes durcies qui me farcissent de la tête aux pieds. Et je continue pourtant à me refuser à être là, à vouloir chaque seconde m'extraire de l'endroit comme une mauvaise herbe – et du moment tiraillé comme à la roue tortionnaire – et je m'y enfonce encore de plus belle. Et enfin refuser l'assignation où l'on se sent flanquée n'offre plus qu'une issue : se tordre et se convulser en bourbier réduit. On vit chaque seconde à un endroit donné, dans un corps donné, mais on n'aspire qu'à s'arracher de là, sans jamais y parvenir ne serait-ce que d'une once. La vie se présente à nous dans toute son emphase et son inépuisable grandeur et on se voit clouée à une seule petite seconde, à une seule configuration d'Irène, alors qu'elle devrait en embrasser des milliers en un instant. Ébrouée, otage de sa chair, élancée par tous les côtés pour se heurter à ses propres parois et retomber dans le même ramassement d'instant minable. On a peine à s'en relever, toute meurtrie, traumatisée. Mais on est trop possédée par cette envie de jaillir pour ne pas réessayer à la première occasion, dès qu'on a un peu rassemblé ses moyens. Et on se reprend à se tortiller in petto, mille haricots sauteurs frappés d'hystérie et qui se fracassent un peu partout. On retombe brisée mais on recolle les morceaux, pour reconduire de nouvelles tentatives de plus en plus désespérées. Un mauvais rafistolage de points d'impact. J'ai enfin compris l'expression « mes nerfs ont lâché », car les nerfs rompent d'être ainsi filés dans un corps pas assez fluide et malléable pour répondre à ses tournoiements ; on se tortille, enceinte de soi, comme un bout de lézard tranché, ensevelie dans sa viande d'humaine ; les spasmes de cette agonie rentrée voudraient avoir au moins assez d'espace pour s'exprimer et vivre leurs pleines expansions, mais eux aussi doivent se refouler et se serrer vers dedans, tambouille carnivore forcée de se dévorer elle-même à mesure que l'espace lui est refusé. On voudrait se mutiler effectivement, sans savoir de quoi au juste, car un membre ou un organe de moins ne libéreront rien. Un bras tranché ne sera qu'une diminution de la concrétion, non une fissure par où l'onde s'écoulera. Torture non seulement du corps mais de la conscience aiguë, acérée à blanc pour me triturer nerf à nerf, que ce corps a de lui-même ; elle le tient et le soumet comme des copeaux d'électricité courant tout au travers, montant la garde et lui interdisant de se dissoudre à l'air libre en ondes et trémolos d'ions. Le seul moyen de se défaire de cette lucidité serait de dormir et je ne le pourrai jamais. À cause de cette conscience et de tout le reste, les éléments conjugués pour me décortiquer, épluchures pourries encore animées de spasmes à l'unisson avec l'air et le silence hurlant pour me tenir éveillée, à se demander si les insomnies dont souffrent les autres sont aussi abominables que les miennes – un vaste enfer d'insomnie diffusé de par tout le globe, transmis corps à corps, des millions d'yeux fermés sans fruit, que les garder ouverts sur ces millions d'éveils forcés, ces taraudes dans la petite seconde d'horreur dont on veut s'extraire et on ne fait que pétrir plus fort son brouet putrescent, communiant avec toutes ces putrescences mondiales de corps refusant leurs annexions au moment présent. Pourtant, il n'y a pas si longtemps il suffisait que je fasse le vide dans ma tête et que je me laisse aller, pour très vite m'endormir ; désormais j'ai beau me laisser sombrer dans l'inconscience, c'est en vain et l'effet espéré est remplacé par son inverse : à mesure que je descends vers le fond (l'inconscience), ce fond s'éloigne à un rythme deux fois plus rapide que celui de ma coulée ; j'essaie alors d'accélérer ma descente et le fond s'éloigne encore plus vite, anticipant sur mes pointes de vitesse, si bien qu'à un moment je m'étouffe de vouloir le rattraper et j'émerge d'un coup (la conscience encore plus cuisante parce qu'invincible). J'essaie alors de me détendre et de faire le vide comme avant, en m'astreignant à une rigoureuse discipline de relaxation, et dans une certaine mesure mes efforts portent leurs fruits puisque je sens comme un noyau de détente se former au centre de moi ; mais bientôt ce noyau se révèle être l'enlisement de mes efforts dans ce caillot central, aux propriétés spongieuses mais qui, de même qu'un récipient plein à ras bord expulse son liquide dès qu'on y plonge un objet, en recevant mes efforts en son sein, repousse la matière d'agacement dont il était d'abord envahi, pris de nausée à cause de ce trop-plein contradictoire, et cette matière irritante remonte aux parois de mon corps pour s'y rassembler à nouveau et redoubler mon agacement ; si bien que c'est désormais aux périphéries que s'épanouit celui-ci, par couches qui vont s'alourdissant à proportion des tentatives mentales que je fais pour me calmer, et me voilà un peu plus ensevelie dans ce supplice d'insomnie, à quoi je ne vois plus de recours. L'échéance du sommeil recule et ma lucidité s'acère encore – cette lucidité grignotante dont j'aimerais tant me défaire. Aussi bien mes efforts que cette coulée décrivent une vaste asymptote : à présent que j'ai acquis la certitude de ne plus pouvoir dormir, tout cela m'apparaît comme une complaisance inconsciente, un exercice contre nature que j'imposerais à mon corps déjà bien éprouvé – ne serait-ce que le fait d'avoir toujours l'impression de parler à la troisième personne en disant « je » ; le couteau touille dans la plaie et la retourne au verre pilé, je ne peux m'en défendre, et tout tend à prouver que c'est moi qui inconsciemment me l'inflige et rien d'autre. Ce serait monstrueux. Je n'ai plus une sensibilité normale, capable d'être *traversée* par les émotions, elle n'est plus cette substance fibreuse où fusent, à l'état fluide ou électrique, les émotions ; le monde ne se manifeste plus en moi que par dilutions ; il ne fait plus courir ses émois dans les chairs et les nerfs mais procède par imbibitions corruptrices, lentes et lourdes et virant aux rosaces de dards brûlant dans ce placenta à souffrances qu'est devenu mon soma. Et tout compte fait je ne peux pas sortir dehors, car ce ne sont plus les êtres qui m'oppressent mais l'espace ; la conscience qu'un corps humain ne peut jamais être *dans* l'espace : un corps humain ne se déplace jamais dans l'espace mais *avec* lui, la pression exercée par les mouvements de la meuf ou du mecton est le *point nul* du déploiement de l'espace, la zone où il s'interrompt. Une onde et une vibration, voilà qui peut pleinement parcourir l'espace, s'infuser en lui et avérer sa propre liberté en pulsant l'étendue, sans ce caillement corporel qui nous sépare de tout. Si l'envie me prend de faire les cent pas dans la chambre, je m'en abstiens car je sais qu'il sera le plus fort et me rallongera à court ou moyen terme pour reprendre son entreprise d'oppression ; être debout n'est jamais qu'un allongement en sursis, marcher n'interrompt pas le rapprochement constricteur de l'espace pour m'étouffer mais lui donne tout loisir de mieux s'organiser. Je sens tous ses atomes vivre et palpiter aux alentours, évoluer en remous toujours plus denses et pesants, tenus en cercles concentriques par un but nodal : m'enserrer comme un gigot, tendant à fond leur circuit à mesure qu'ils s'approchent de moi, se confondant presque dans cette aspiration dès qu'ils me sentent toute proche, à quelques centimètres. Et dès que tel cercle se fatigue un autre prend la relève, ils éclosent et prennent forme aux encoignures mêmes de la chambre, plus déliés et moins consistants que ceux qui me travaillent ras, mais mus par le même processus centripète et promis au plaisir final de me poncer vive.

Et cet horrible mal de membrane lentement décollée de son étron de chair sanglante, palpitante, une excision picotée sur toute l'étendue des nerfs si douloureusement enfouis, si sourdement noués et crochetés à vif, perçage du petit nerf translucide et suppurant comme un tympan perforé – si crispés dans cette envie cancéreuse de gicler qu'ils deviennent hors d'accès, qu'on ne peut plus les atteindre pour les renouer, les refondre en une tessiture saine, finissant par former un dispositif de torture étranger à soi mais transplanté au plus intime de soi, et semblant, par le fait même de la colmater de coagule pulsante, signaler une immense béance qui y gisait sans qu'on en ait jamais eu conscience ; mais cette torture, maintenue trop longtemps, sécrète à la longue son propre dissolvant, qui répand cette torture dans l'espace et le temps de façon régulière, et l'effet produit n'est en rien bénéfique puisqu'il permet aux suppléments de matière tortionnaire de trouver immédiatement assez d'espace pour s'implanter, et qu'on ne peut plus recouvrer l'initiale santé de ses nerfs ni en retirer d'émois forts et frappants, trop habituée qu'on est à être figée dans un seul état à la fois : relâchement nerveux ne laissant présager qu'une nausée plus dilatée mais plus riche et durable, l'éclosion d'une tumeur qui s'étale et ne nous fait moins souffrir que parce qu'on commence à s'y habituer. On s'y habitue comme on s'habitue au rentrement sans recours de son esprit; je me figure mon intelligence comme un élément à la fois gazeux et liquoreux, mais enclos dans une zone unique d'où je voudrais la faire sortir – le crâne – et ne parviens qu'à la diffuser en flueur caustique dans toute ma stature. Seul élément que je sente vivre en moi et faire essor en permanence – essors et engendrements continus, mais qui achoppent encore à leurs propres limites et ne les repoussent qu'en cloques d'infection, limites d'un esprit dont on peut dire qu'il se matérialise sans cesse, mais pas comme je voudrais; il ne s'accouche dans mon corps que par ravalements stériles et toxiques, il ne résiste qu'insoutenablement ramassé sur lui-même, sans que je sache quoi faire pour qu'il subisse une détente vers l'extérieur et révèle, au contact d'éléments neufs, d'autres propriétés que celle de ce pourrissement cuisant. J'aimerais me convaincre qu'elle n'en est encore qu'au stade de la couvaison, et que mes affres sont d'une grossesse d'esprit trop tumultueuse; qu'en somme c'est une vie prénatale qui m'habite et attend d'être arrivée à pleine maturité pour se donner jour, mais au vrai je ne sens qu'invasions de vermines croissant et proliférant à mes frais et qui n'ont de vivant que leur capacité à me supplicier. Selon un scientifique connu, la vie ne pourrait jamais s'épanouir qu'à condition de la détente physique ou de la distension des tissus et matières : il allait jusqu'à faire dépendre toute joie de ce principe de détente dans les corps vivants. Dans ce cas je suis un cocon de douleur, le creuset où elle peut s'épanouir à loisir et étudier, avec un luxe de possibilités, ses mécanismes vitaux, ses conditions de bonheur, sa capacité de croissance. Voilà peut-être qui explique que je ne puisse mettre bas ma pensée : elle ne peut exister qu'identifiée à son calvaire; en levant le blocus où ses va-et-vient se trouvent encore confinés, je craindrais de ne rien avérer et d'annuler, en l'épanchant, la seule vie dont je dispose encore : la couveuse tantale d'une pensée incapable de se mouvoir ailleurs qu'en elle-même. Si je déviais de son cours le cercle vicieux avec quoi ma pensée se confond, j'aurais peur de ne trouver au-dehors aucune dynamique qui puisse suppléer avantageusement le processus présent de cette pensée, et de me retrouver orpheline, à savoir abrutie sans recours et sarclée des synapses. Et enfin si j'essayais malgré tout d'extérioriser ma pensée, comment reconnaîtrais-je les éventuels progrès intervenus ? Qu'est-ce qui me permettrait de constater une quelconque évolution, si mon esprit extravasé ne me draine pas tout entière avec lui et me laisse plus ou moins exsangue ? L'intelligence aurait-elle des limites ? Qui, excédées, marqueraient son éventement, à mesure des parts d'elle-même qu'elle consent à débloquer ? La pensée serait une pulsation condamnée à rentrer en elle-même toute sa vie, ne pouvant fuser hors d'elle-même à moins de s'estomper dans l'atmosphère – bout de flaque pressant trop fort ses coutures d'outre pensante, et qui suppurée à l'air libre y disparaît comme si elle n'avait jamais existé. La moindre perle d'intelligence exsudée la diminue d'autant, et il faudrait trouver une dynamique de pensée qui puisse se happer elle-même tout entière dans ses fuites et ses pourchas hors limites. Je veux bien croire que c'est un mal nécessaire, que ma pensée fermente et mûrit doucement mais il n'est pas normal que je me torde encore à l'aube sous ma couette, sans avoir dormi, sous prétexte que ma pensée couve trop. Ce n'est pas une grossesse mais une spirale sans fin d'avarie tueuse, tête qui n'a rien d'un placenta mais le pourrissoir de mes essors trop intenses. Tête cognée contre le mur, doucement d'abord puis jusqu'au sang – toutes les fois dans ma vie que j'ai tenté d'avérer mon esprit ailleurs, de l'assainir par un emploi déporté, j'ai échoué. Salaud de A. Connard de M. À chaque amour je crois trouver un pendant humain et personnalisé à mon intelligence ; que je vais pouvoir épancher mon sérum pensant dans le corps même de l'aimé et par là avérer ma pensée, la faire frémir non plus d'horreur ou de pourrissement brûlant mais d'aise ou de volupté. Et en aimant je n'ai jamais fait qu'incarner partiellement ma pensée dans une matière des plus précaires : un corps humain, menaçant à tout instant l'équilibre de l'opération, pour finalement l'anéantir et me faire voir que l'amour n'a jamais été fait pour ça. Vider ses couilles on veut bien, ouvrir sa tête il n'y a plus personne. De plus il eût fallu que l'esprit de l'autre, appelons-le M. ou A. ou Crousti, soit à la mesure d'un tel épanchement d'esprit – dans mon cas un débit comparable à celui du Niagara, il faut bien l'admettre. Débit d'une diarrhée pensante qui ne quitte mon cerveau que pour me corroder le restant du soma. Déluge in petto d'un liquide menstruel gras et nocif et puant. Tout agité de grumeaux mobiles, enfoncés tout doux dans ma chair comme la mouche à étron mou. Un aimé n'a jamais pu être l'avènement de ma pensée, celle-ci n'a fait que s'excentrer dans les corps de M. ou A. ou Crousti, dans une entité trop étrangère malgré tout l'amour que je lui portais, trop aisément identifiable et donc figée à mort, mutilant ma pensée telle que je la concevais et finissant par être sa pure et simple négation.

Et à supposer que ce transfert direct d'intelligence, d'un corps à un autre, soit possible, ce n'est pas avec mes fréquentations du moment que j'aurais une chance de l'accomplir. Je les passe tous en revue mentalement, les soupèse un à un sans entrevoir personne qui soit à la hauteur de cette opération. Être en leur compagnie m'oblige à laisser ma tête au vestiaire et à la diluer dans la stricte logique de leur petit groupe. Je les salue et me vois d'emblée happée dans la spirale, contrainte de parler comme une conne de leurs conneries de connards qui n'intéressent que leurs têtes à cons. Un sourire, le tiraillement d'une bouche aux commissures agrafées par leur cabale d'ahurissement – coterie d'une indigence circulaire dictant ses impératifs à tous ses membres, même les plus vifs, pour les mettre au pas du crétinisme tueur. Un groupe d'amis, certes oui, et même une mafia où chaque geste, chaque monosyllabe a une signification concrète qui s'inscrit dans une méticuleuse liturgie recommencée de jour en jour; un « ami », autant de forces en moins car chacun correspond à toute une région de gestes qu'on ne pourra pas accomplir, de mots qu'on ne pourra pas dire, bref à toute une région de vie qui ne sera pas vécue; faire une concession à l'un d'eux – et leur dispositif est rodé de telle sorte qu'on doit faire à tout instant une nouvelle concession, sans résister –, diminue sa force vive de moitié; si le processus s'étend à deux amis, on n'est plus que le quart de soi-même puisqu'on s'est scindé deux fois et ainsi de suite. Lier des amitiés revient à s'engager dans un processus pareil à celui de l'accroissement ovarien, mais à rebours : tous les milliers de particules qui constituent un être fusionnent à chaque amitié nouée, deux particules se fondent en une qui en rejoint une autre, un œcuménisme biologique qui réduit chaque formidable prolifération personnelle en un grain d'ovaire rabougri, piteux; je me figure les réseaux d'amis comme un seul réseau mondial de transfusions où le sang qu'on écoule dans tel conduit ne profite même pas à quelqu'un d'autre mais seulement à la réduction de chacun, pour surnourrir le rendement mécanique d'une bande d'amis qui se sacrifie elle-même aux viscères de la grégarité; réseau qui ne sert jamais que lui-même, c'est-à-dire rien ni personne; autant d'amis, autant de cordons sangsues à siroter nos forces propres pour les réinvestir dans les entrailles d'un gang planétaire qui fonctionne à vide et au profit de rien. À chaque rencontre je dois troquer mon vocabulaire contre le leur, et ponctionner une part primordiale de moi-même – adopter donc leur vocabulaire, pas trop dur à apprendre car trié sur le volet de la pire indigence. Un monde de morpions minables dont l'horizon se limite à l'étroite connasse de leurs cervelles. Pensées cancrelates dont le resserrement donne envie de se gratter jusqu'au sang. On peut comparer la formation de leur vocabulaire (car leur langage a bel et bien son histoire, où affleurent de loin en loin quelques termes neufs qu'ils se mettent incontinent à ressasser jusqu'au gâtisme) à la sélection naturelle chez les bêtes sauvages : seuls les mots les plus gros et forts, donc les moins subtils et chargés de sens, survivent au carnage de leur bafouillis sans fin. Tout le restant du lexique est voué à l'oubli par le fond – fond du crétinisme, qui n'en a pas. Je me saigne aux quatre veines, je m'immole à m'intégrer à leur petit groupe et tout ça pour quoi ? Pour déclencher leurs réparties niaises et leurs rires tout aussi niais, moi si différente et supérieure. J'assiste en direct au spectacle hideux d'une Irène apparemment pareille à eux sous tous rapports, adoptant leur langage chétif et leurs dégaines d'hébétés corbeaux détrempés de la dernière pluie, écoutant leur musique apathique, à base d'orgues d'église, de frôlements d'ailes chauve-souris et d'araignées au plafond. Bien immergée dans leur bain dissolvant, effritée en lambeaux de chair convulsifs qui n'ont plus qu'une flueur d'ineptie croupie pour placenta, et se tortillant sur eux-mêmes pour en émerger et réintégrer l'élément Irène, sans savoir que cet élément n'existe plus et que l'Irène tout entière s'est morcelée en minces quartiers qui s'ébrouent chacun de leur côté et essayent en vain de résister à leurs gaz pénétrants d'indigence. Comment les fréquenter pourrait-il m'extérioriser comme j'ai dit, quand leur vision consternante ne fait que me ramener à moi-même et à mon incapacité à avérer ma pensée – et revenir à moi-même est de plus en plus cuisant puisque je me pèle et m'atrophie à mesure que je me risque à les fréquenter, sans jamais rien y gagner. Vue de l'extérieur rien ne me distingue d'eux, et comme tout se résume désormais à l'extérieur, je suis condamnée à être eux. Nul en me voyant ne pourrait soupçonner que quoi que ce soit me distingue de leur grouillement glu et goudron. Je remâche mes pensées et les putréfie en accéléré, infestées de vers goulus qui voudraient eux-mêmes sortir et respirer et qui demeurent forcés de dévorer les derniers lambeaux de pensée qui restent, pour qu'à terme on me ramasse folle à lier dans la rue et qu'on me fende le crâne pour ne libérer qu'un gros nœud d'asticots en transe d'hécatombe. Tourbillon de hachis fétide se consumant vers dedans, rythmé par le grincement de dents continu qui s'ensuit de mes fréquentations. Mon intelligence ne peut rien faire que se broyer elle-même jusqu'à consomption, elle n'enregistre aucun progrès en se frottant à eux, si l'on excepte leur petit prestige de connards – et encore un prestige vraiment de troisième zone. Je n'ai plus qu'à me grincer les dents jusqu'aux nerfs irascibles pour avancer encore ma putrescence de pensée et me concentrer sur ce supplice pour faire diversion et me distraire d'eux. Souvent l'envie me prend de hurler de rire en les voyant arriver, mais je ravale vite mon rire en songeant que rien, absolument rien, ne me différencie d'eux. Rires et railleries rengainés pour s'enliser en moi verticalement, en torsades de fibres gluantes. Ricanements distendus en râles de spectres à l'agonie, sons d'affreux frottements d'organes comme ceux produits par certains infrasons, qui font vibrer nerfs et organes et les obligent à se raboter mutuellement, jusqu'à trépas.

Les goths sont tout de noir vêtus. Ils *donnent à voir* au monde du noir comme un reflet insultant, le raclement d'un tain spongieux qui eût fait rétention de toute l'horreur et l'ineptie du monde et qu'ils résument par leurs seules tenues. Les taches de rouge ou de mauve dont ils s'agrémentent parfois ne servent donc qu'à relever cette couleur, c'est le condiment plaisant qui met en valeur le goût essentiellement nauséabond du cosmos ; et si on les interroge sur les raisons de tels accoutrements, ils béent des yeux ou répondent « parce que » (trop souvent on oublie que l'ineptie va de soi, au contraire de l'intelligence qui a toujours à se justifier et à trouver de nouvelles raisons d'exister). Mais bientôt la réponse s'impose d'elle-même et on comprend qu'ils se posent en bonde de l'univers, soudain ouverte et incarnant l'écoulement grêle de toute la fiente liquide recelée par le monde ; qui n'a plus qu'à s'annihiler dans la seule stature d'un adolescent crétin paré de noir. Robes larges et pesantes, de préférence en velours, pour les filles comme pour les garçons ; croix inversées et bijoux de faux métal ; teints livides saturés de pâte de riz ; tout participe d'une minutieuse reproduction du monde, et aussi de mise en abîme puis de négation ; attitudes où tout se perd, à commencer par moi – au sens où les fréquenter c'est que je le veuille ou non mettre en sourdine mon esprit (et le pourrir d'autant : il suffit que je tourne ma langue dans mon palais pour que remonte l'arôme de ma pourriture et que je me prenne à vomir), car je ne peux en aucun cas l'employer contre eux : la stupidité est parfaitement imperméable à l'intelligence, ce sont deux cosmos étrangers et séparés par une distance que seule l'intelligence peut franchir. L'un et l'autre ne peuvent communiquer entre eux, et il n'y a que l'intelligence qui puisse en souffrir, non pas *en dépit* de sa supériorité mais *à cause* d'elle ; en s'aventurant dans les territoires de l'indigence elle verra clairement comment celle-ci fonctionne, à quelles lois rigoureuses répondent les comportements de ses sectateurs, et quels ravages l'intelligence subit à cause d'elle, sans qu'aucune intelligence particulière puisse rien faire contre. L'intelligence ne dispose d'aucun moyen de *démonstration* vis-à-vis du crétin puisque le crétin est privé des moyens qui lui permettraient de comprendre une telle offensive et donc de l'écoper ; les moyens de l'une, infiniment plus larges et nombreux que ceux de l'autre, sont pourtant d'une nature si étrangère à celle-ci, qu'elle ne peut les lui communiquer, ni même les employer contre elle ; c'est une imperméabilité à sens unique qui se retourne contre celui qui devrait en jouir ; l'intelligence peut à ses risques et périls pénétrer la stupidité, mais cette pénétration ne constitue en rien une arme contre les sots, au contraire elle se retourne souvent contre l'intelligence elle-même, parfois rendue infirme, diminuée, pleine de lésions nerveuses et cérébelleuses, par cette descente aux enfers – le regard pisseux de N. qui me taraude comme si son ongle très crochu me fourrageait la gorge et l'œsophage jusqu'à ce que je la gifle sans que personne ne comprenne pourquoi je l'ai fait. Railler la stupidité est une gâterie uniquement accessible à d'autres personnes intelligentes, ce n'est pas une attaque frontale contre la stupidité elle-même, susceptible de la blesser ou de la tuer. Alors je me permets quelques gifles de temps en temps, mais pas trop, car ils me mettraient définitivement au ban, et une pulsion morbide *m'intoxique* de leur fréquentation. Je ne peux plus me passer d'eux et du danger, de la nocuité qu'ils représentent pour moi. Les machineries intellectuelles que je pourrais mettre en branle contre la sottise resteront toujours pour elle incompréhensibles, donc intangibles, donc inexistantes. La plus impressionnante machine de guerre lancée par l'intelligence seule résonnera moins fort qu'un pet grabataire aux oreilles stupides, et plus énorme sera cette machine plus discret sera son effet sur l'ineptie, d'une disproportion monstrueuse qui peut faire d'une Babel de l'esprit une poussière misérable. Mes agressions intellectuelles pourront être aussi féroces et raffinées que possible, elles imploseront en silence dans l'inertie atmosphérique de leurs têtes. Ils ne peuvent me connaître, ils ne peuvent émerger, ne serait-ce que d'une méninge, de la nappe phréatique où ils s'engluent toujours plus. Pour les toucher il faudrait que je fasse miennes les armes de leur bassesse et que je plonge dans leur fosse à fiente chlorique, et je m'y refuse. Si je commençais à jouer leur jeu et à nager dans leurs eaux fétides, je ne ferais que m'y dissoudre à mon tour sans les avoir changés. L'intelligence peut-elle exister dans des espaces étrangers ? Car j'estime que si l'intelligence ne peut exister qu'en elle-même ou au sein d'intelligences plus ou moins équivalentes, c'est comme si elle n'existait pas. Soudain je suis frappée par l'évidence, l'un des moments de lucidité où l'on se descelle de la réalité et où on la contemple comme un mauvais rêve, comme un film muet sans queue ni tête et où on ose l'appréhender de front : *l'intelligence n'existe pas.* Ce n'est qu'une hypothèse fomentée par-devers moi mais qui n'a aucune traduction dans la réalité ; et pareillement toutes les intelligences. J'ai parfois cru avoir des dispositions littéraires, et par suite considérais le livre comme le moyen suprême d'avérer mon intelligence ; je sais à présent que je me trompe et qu'un livre, aussi sublime soit-il, n'est qu'une présomption d'intelligence, la preuve que son auteur n'a pas su avérer sa pensée et qu'il s'est rabattu sur lui-même une fois de plus, consolé par le prestige miteux des louanges et des grands titres de gazettes ; mais un livre n'est au mieux que l'équivalent d'une greffe cervicale permettant à la pensée de décrire de plus larges circuits, de se mouvoir plus à son aise mais toujours en elle-même, et donc un écrivain est un raté de la pensée, et la preuve vivante que la pensée n'existe pas.

Il faut bien dire que j'ai une fâcheuse tendance à m'acoquiner avec la lie du bourbier goth, lui-même la crème formée à la surface de l'humanité la plus corrompue, l'écume avariée comme quintessence d'une certaine infamie des êtres ; de plus j'ai le malheur d'être une fille, or quand on voit le comportement de cette espèce dans le clan, ainsi que le traitement qui lui est réservé, on ne peut qu'avoir honte de lui appartenir ; les garçons goths sont apathiques, mollement désordonnés, bien symbolisés par les traînées brouillonnes de khôl dont ils soulignent leurs yeux somnolents – une sorte d'indifférence dans l'ennui, un souverain mépris pour tout, tandis que les filles démènent leur crétinisme de tous côtés et se rabaissent à mesure des efforts dépensés : toute nouvelle arrivante de la grande famille subit un bizutage moral destiné à lui faire sentir toute l'étendue de son ignorance ; il faut apprendre vite et bien tous les us et coutumes du clan noir – ainsi les footballeurs américains doivent-ils apprendre cinq cents combinaisons tactiques avant de pouvoir jouer –, car ce n'est qu'en maîtrisant toutes les mœurs dites gothiques que le régime d'humiliations pourra cesser. Dans ce ramassis de pucelles hystériques, puant l'arrivisme au petit pied et l'instinct de groupie sans idole, qui réagissent aux sévices subis par des rires de sainte niaiserie ou, plus rarement, par une violence pleurnicharde, je suis la seule à avoir presque immédiatement mis fin aux humiliations, par ma dureté, la rigueur de mon silence méprisant, mon austérité, m'attirant un apparent respect dont je me demande s'il n'est pas une forme de compassion, de pitié pour mon inadaptation. Je n'oublierai pas de sitôt la soirée passée chez J. la semaine dernière ; ses parents s'étaient absentés et elle avait cédé à l'un de ces réflexes de groupe, d'autant plus conditionnés dans ces milieux de jeunes rebelles prétendant refuser la société et se soumettant eux-mêmes, dans l'espace réduit de leur bande d'amis, à des codes de conduite encore plus stricts que ceux des institutions abhorrées, exigeant dans ce cas de figure précis d'envahir en masse l'appartement d'Untel si ses parents s'absentent ; Untel pourrait bien sûr passer sous silence l'absence de ses parents mais l'instinct d'allégeance au groupe est tel qu'aucun n'osera jamais ne pas faire profiter ses amis d'une opportunité donnée, au détriment de son propre bonheur; l'asservissement est tel qu'aucun ne pourra jamais ne pas mentionner tel ou tel fait de sa vie personnelle qui pourrait profiter au groupe, et quand bien même cette mise à profit nuirait fatalement au généreux singulier : après cette soirée, digne d'une nuit de pleine lune au parc zoologique, J. avait d'ailleurs été expédiée par ses parents vers un continent suffisamment éloigné pour qu'elle fût hors d'atteinte de cette engeance que je vais décrire. Après être passés dans le taudis de M., nous avions rejoint S. et A.; pellucides à mes yeux depuis longtemps, je voyais leurs nerfs tout excités de la soirée à venir, et j'entendais distinctement le frémissement bulleux de leurs salives conditionnées, trop heureux de vivre une journée où les conjonctures prenaient la tournure voulue par les schémas inscrits dans leurs gènes. A., que je voyais pour la seconde fois de ma vie, se présentait dans un état encore plus pitoyable que la première – ce qui n'est pas peu dire : son haleine alcoolisée balayait un rayon de dix mètres et picotait nos yeux de son acidité; il tâchait péniblement de tenir debout et de marcher mais dès la première halte que nous fîmes pour acheter de l'alcool et des cigarettes, il s'écroula par terre, proprement désossé par l'absence d'efforts à faire pour quelques secondes et s'atrophiant en un amas de peau et de viande puante. A. était un transsexuel pour ainsi dire de naissance; fréquemment on le prenait pour une fille, et de fait on pouvait sentir qu'il avait inoculé à son organisme une sorte d'élixir lui ayant permis de fermenter pendant tout le début de sa puberté jusqu'à s'apparenter à une fille; c'était une discipline de tous les instants qui l'avait fait le temps de deux ou trois ans passer à pleine maturation, mais de toute évidence cette présure siliconée qui circulait en lui était arrivée à péremption; elle s'était gâtée toxique et, après avoir attaqué ses organes internes et ses vertèbres désormais friables, s'en prenait aux muscles et au cutané; sa peau, que j'avais été obligée d'embrasser sur la joue, révulsait à vue d'œil toute la moisissure et le goût de hareng saur qu'il était devenu in petto ; on eût craint de le bousculer, de peur de provoquer ne fût-ce qu'une fissure dans son corps qui eût alors libéré une légion d'émanations mortelles, et le seul arrondissement habitable de Paris, le 18e, eût été par notre faute déclaré zone sinistrée pour les décennies à venir. Une rue avoisinante, véridiquement nommée la rue des Martyrs, contenait d'ailleurs beaucoup de victimes du mal d'A. : s'y engager réveillait une pyramide de l'Égypte ancienne et les momies s'animaient soudain et tapinaient en plein Paris – pelletées de Ramsès dont les peaux n'étaient plus que les reflux moisis du silicone qu'ils s'étaient inoculé pendant des années, par rides caoutchouteuses ou replis cassants comme une terre aride ; leurs voix de vieux gramophones évoquaient les mânes de quelque Néfertiti sénescente et terrible. La bouche d'A., sorte de self-service pour pénis en rupture de trou, s'évasait beaucoup, comme un petit débouche-évier – nous le surnommions volontiers Bozo le clown, à cause du mélange détonnant de sa bouche et de ses maquillages outranciers ; mais ce n'était que maquillé qu'il évoquait un clown triste, au naturel il était simplement laid, d'une anémie pestilentielle, comme si, en se vidant peu à peu de sa substance vitale, on découvrait que celle-ci n'avait été que le colmatage d'une béance empestant la décomposition ; l'affaissement d'A. n'était pas seulement de ses jambes rendues cotonneuses par l'alcool, mais de toute sa santé physique et mentale, le claquage d'une tension due à cette nécessité de jouer toute sa vie un rôle qui entrait en contradiction avec ce qu'on lui avait appris être son corps ; le tiraillement de sa cervelle (par filets vaguement noduleux et purulents, car aussi A. *suicidait* son intelligence, lacérée en lambeaux et excrétée pour qu'il s'étourdît et ne pût voir son drame en face) vers un extrême diamétralement opposé à celui fixé par le sens commun. Les transsexuels sont victimes tôt de cet affaissement global : muscles liquéfiés par le vieillissement du silicone ; peaux crevassées, fripées par des soins excessifs car au rebours de leur nature génitale ; une auto-intoxication psychologique qui ne fait que cailler encore leurs fors de sucs contradictoires, et qui plonge dans l'état de manque le plus cruel au moment où la réalité extérieure revient heurter de plein fouet. Et cette quête éperdue de l'amour qu'on voit chez tous, niaise débauche et futilités mondaines, commettant l'erreur de ces joueurs d'échecs, tacticiens virtuoses, sacrifiant au cours des parties qu'ils jouent le plan d'ensemble au profit d'une brillante combinaison, ce qui les fait trois fois sur quatre perdre contre des joueurs moins doués qu'eux, mais plus rigoureux stratèges. Je songe à ma façon de me jeter sur mes amours successifs, et notamment E., plongeant mon alizari de passion dans leurs corps et taraudant leurs méninges des bouts acides de mes radicelles transies, faisant ma détresse sous moi, dégouttante comme la cire d'un cierge sodomisant qu'on passe d'abord à l'eau bouillante pour que ça glisse mieux, et m'écoulant en lie épaisse aux pieds d'E., jusqu'à ce que ça durcisse en frimas crissant qu'il piétinait de sa pitié et de ses refus couards, grinçant mes tympans à fond et me faisant hurler d'amour voué à nulle part. Je ne supportais pas que l'aimé me fût *extérieur*, je le ressentais comme une mutilation native, une infirmité, un organe perdu que je voulais réintégrer et c'est pourquoi je le léchais de mes supplications infectes, pour le dissoudre pied à pied de mon suc muscidé, voir s'estomper ses contours et en ravaler les coulis. L'amour n'est objectivement qu'une affaire de digestion : soit l'on parvient à résorber l'autre (ainsi le rancissement indifférent des vieux couples), soit l'on rentre ses revers un à un, pénibles déglutitions d'une pâte qu'on eût voulue autre mais qui n'est que ravalement de son offrande nerveuse et sanguine et cervicale, dont on a fait une potion exquise refusée par l'autre et qu'on baratte dans sa bouche à l'infection avant de l'avaler. Je me reconnaissais donc, par anticipation, dans sa débâcle pleine rue, organes démembrés par ce qu'il était, ce qu'on lui avait dit d'être, ce qu'il voulait être ; la dislocation entre les trois se soldant par ce désastre que nous avions sous les yeux – comme lui mes nerfs se serrent en pelotes et se tuméfient en atroces ganglions jusqu'à lâcher et me lester d'allongement cadavre ; une fonte d'éboulis rentrés qui dévalerait les rues en déclive et inonderait toute la ville si l'on s'avisait de fendre la peau. Tant bien que mal nous nous acheminions vers la fête de J., ralentis non seulement par A. qu'il eût mieux valu traîner à la laisse, mais aussi par l'ébriété naissante de plusieurs d'entre nous, frappés pour le coup d'un *mal du statisme* qui les empêchait toujours, lorsqu'ils étaient plus ou moins soûls, d'*évoluer* et de passer d'un geste à un autre, d'un acte à un autre, d'une étape à une autre ; au contraire ils se lovaient dans l'activité du moment, boire ou chanter ou pisser ou parler stupidement, et se laissaient ensevelir sous ce cocon d'instant comme si la perspective de le quitter pour un autre geste ou une autre activité eût été la désertion d'un calvaire à quoi l'on s'est un peu habitué, pour un autre calvaire encore inconnu, un autre geste aussi épuisant d'ennui que tous ceux qu'on a à faire du lever au coucher, et qui les décourageait donc d'avancer, de dépenser inutilement la moindre force puisque ça ne changerait rien. Moi et D. parvînmes tout de même à les drainer jusque chez J. ; la soirée avait déjà commencé depuis un bon moment, et nous comprîmes de quoi il retournait, d'autant que cela comblait les espoirs de plusieurs d'entre nous : soirée LSD. J'étais à peine entrée dans l'appartement que le cher V. me proposa de partager un buvard d'acide avec lui. J'acceptai assez volontiers, et pendant qu'il découpait en deux son centimètre carré bien trempé, je considérai plus attentivement les réjouissances d'entour. L'assistance était comme de bien entendu majoritairement composée de goths, mais divers éléments d'autres faunes s'y étaient mêlés – on va voir que c'est au sens le plus littéral que j'emploie ce dernier terme. Une bande d'étudiants lunettés s'adonnait aux plaisirs des jeux vidéo, alignés en silence dans un divan de cuir ; les bruitages émis par les jeux constituaient une parfaite bande-son de leurs faciès figés, où pouvaient se lire une parfaite soumission à l'emploi du temps, le manque d'aplomb, et une antipathique naïveté. J'aurais pu me planter face à eux et leur déverser ma plus offensante liste d'épithètes, c'eût été peine perdue car mes injures eussent glissé sur l'insignifiance lisse de leurs expressions ; inaccessibles dans leur indifférence pharaonique, sur quoi tout coulissait pour revenir en échos lugubres à la source émettrice sans jamais les pénétrer, reléguant la parole au statut de démence ou de dérapage suicidaire – car la parole sans répondant, heurtée à l'inertie et au mutisme suffisant, doit suppléer au vacuum interlocuteur en se contrebalançant elle-même toute seule et rééquilibrer son propre débit, rétablir seule un semblant de conversation ; soit en se confirmant elle-même et donc en se répétant et en s'enflant ivre de ses certitudes jusqu'à crever de trop-plein, soit en s'infirmant et se dévorant elle-même dans une sorte d'onanisme destructeur, neutralisée par elle-même sans que l'ineptie s'en soit directement chargée ; la pensée n'est plus qu'un gouffre à spirales qui s'enfoncent dans le for sans jamais toucher aucun fond ; il ne fallait pas que je pense ni que je prête attention à l'indigence ambiante, il ne fallait pas que j'apprête une ingestion de LSD par une interminable introspection qui, épicée d'acide, eût risqué de m'emmailloter dans les filins pensants de mon for le plus enfoui et de m'y étrangler, la langue bleue pendante de trop réfléchir. Je poursuivis pourtant mon tour d'horizon – que faire d'autre ? – et constatai que le chiendent estudiantin n'était pas tout ; un peu dispersés à travers l'appartement satellitaient quelques punks hirsutes et puants, dont un certain F., pourvoyant aux demandes d'acides de la soirée ; ses joues creuses, ventousées vers l'intérieur, rougeaudes non pas de satiété ou d'ébriété mais de brûlures au degré troisième, prouvaient qu'avant d'être revendeur, il était consommateur assidu ; ces plaques couperosées n'étaient pas les effets secondaires de la bombance ou de l'alcool, ni d'une quelconque maladie recensée, mais les résultats d'infimes arrachements spécifiques au mangeur d'acide – en effet l'acide ne s'inocule pas ni ne s'avale, il se *mange* et un simple petit carré avalé laissera son relent dans la bouche pour toute une journée comme si on l'avait mâché longtemps ; il poncera d'abord l'émail des dents puis, au fur des ingestions, s'attaquera à leurs nerfs mêmes – il ouvrit la bouche et je pus les voir transparaître à point nommé, sinuant à travers la dentition ravagée et scintillant de l'éclat bleuâtre de la souffrance dentaire, incisives et canines délabrées par les pulsations trop pressantes de leurs nerfs souffreteux ; il parla et ses joues en frissonnant révélèrent leur minceur extrême, celle d'un papyrus friable décrépit, vélin mollement palpitant de l'acide qui travaille aussi la bouche au revers des joues, râpées, épluchées par membranes successives, retroussées et perdues pour toujours – la peau irrécouvrable d'une mue consciemment voulue et apprêtée, n'offrant aucune nouvelle couche en lieu des couches perdues. Si ce F. supportait si mal l'acide, c'est qu'il avait un mental fragile et les nerfs aisément à vif; son agressivité et sa nervosité tremblante en faisaient foi. Le système nerveux d'une personne agressive est très peu compatible avec l'acide ; elle risque à tout moment de sombrer dans la folie dangereuse, dont seule une pellicule aussi mince que ses joues la sépare. Le dénommé F. nous expliqua, sur un ton condescendant quand il apprit que nous n'absorberions ses buvards que par moitiés voire par quarts pour certains, qu'il en prenait très régulièrement depuis l'âge de douze ans ; puis il se mit à évoquer ses souvenirs avec hargne, le fait même de ne pas avoir partagé ses fabuleuses expériences lui semblant méprisable. Ce n'était certes pas avec un personnage de cette sorte, tout macéré de venin rance, que je pourrai bien profiter de mon acide – créer une dynamique de pensée un peu plus jouissive et harmonieuse qu'à l'accoutumée, une pensée se goûtant elle-même et tous ses trajets ; je quittai la salle de bains, essayant d'oublier la voix d'enragé canard qui s'incrustait déjà dans mon crâne et irritait ses parois de vibrements d'appareil dentaire, comme décidée à me poursuivre toute la nuit ; nuque agrafée de cet ombilic vocal, pensées déjà gâtées par ces moisissures sonores, je serrai les poings et les dents pour expulser ces parasites, les conchier comme en proie à une constipation, et regagnai le salon où l'effet de ce cher Bouddha, la variété d'acide que j'avais absorbée, ne mit pas longtemps à se faire sentir : les sons prolongeaient leurs résonances, les couleurs s'avivaient comme une plaie beurrée de chaux liquide, ma vue se coordonnait plus étroitement avec mon intelligence – l'œil faisant cause commune avec l'esprit et participant de plus en plus d'un seul et même mécanisme –, s'exerçant notamment aux dépens de mes compères goths : je les percevais avec plus de profondeur qu'à l'accoutumée, mais une profondeur uniquement cérébrale, analytique, car d'autre part la perspective s'amincissait de plus en plus et se divisait en plusieurs coupes de deux dimensions, comme dans ces films dits en trois dimensions, où l'on vous flanque d'une paire de lunettes rouge et verte, et qui déçoivent car on ne voit pas un monde en trois dimensions dans l'écran mais bien la superposition de plusieurs plaques en deux dimensions – ainsi mes compères goths qui s'amincissaient jusqu'à n'être qu'une séquelle de guignols découpés dans du carton, et artificiellement mobiles. J'avais une capacité de synthèse accrue ; l'uniformité des goths me frappait avec beaucoup plus d'acuité et d'évidence que d'habitude ; vestimentaire à l'œil sobre, de par la couleur et l'ampleur des jupes et robes dont ils étaient quasiment tous accoutrés, semblant moins marcher que flotter sur le sol – semelles de mercure roulant –, avec une harmonie *zoologique*, elle dévoila peu à peu tous ses tenants et aboutissants ; mon observation prit un tour scientifique, ces découvertes allant de pair avec la perception nette que j'avais de ma propre pensée, l'interaction des nerfs et de mon cerveau, des circuits que je voyais tourner et sinuer dans ma cervelle et de mon circuit sanguin, de ma vue et des nerfs dont elle dépendait étroitement. L'allure « âmes errantes » des goths, le toc et le goût criard des parures, n'étaient que le vernis d'un ridicule et d'une inexistence plus essentiels : ainsi ne les percevais-je plus individuellement, selon la version admise d'un ensemble d'organismes vivants différenciés, mais collectivement, en entité organique homogène articulant en son sein toute une myriade de globules programmés – mes amis goths globuleux, leurs déplacements répondant aux lois impérieuses d'un système les dépassant tous, et qu'ils ignoraient avec l'infamie et la niaiserie que je leur connaissais, tant ce qui nous domine est souvent ce qu'on connaît le moins – et dont souvent on ne se doute même pas. Dans les pages à venir il sera beaucoup question de nécrose, et il faut à titre préalable que je signale ce qu'est précisément la nécrose : une putréfaction d'abord localisée qui atteint des organismes vivants, pour les vider de leur substance; un vampirisme cellulaire qui pompe et dégonfle une à une toutes les parcelles d'un corps, pour en unifier le tissu : une cellule en contagionne dix qui en contagionnent cent et finit par tuer l'organisme précocement. De fait, aucune cellule de l'assemblée qui m'entourait n'aurait pu s'isoler, exister en singulier, mais chacune se laissait dissoudre dans la succion sous-jacente du collectif goth en entier; on se soumettait aux impératifs de cette liturgie inconsciente jusqu'à s'y identifier, comme le cadavre à sa vermine; tous ici étaient rattachés les uns aux autres par des dépendances subtiles à quoi ils se pliaient si parfaitement qu'ils ne pouvaient plus être distingués de ce réseau, de ces conduits, de ces ombilics en sourde rotation. Ce que je pouvais sentir et comprendre avec une si exceptionnelle unité des sens et des facultés intellectuelles était aussi la mutation d'une *opinion*, le mépris qu'en temps normal j'éprouvais à leur endroit, en *certitude tangible*, crevant les yeux et l'entendement; là où ils voyaient des vivants je voyais des morts, là où ils criaient à la jeunesse je ne sentais qu'une sénilité précoce, là où ils croyaient à une succession d'individus particuliers je percevais une stricte discipline d'oiseaux migrateurs, la mécanique tribale d'équivalences chair et os, la tournée organique d'une fusion allant vers une unité de plus en plus stupéfiante, une parodie de fête où le conformisme était bestial et où la soumission aux impératifs collectifs était de mise pour qui voulait, non seulement se faire apprécier, mais *exister*; en somme pour exister à leurs yeux il fallait renoncer à son existence propre, la sacrifier cellule par cellule au profond dispositif d'aspiration qui les sous-tendait. Tout bien pensé, un groupe d'amis est une malédiction bien plus nocive que la famille; on s'immole à la première, quand on se contente de fuir la seconde; on n'a pas à renoncer à son intelligence avec sa famille, avec ses amis si; la famille nous persécute quand les amis nous *possèdent* de cap en pied. Je les observais donc sans pouvoir m'arracher ni à ce spectacle ni à la séquelle fiévreuse de pensées qui s'y rapportaient; chaque image, car un seul petit changement bouleversait de fond en comble ce que je voyais, s'identifiait pleinement à une pensée neuve et il n'y avait plus de distance entre mes raisonnements et ce que je percevais ; la conjonction des deux coalisait en retour sur mes épaules la masse concrète des pressions que jour après jour mes amis goths faisaient peser sur moi – je ne pouvais me soustraire à cette fascination, comme happée par un viol improviste ou un accouchement de sanglier, tant l'importance de leur influence sur ma vie se détachait soudain du reste, à savoir des circonstances et prétextes où émergeait cette révélation ; – influence au sens d'influx corrupteurs qu'ils faisaient filer dans mes veines et dont ils me sabotaient jour après jour, mon dos démangé par l'insidieuse formation de sangsues s'apparentant fort, par leurs tailles et leur fonctionnement, aux cervelles néfastes de mes amis, et j'avais beau radiographier leur robotique de groupe avec toute la froideur dont j'étais capable, je ne pouvais plus nier que j'en fisse partie intégrante – ces prothèses de vraie chair qui m'avaient complantée et sirotée dès les premières fois où je les avais vus le prouvaient. Quelle que fût l'envergure de mon intelligence, sa charge était désamorcée par ma simple présence parmi eux ; ces ombilics que je voyais les relier les uns aux autres et qui me répugnaient tant, je m'en sentais soudain pénétrée de toutes parts, tout irriguée de leurs suintements putrides, convulsée par cela même qui faisait leur discipline grégaire. J'essayais alors d'adopter un tour d'esprit différent et d'envisager chacun de manière distincte, en ne m'attardant que sur une individualité à la fois ; je dus y mettre un soin maniaque, tâchant de prélever à la pince à épiler chaque être du magma charnel goth – après tout, me disais-je, ce sont des êtres humains et je les connais tous séparément, *chacun* a sa personnalité, différente des autres – et je triturais ma cervelle comme j'eusse trituré ce *chacun* pour distinguer ses attributs particuliers par petites miettes têtards ; mais de focaliser mon attention sur l'un ramenait tous les autres en rang serré comme ces bonshommes de découpage accordéon, l'insignifiance d'un seul, que le plus infime granule de son corps ne démentait pas, étant telle qu'il avait besoin de la horde des autres au complet pour exister un tant soit peu, acquérir un minimum de consistance – sauf que sa consistance n'était plus la sienne mais celle d'un organisme où l'atome petit était bien ce qu'on désigne couramment comme une personne singulière et différenciée. Je me concentrais sur celui-ci et percevais distinctement une montée d'obscure pourriture qui me faisait détourner la tête vers les autres, pour m'apercevoir qu'ils en étaient tous envahis et que les niveaux respectifs du brouet pourri étaient parfaitement rectilignes et montaient de concert, se rejoignant vite en une seule surface plane qui unifiait du même coup tout ce qu'il y avait en dessous, continuant à monter en les excédant tous et remplissant presque toute la pièce – ce n'était plus irrespirable mais incomestible, les goulées d'air assiégeant ma gorge en ragoût trop épais et puant d'avarie. La tête m'en tournait ; la nausée produite par cette marée montante me semblait contractée en retour par tous les visages livides et les yeux somnolents qui me circonscrivaient ; un remue-ménage me brassa l'organisme et je détalai aux toilettes pour enfin vomir tout mon soûl, et en dégorgeant le débit était si puissant que je devais m'accrocher aux rebords pour ne pas finir la tête noyée dans le bidet ; quand je me sentis épanchée, après plusieurs minutes de vomissements à jet continu, et que je rouvris les yeux, je constatai qu'un flot de merde noire avait inondé la cuvette, frémissant çà et là d'une agonie coriace. Mais enfin je m'étais purgée, j'avais réussi à m'extraire de la crue putride du salon et il ne me restait plus qu'à espérer qu'elle retomberait à un moment ou à un autre – j'escomptai la marée basse de cette décomposition liquide comme peut-être l'acte de naissance de mes compères goths. Je me mis la tête sous l'eau froide du robinet. À cause de la drogue ou plutôt grâce à elle, tout ce qui en moi vivait à l'état d'idée, d'impression, d'opinion, opérait une mue et accédait au statut de fait avéré, de donnée scientifique et prouvable ; j'avais déjà, longtemps avant d'avoir goûté à ma première drogue, le sentiment d'une pourriture diffuse imprégnant tout ; j'en reconnaissais les signes dans chaque détail, ses relents m'incommodaient jusqu'au haut-le-cœur ; il entrait pourtant dans cette intuition une assez large mesure de coquetterie adolescente, qui troublait encore sa profonde vérité et me faisait parfois douter ; à présent elle s'impose à moi avec tant de violence, jusqu'à faire trembler ma main comme j'écris le déroulement de cette soirée, que je n'ai plus besoin de m'en persuader artificiellement : il m'est arrivé de haranguer des assistances de bistro, non tant pour les convaincre de ces invasions de vermines dont ils étaient pourtant les irruptions incarnées, que pour m'imprégner moi-même de cette certitude plus profondément, faire macérer mes chairs dans cette révoltante vérité pour qu'elle résiste plus longtemps ; à présent que cette invasion ne peut plus faire le moindre doute, je sais que je devrai dorénavant rester discrète, en public, sur le sujet, sous peine de m'exposer aux plus sanglantes réactions – comme seule la vérité peut être punie, au contraire de la simple opinion qui, aussi sauvage et scandaleuse soit-elle, file toujours doux car chacun ressent bien qu'aucun danger concret ne s'en ensuivra. Cependant cette matérialisation de ma pensée ne doit pas non plus m'abuser et me faire croire que je commence enfin à l'avérer – ce n'est pas que la drogue peuple ma perception d'images fausses, mais que sa seule utilité est que ma pensée reçoit confirmation sur un certain nombre de points qu'elle soupçonnait, sans pouvoir communiquer ailleurs la teneur de ses tragiques découvertes ; par la drogue les objets se sont dénudés jusqu'à l'essence, les corps ont viré pellucides et donnent à voir sans pudeur leurs manigances vasculaires et processus nerveux, toute la planète exhibe à mes yeux les battements de sa nife putride innervant tout – tout ce que je pensais se vérifie mais ma pensée elle-même reste enclose dans ses limites serrées, à l'étau de mon crâne béton armé ; la drogue est pareille à un fluide qu'on infuserait à toute la réalité et qui ferait poindre des *abcès de fixation* aux endroits où une vérité existe à l'état germinatif ou simplement diffus, tamisé, pour la nouer en un point précis et le serrant sans cesse jusqu'au concentré de plus grande exactitude, mettant fin d'un coup à toutes les faussetés et tous les faux-fuyants émis quant à sa nature. Ce que je voyais au cours de cette soirée n'était pas l'hallucination d'une droguée mais la révélation cristallisée du secret de polichinelle couvé depuis toujours par ce vivier pourri – circuit de grouillance qui agressait mes sens, ainsi ces charniers enterrés trop tôt, remuant la terre, bosselant sa surface et finissant par en émerger dès qu'ils commencent à se putréfier ; et on ne me fera pas croire qu'un seul de mes compères pouvait ignorer ces nécroses qui les mobilisaient du dedans, lentement mais sûrement et des moelles aux dermes en passant par les périostes ; qu'un seul d'entre eux aurait pu s'avancer hors du lot et se proclamer vivant en postillonnant de gangrène liquide et de miettes de dents ; pourtant je faisais le maximum pour bannir de moi cette haine qui me les faisait ainsi rejeter en bloc, avant de me rendre à l'évidence : ce n'était pas de la *haine*, ce n'était pas une projection de moi-même que je prenais pour le monde mais ma perception qui résorbait le monde, certes anormalement car sans frein, se gorgeant de l'univers sans le moindre tri, sans le moindrement élier ce qui lui arrivait – il n'était pas normal que moi et moi seule écopasse de cette pestilence diffuse quand les autres parvenaient à la subir le plus passivement, endormant leurs sens au point de n'être plus qu'une étape de ce processus putréfiant, points de ralliement de toutes les horreurs sans jamais réagir ni penser à fond toutes ces horreurs – n'ayant donc plus face à moi qu'une existence de symptômes, comas des sens et de la pensée encore travaillés par une putrescence raffinée, dont ils s'accommodaient pour ne pas souffrir, jusqu'à l'oublier, de même qu'on oublie ce à quoi on s'est pleinement identifié. Tel était donc le fin mot, ils faisaient l'impasse ou négligeaient ce qui les possédait par omission pour ne pas souffrir, ils acceptaient de se désister d'eux-mêmes par effroi non pas de la mort puisqu'elle les colonisait de cap en pied, mais de la souffrance trop effrayante et aberrante pour qu'on puisse l'endurer – et peut-être avaient-ils raison, à quoi bon souffrir pour être soi, si on n'y arrive pas et que cette exigence semble n'être qu'un calvaire menant du berceau au cercueil sans avoir jamais accordé d'accalmie. Ce que mon empaffé de psy avait eu le front de nommer légère paranoïa gagnait en densité, en évidence, et les conclusions qu'elle me faisait tirer étaient aussi irréfutables qu'une opération algébrique – je compris que c'était bien *cela*, que j'avais devant moi des *faits*, et que les courants sympathiques ou antipathiques n'avaient plus rien à voir avec ce que je ressentais, avec ce que je saisissais ; tout cela était loin derrière et je m'ébrouais désormais quelque part où les affinités personnelles ne signifiaient plus rien, ne jouaient plus dans la perception affûtée que j'avais des choses. Au reste il faut bien voir qu'en ce lieu et en cette compagnie je n'étais *rien* ; ce n'était pas ma personne en tant que telle qu'ils admettaient au sein de leur clan, mais le schéma d'une personne qui répondît dans le détail à leurs critères étriqués – ce qui prouve que je m'étais parée d'une opacité à toute épreuve, leur interdisant d'y voir clair dans mon for, ces séismes qui eussent démenti la vision conforme qu'ils avaient de moi. Mais un être humain, quel qu'il soit, a trop longtemps fermenté dans son propre corps pour sincèrement prendre en considération l'existence, la pensée, les expériences d'autrui ; on n'emploie jamais son esprit pour l'autre mais pour soi, comme un humus puant où l'on viendrait fourrager ses propres idées ; on parle et on sourit aux autres mais à part soi on ne fait jamais que touiller les mêmes certitudes, les mêmes truismes à conforter son soi minus ; je n'avais donc pas trop de mal à passer fausse transfuge dans le microcosme goth puisque l'adoption de quelques détails suffisait à faire illusion, et je pouvais tranquillement faire ma pâture de leur abjection, après qu'ils m'eussent eux-mêmes remâchée à leur image pour m'intégrer sans coup férir à leur clan. Je songeais à tout cela en essayant de suivre dans la glace les subtiles déformations de ma face livide, et en multipliant les bains de bouche de peur que mon haleine exhalât encore le purin, puis me résolus à rejoindre les autres pour m'efforcer quand même de discuter avec quelqu'un – discuter avec quelqu'un, on sait que rien n'est plus vain ni plus faux, mais je n'avais pas intérêt à ruminer ma bouillie putréfiée sous l'emprise du LSD car alors mon intelligence fonctionnait beaucoup plus puissamment et plus largement qu'à l'accoutumée, me faisant par là souffrir doublement car elle s'extériorisait d'autant moins et retenait avec plus de violence ses essors, rengainant plus profondément mes viandes meurtries ; comme dans la digestion ruminatoire, qui passe par plusieurs estomacs avant de s'accomplir, ma pensée devait passer par plusieurs cercles tortionnaires successifs, plusieurs roues qui la tiraillaient de toutes parts et l'avariaient centuplement, comme à vue d'œil – mais je n'allais pas révulser même ma vue pour braquer mon regard sur mon rentrement, l'œil blanc de s'enfoncer aux entrailles d'une pensée dévorée par elle-même. Je n'avais pas envie de finir mon *trip* (il n'y a pas d'équivalent français à cette expression) comme tant de fois, prostrée par terre, incapable de proférer un mot, empêtrée dans mes chairs et mes nerfs filandreux, constatant que, malgré la grande distension des hypothèses et des pensées qu'a pu échafauder ma cervelle imbibée de LSD, elles ont quand même fini par retomber au même point d'où elles étaient parties ; ma pensée a beau tournoyer et virevolter en tous sens, plus curieux et inexplorés les uns que les autres, mais aussi plus élevés ou plus enfoncés, cette pensée échoue au point exact de son élancement prodigieux – le même où elle se serait trouvée si elle s'était contentée d'une parfaite et stupide immobilité ; toutes les trajectoires décrites par mon esprit pendant ce temps résonnent sous mon crâne comme autant d'incroyables révélations, après quoi je ne pourrai plus penser comme avant ; mais arrive un moment où je me rends compte que tous ces circuits n'ont jamais eu d'autre fin qu'eux-mêmes, et qu'une fois de plus – mais combien plus douloureusement, combien plus vénéneuse et affûtée cette épine qui me triture à fond de nerfs – j'ai échoué à recycler ma pensée vers la réalité ; seul ce point d'où part et où revient ma pensée est celui de la réalité – autant dire rien, rien que mon visage d'introvertie morbide, ma gueule de ruminations enrayées : il n'y a qu'elle qu'on aperçoive et qui fasse acte d'existence à vos yeux, quand tous ces circuits que ma pensée a décrits avec tant d'ivresse sont lettre morte. Je sortis des toilettes, tâchant encore une fois de fuir l'essor naissant de mes forces intellectuelles, de m'arracher de la masse fibreuse et gluante composée par mes pensées, bien décidée à ne plus penser et à m'amuser dans les limites du concevable, qui dans mon cas sont fort étroites reconnaissons-le. Mais à peine avais-je posé le pied dans le couloir que je fus prise d'un malaise – manière de hoquet endigué et puissamment noué, comme un linge qu'on tord pour l'essorer de son jus sanglant, et qui se communiqua à tout mon corps, en coliques musculeuses prêtes à me faire vomir tout ce que je contenais sous la peau de chairs broyées et d'os en bouillie. Lorsque tous les hôtes d'une soirée sont sous l'emprise du LSD et qu'on en a soi-même ingéré une forte dose, un curieux cérémonial atomique s'enclenche : chaque corps dégage un réseau d'ondes qui vont entrer en intrication avec les autres réseaux dégagés ; généralement cela s'opère d'une personne à une autre, et je crois que la faculté de recevoir d'un seul tenant les réseaux de plusieurs personnes m'est spécifique. Lorsqu'une rencontre survient, toutes les mailles de l'aura qui s'évince du premier corps se resserrent sur les mailles de l'autre aura ; chaque maille s'accouple avec une autre, s'y noue étroitement, comme pour la goûter ; puis se relâche, séparant les deux réseaux qui s'en vont mettre à l'épreuve d'autres réseaux atomiques, pour d'autres intrications gustatives d'un instant ; une aura est aussi unique qu'une empreinte digitale, et quand on la déguste on s'infuse toute une charge de parfums, une température et un léger thème mélodique qui lui sont propres – il paraît que les auras sont le plus souvent très agréables à savourer, à humer, à caresser des nerfs vibrants, mais pour ma part je n'ai jamais testé qu'une gamme d'odeurs allant du melon pourri à la charogne avancée, un éventail de températures oscillant entre le froid et le givre déchirant des pôles, enfin des mélodies parfois grésillantes ou bourdonnantes, parfois stridentes à rendre sourd – aux autres les effluves jasmin, airs de flûte et tissus soyeux (mais il n'est pas à exclure que cette perception résulte de ma propre complexion atomique, que c'est ma propre corruption qui gâte les plus exquises succulences en s'y mêlant). En entrant dans le couloir j'avais été submergée par une déferlante d'odeurs et de sons infects, me poinçonnant les nerfs et les gorgeant de poison et de vacarmes d'hécatombe – je dus fermer les yeux et me vis précipitée dans un puits d'étrons et de pourriture viscérale où le plus affamé des strongles n'eût pas voulu habiter – ils libéraient donc, mes amis, leur sale gargouillement son et saveur pour me parasiter, tourbillon d'un purin qu'ils pompaient sous eux et se transmettaient les uns aux autres afin que nul en leur présence ne pût échapper à cette sourde immersion ; ils me conchiaient de leurs atomes in petto et je voulais d'autant moins les goûter que je pouvais en sentir l'impact désastreux, me dégradant à vue d'œil et à proportion de leur entrée en moi – des jours, peut-être des semaines de ma vie partirent en fumée l'espace de quelques instants. Je rentrai dans les toilettes, repris souffle puis ressortis dans le couloir et traversai leur escouade en hurlant, non pas pour les éloigner mais pour distraire ma propre attention pendant que leurs émissions me prenaient d'assaut – je devais me rendre hermétique vis-à-vis d'eux, non seulement à cet instant, mais de façon soutenue par la suite, et étendre cet hermétisme à absolument tout et tout le monde, cesser de dilapider toutes mes capacités nerveuses et cérébrales à recevoir l'horreur du monde de plein fouet – le frémissement du nerf consumé par chaque émotion écopée, inguérissable délabrement du plexus ayant trop béé pour s'en sortir indemne. Quelques coups de coude plus tard j'étais arrivée au salon, dans d'assez bonnes dispositions pour une fois, et je m'assis sur le canapé à côté de M., dont l'aura me soulagea – je sentais là quelqu'un de curieusement neutre et indifférent, ne portant aucun jugement sur ce qui l'entourait, souriant et plaisantant sans réelle envie, mais sans se forcer non plus ; il tissait une toile de pur dédain autour de lui, où se perdaient toutes les agressions du dehors sans pouvoir l'atteindre – c'était apaisant et bien adapté à mon état de facile répulsion : quelque chose de fade, d'inodore et d'incolore comme de l'eau. Nous devisâmes de tout et de rien, puis vint un moment où il prit un journal sur la santé et se mit à le feuilleter ; son attention fut arrêtée par un article consacré à l'orgasme ; M. lisait les descriptions détaillées des exercices à accomplir pour avoir plusieurs orgasmes à la fois ; il fallait, en allant uriner, uriner un petit coup puis serrer puis uriner un petit coup puis serrer, ainsi de suite; la vessie se musclait et faisait ensuite jouir par à-coups assez nombreux quand on déchargeait – pour ma part la jouissance s'est toujours limitée à quelques timides sécrétions, je supposai donc que ce genre d'exercice se fût révélé assez vain en ce qui me concernait; cependant la description lue par M. à voix distincte perfusait mon corps par gradations assez brusques; des contractions se déclaraient dans les zones qu'on devine mais je sus rapidement que c'était une fausse alerte et qu'aucun orgasme n'en découlerait. Par contre un autre phénomène se produisait parallèlement aux contractions : le fait de fixer assidûment les photographies qui illustraient l'article amplifiait l'action du LSD pour ce qui était des couleurs; déjà plus vives depuis un bon moment, celles-ci se mettaient à palpiter – s'approfondissaient en stratifications elles-mêmes décomposées en milliers de particules scintillant de plusieurs couleurs élémentaires tour à tour, comme l'œil de l'insecte fait de myriades de facettes oculaires pouvant se retourner à tout moment; moi-même je ne me limitais plus à un ensemble d'yeux, de nerfs et d'un cerveau à capter une image, mais coïncidais avec le trajet parcouru par les particules de l'image jusqu'à mes yeux, puis celui parcouru de mes yeux jusqu'au cerveau, via le nerf optique; les chairs du magazine fermentaient visiblement en couches successives et emboîtées par places, imprégnées d'une espèce de levain pulsatoire, faisant aussi bien monter les couleurs que s'approfondir et se scinder sans fin – une complexité sourde et tournoyante, sourdement tournoyante comme le tissu pointillé des tableaux de Degas ou Monet, et je compris que la beauté et l'exploit de ces tableaux était d'exhumer, pour l'œil sobre, tout le picotement indiscernable d'où naît une surface colorée; et c'était bien ce pointillé que je voyais à l'œuvre dans toutes ces peaux photographiées, donnant l'impression, adhérente au nerf optique (un dépôt pulvérulent prêt à se distendre en nuée au moindre souffle), d'une couleur jamais vue; quand on peut subdiviser et subdiviser sans limite la surface d'une matière, celle-ci commence à *fourmiller*; ou plutôt : elle révèle de quel processus formicant elle est issue;

ce fourmillement, faisant tout le travail de la couleur dans cette matière, veut se donner à voir à sa surface, s'y déflagrer fluide, et exhiber comme on exhibe ses entrailles le phénomène qui la teint – il veut donc détruire cette matière et ne plus montrer que sa seule teneur, son essence informe à l'exclusion de toute paroi, de toute surface qui le filtrerait, mais il n'y parvient pas ; il doit donc battre en retraite et reprendre son travail giratoire et scindant, pour réinfuser – mais à l'état concentré, trié – le corps d'une couleur toujours plus riche à l'œil sobre, mais d'une richesse sourde, ravalée, qu'on ne s'explique pas. En observant cette surface de papier glacé, je devenais les indices de couleur successivement captés par ma rétine ; je suivais, en m'y fondant point à point, le parcours qui les convertissait en ces impulsions électriques ; elles remontaient par saccades à mon cerveau et mon corps finissait par se résumer à ces saccades montantes, à se concentrer en elles comme si mes nerfs se voyaient passés au pressoir et n'existaient plus qu'en filée de jus survolté ; ce n'était pas aux couleurs elles-mêmes que je m'identifiais, mes yeux ne restituant que par bribes la surface observée ; ils n'effectuaient pas une copie mentale de la surface perçue, mais une retranscription, une représentation neuve, qui en aucun cas ne pouvait être fidèle à l'objet même de ma perception, et qu'en soi je ne connaîtrai jamais – je comprenais que ce qu'on voit, ce que nos sens nous transmettent, ne correspond jamais à ce qui est, mais à une retraduction de la réalité variant selon les personnes ; et on serait bien en peine de dire laquelle de l'une ou l'autre perception est la plus fidèle à la réalité, il est impossible de le savoir avec certitude et je crois qu'a priori toutes ces perceptions se valent ; tout dépend de ce que chacun en fait. C'était donc dans ce phénomène de reconstitution par grésillements montants que je me fondais ; il y avait une sorte de fusion en un seul phénomène de ce processus nerveux, des couleurs elles-mêmes, et de mes facultés intellectuelles ; j'étais si absorbée par ma contemplation que je ne me souviens plus des propos que j'ai pu tenir simultanément avec M. Dès le début de notre conversation, D. n'avait cessé de nous embêter, venant toutes les cinq minutes nous reprocher notre isolement ; nous faisions selon elle bande à part, au détriment des autres et d'elle en particulier, et il est vrai qu'à l'exception de moi et de M., l'assistance semblait s'ennuyer beaucoup ; puis D. nous accusa de tramer quelque projet louche, et elle exigeait d'être mise dans la confidence, sans résultat ; enfin elle disparut soudainement et son absence se prolongea, nous pouvions M. et moi nous replonger dans nos passionnantes discussions dont la teneur m'échappe à présent totalement. Mais D., ma meilleure amie, à savoir la personne avec qui je me suis le plus disputée de toute ma vie, l'hystérique trop stupide pour analyser ses névroses, la femme forte au regard de vache qui pisse, D. revint à la charge et interrompit une nouvelle fois ma complicité avec M., mais par procuration : elle s'enfonçait dans ce qu'on appelle, dans le jargon correspondant, un mauvais *trip*, un accès d'hallucinations épouvantables – qui sont en fait plus sûrement d'implacables *révélations* quant à soi-même, des aveux qu'on se fait acculé dans son introspection forcée, et qu'on taxe après coup d'hallucinations pour voiler tout ce que ces visions avaient d'implacablement vrai. Ce fut N. qui nous informa des événements en cours, de même qu'elle me transmit la demande de D. de me voir ; N. m'apparut à cet instant comme un instrument de D. parmi d'autres pour me gâcher ma soirée, de même que M. n'était plus qu'une soupape de sécurité, une pièce défensive dont j'usais pour me protéger des attaques de mon amie ; et j'embrassai du regard toute l'assistance comme autant de pièces encore non employées, statiques mais qui seraient bientôt mises en branle pour un affrontement où seule D. et moi aurions activement part – et c'était elle qui avait l'avantage puisque j'acceptai de suivre N., ou plutôt c'est elle qui dut m'y conduire car sur ces larges entrefaites j'avais perdu mon sens de l'orientation, trop soucieuse de me repérer en moi-même pour être encore en mesure de me repérer dans un endroit inconnu ; ce retour de mon état de déperdition m'inquiéta, d'une inquiétude stoïque qui s'attend au pire sans broncher – mais j'avais tort ; je péchais par optimisme ; quand nous pénétrâmes dans la chambre et que je vis D. j'eus presque peur pour sa vie : elle tremblait de tout son long, telle une machine surchauffée au bord de la disjonction, paupières closes et yeux sans doute révulsés sur sa coulée à pic, les bras balayant l'air en quête d'un appui de réalité auquel s'accrocher – mais elle avait définitivement perdu pied, et je savais exactement ce qu'elle ressentait, de quel enlisement charcuteur elle était victime, même si je l'avais pour ma part éprouvé à un degré beaucoup moins intense qu'elle à ce moment-là. Quand une prise d'acide tourne mal, c'est abominable : la réalité s'étage rapidement en plusieurs strates de réalités, dont aucune ne ressemble à une autre tout à fait ; une schizophrénie physique, soufferte dans sa chair, s'empare de soi ; les réalités s'entassent les unes sur les autres et chaque couche qui vient se superposer à l'autre est régie par ses propres lois, possède son propre espace, son propre temps, sa propre pesanteur, uniques et indépendants des autres ; le corps enseveli, voulant remonter à la surface de la commune réalité, doit d'abord s'adapter à chacun de ces niveaux intercalés et aux lois physiques qui lui correspondent : il s'exerce alors pour rejoindre le niveau qui le surplombe immédiatement, en adaptant sa respiration (il y a plus ou moins d'air selon les niveaux), sa perception (les distances ne correspondent jamais à ce qu'on perçoit à l'œil nu), sa notion du temps (le temps peut passer à toute vibure ou au ralenti extrême), au fonctionnement autonome de ce niveau précis ; si la gravité est plus faible que la gravité habituelle, il faut ralentir ses gestes, les risquer avec la plus grande précaution, pour qu'ils ne fassent que ce qu'on a voulu et pas davantage ; si la perspective s'approfondit, il faut que les gestes portent immédiatement, et en parfaite proportion. Toute cette adaptation demande à chaque réalité où l'on pénètre une quantité considérable d'efforts, et doit s'accomplir avec une précision parfaite, sans quoi une nouvelle strate de réalité risque de s'ajouter aux autres car si, par exemple, le rythme avec lequel on se meut est décalé par rapport aux lois temporelles de la réalité où l'on se trouve, une nouvelle réalité va éclore de notre notion du temps erronée, où tout un ensemble de nouvelles lois physiques proportionnées à ce rythme erroné s'impose – une légère erreur par rapport à la réalité où l'on est suffit, car en se formant à partir de notre erreur et en se détachant des autres niveaux elle stratifie encore davantage la masse de réalités qui écrase le corps et celui-ci est repoussé encore plus loin de l'usuelle réalité ; mais quand bien même arriverait-on à s'adapter sans la moindre défaillance à la réalité suivante, on s'aperçoit que la remontée de notre corps a en réalité fait pression sur la superposition qu'on entendait traverser, et que les autres couches s'en sont encore épaissies et éloignées de soi, vers le haut cette fois, troublées par les poussées qu'on exerce en cherchant à rejoindre l'usuelle réalité palier par palier, et se nourrissent des efforts qu'on dépense pour refaire surface ; il faut alors comprendre qu'une fois que s'est déclarée la disjonction et que le *trip* a mal tourné, il est impossible de faire marche arrière et que plus on luttera contre ce tournedos indigeste de réalités, plus il proliférera et fera durer le calvaire (les secondes s'écoulant par exemple moins vite que d'habitude, s'étirant comme des flans ou de la gelée avant de se décider à passer – à certains niveaux on se sent emprisonné par cette seconde, elle se dilate sans fin si bien qu'on s'y sent condamné) ; que le pire est bien de s'évertuer à vouloir sortir par telle ou telle manœuvre de réadaptation, de s'ébrouer par une vaine insistance sous ces couches écrasantes – et on s'énerve et faire un geste en quelque direction que ce soit le renvoie en flèche venimeuse dans le corps, tel un écho fait tesson, pour se loger en plein dans ses chairs et les malaxer de verre pilé ; qu'enfin le seul moyen de s'en sortir (certains restent prisonniers à vie de cet état) consiste à demeurer passif, allongé, immobile, pour laisser ces strates de réalités s'affaisser successivement et s'emboîter les unes aux autres, dans l'espoir qu'elles finissent toutes tassées dans le même compost qui devra à son tour coïncider pleinement avec le corps étendu, sous peine de laisser quelques séquelles à vie : notion du temps brouillée, tics nerveux, aphasie. On conçoit l'enfer que peut être le for de quelqu'un qui oppose encore une vaine résistance à cet état de fait ; quel travail de galérien représente le moindre geste à effectuer pour s'adapter à la dimension où l'on est ; on n'est plus qu'une sorte de corps gigogne où chaque réalité enveloppe le corps d'un autre corps, mais ces corps successifs ne s'emboîtent jamais harmonieusement et tremblent tous du frisson tétanique du drogué ou du spasmophile ; on croit proférer un mot et c'est un râle sans fin qui s'extravase de la gorge ; faire un geste, et on fait de sa vue un écran de fumée agité de violents remous ; une pensée, et on perçoit tout l'inepte enchaînement de causes et d'effets qui a produit cette pensée, tout le conditionnement imbécile qui nous a fait croire qu'on pensait intelligemment. Ainsi la notion du temps de D. avait-elle subi plusieurs glissements de terrain : elle me nommait quand c'était N. qui était à son chevet, voulait s'agripper à M. quand il avait quitté la chambre depuis un quart d'heure, appelait V. qui ne lui avait pas parlé de la soirée, puis me suppliait de je ne sais quoi au moment où elle avait réussi à s'agripper à V. ; elle ne pouvait pas vivre tel moment *en soi*, mais un *double*, une sorte d'*ombre* décollée de ce moment, tellement dilatée, traînée en longueur, que D. ne finissait de la vivre qu'avec un décalage insensé par rapport au moment originel d'où s'était détachée cette interminable parodie de moment ; et à chaque fois que D. cherchait à rejoindre le moment du temps usuel, elle constatait un peu plus sa déperdition et s'éloignait un peu plus du temps d'horloge que nous vivions. Ma légère compassion à son endroit tourna vite au dégoût quand je ne pus plus douter de ce que sa crise était un conflit engagé de sa part contre moi ; à cause d'elle je faisais d'incessants va-et-vient entre le salon et la chambre où elle gémissait (ses gémissements mêmes témoignaient de ce décalage que j'ai dit ; ils résonnaient comme autant de petits cris secs, mais perpétués de façon aberrante : elle voulait pousser un petit cri effrayant et émettait malgré elle une distension de petit cri, un fantôme d'ahanement où se noyait malgré elle sa velléité de petit cri), partagée entre le désir amenuisé de l'aider et la froide envie de l'achever qui allait croissant ; lorsque j'entrai pour la seconde ou la troisième fois dans la chambre, j'eus la certitude d'un enchaînement logique de circonstances qui s'inscrivaient dans la stratégie d'un jeu macabre ; elle s'enfonçait dans son cauchemar, mais si complaisamment qu'il y avait là un parti pris très suspect ; elle commettait l'erreur de se débattre, de s'évertuer à lutter contre sa crise et de se contorsionner en efforts pour refaire surface – efforts implosés en une épilepsie endogène qu'amortissaient les parois adipeuses de son corps – en somme elle s'embourbait dans sa graisse comme dans son cauchemar et je ne pouvais m'empêcher de penser qu'elle méritait et son cauchemar, et sa graisse. On pouvait littéralement parler à son sujet de bouillonnement intérieur, et même d'un enfer liquide aussi dévastateur qu'il se puisse concevoir, lui dissolvant foie et intestins et pancréas jusqu'à les rendre difficilement discernables les uns des autres ; le résultat visible de ce magma, filtré par ses contours dodus, n'évoquait qu'un ragoût très lentement porté à ébullition, à la surface de quoi éclataient, péniblement et de loin en loin, quelques bulles grasses d'un air méphitique et presque solide de densité – oui, c'était bien à cela qu'elle me faisait penser : à un grand pet implosé dans sa graisse. À une diarrhée où roterait le ténia hébergé. Comme dans les pires mélodrames, je me pris la tête entre deux mains, les larmes aux yeux, une envie de meurtre me bourdonnant les tempes – rage d'une marâtre face à sa famille qui va à vau-l'eau et loin de lui offrir le bonheur escompté la torture de la pire façon ; M. était là qui me raisonna et m'incita à aider mon amie ; nous tentâmes donc à nouveau de la sortir d'où elle était, par pur acquit de conscience car je n'ignorais pas la vanité d'une telle sollicitude ; j'essayais de la sonder par mes paroles et celles-ci tombaient dans l'épais marécage de sa crise et y coulaient sans jamais toucher de fond ; la réception de nos mots se soldait par un enlisement sans fin dans son entendement troublé ; je lui parlais dans l'espoir qu'un mot ou l'autre fit enfin sens dans son esprit, qu'elle puisse s'y accrocher, s'accrocher à ma présence, à un élément tangible qui l'apaiserait et lui permettrait de refaire surface graduellement – mais aucun progrès ne se laissait voir. « D. ? » fis-je pour la centième fois. Comme par enchantement et en un claquement de doigts, disparurent ses frissons, ses larmes, sa voix geignarde, pour faire place à une physionomie que je ne puis qualifier que de diabolique, et à un éclat de rire sismique ; puis une voix de fausset suraiguë s'arracha comme une raclure de son gosier et tâcha de nous instruire : « D. est morte. » Je sursautai sur mon séant et mon cou, comme hameçonné aux veines par cette voix démoniaque, fut parcouru de convulsions – quant à M. je le voyais béer de la bouche et me tenir par le bras ; sans nous consulter nous nous levâmes et d'un pas résolu sommes retournés au salon, traqués par les stridences de D. confirmant sa mort clinique – je décidai de la laisser à son sort quoi qu'il advînt, car c'était à moi qu'elle voulait nuire par sa bouffonnerie ; il semble en effet exister dans l'amitié un pacte implicite entre les deux amies, comme quoi si l'une des deux est malheureuse l'autre devra se ranger à ce malheur sans discuter – et D. me signifiait clairement que de m'amuser avec M. était une offense à son endroit, à ses névroses et à sa stupidité ; elle m'intimait donc de me ranger à son malheur, comme il se doit dans toute amitié, où l'amusement est toujours une insulte au malheur qui le côtoie, où l'intelligence est perçue comme une indécence par l'indigence qui la gratifie de son amitié ; ce sont deux agents chimiques où le plus nocif aura raison de l'autre en s'y mêlant, mais je ne me mêlerai plus à D., je ne voulais plus avoir affaire à elle de près ou de loin, être à nouveau drainée vers son étiage de malheur et de stupidité – gisement d'infection dont les émanations ne montaient vers moi que pour cailler sur ma peau et m'alourdir à mesure, jusqu'à ce que je bascule de gangue fétide et plonge dans la mare purulente de D. De retour dans le salon mon attention se focalisa assez vite sur le pauvre V. qui s'était vu forcé de prendre D. dans ses bras pour la cajoler ; je scrutai V. et une chose en lui me frappa, d'une évidence telle que je m'étonnai de n'en prendre conscience qu'à cet instant : c'était l'extrême concertation qui précédait tous ses faits et gestes, réglés mécaniquement, apprêtés au détail près, et qui soudain étaient mis à nu par mon observation attentive, étançonnée par ce que je connaissais déjà de lui ; il avait tout du psychotique maniaque, tous ses gestes et ses paroles possédaient les caractéristiques d'une folie clinique : la folie est une tête dans laquelle une passion donnée a commencé à prendre petit à petit le dessus sur les autres passions, pour envahir toute cette tête et la réduire à elle seule – ainsi mon cerveau inondé de liqueur lysergique : une mosaïque de milliers d'ampoules qui se gonflent d'un air chaud, lumineux et multicolore quand ça se passe bien, mais qui pètent avec un son claquant, l'une après l'autre ou toutes de concert, quand ça se passe mal – s'éparpillant ensuite sous mes paupières closes en furoles dansantes avant de se dissoudre dans les zones noires de mon esprit. Observez un fou de près : sa passion dominante, finalement unique, a plongé ses nervures, pour s'y incruster à jamais – toile de radicelles pulsant et suppurant de liqueur caustique qui se cracherait par les yeux si elle pouvait, plus forte encore que l'électricité jaunâtre qui court dans les lézardes du cerveau ou les ramures du plexus, et dont le reflux forcé l'oblige à se faire passer pour de la vie ou de la personnalité ; ainsi ce professeur de renom que mon père avait un soir invité à dîner : il arrive communément qu'on oppose le caractère intellectuel au caractère émotif, ce qui est un moyen commode de cerner les gens pour les psychologues de gare ou les faiseurs d'horoscopes ; pourtant, de ce professeur qui causait fort brillamment devant moi, se faisant écouter dans un silence religieux par les autres invités, on pouvait dire que le caractère intellectuel avait tout dévoré de sa personnalité, au point de faire disparaître toute trace de caractère émotionnel – plus la moindre parcelle d'émotivité n'avait survécu dans cette tête, l'un de ces retranchements minoritaires dans la personnalité, qui lui eût permis de prendre une salutaire distance par rapport à lui-même car c'est toujours, dans une individualité, le caractère qui se trouve avoir le dessous qui lui permettra de s'observer avec recul, et qui sera même déterminant dans les choix que la personne concernée devra faire dans l'existence : une personne fortement émotive s'en remettra souvent à la sagesse et au bon sens pour prendre une décision, tel créateur cérébral se réclamera de « l'émotion » ou du « principe de plaisir » et s'en remettra effectivement à ces valeurs pour la composition de ses œuvres ; dans le cas universitaire qui nous occupe un tel caractère était absent, qui lui eût permis une saine mise en perspective de sa personnalité et de se jauger avec distance, pour se constater frigide, incapable de se laisser aller à la moindre sensation ; tout en lui était subordonné aux impératifs de sa condition d'intellectuel de pointe, irréductible aux émois – car l'émoi est par définition l'irrationnel et cet homme se devait d'absolument tout rationnaliser pour demeurer fidèle à son éthique et à son prestige d'intellectuel de pointe ; son monde devait se montrer d'un rationnel sans mélange car une seule once d'émotion eût remis en cause l'ensemble de son architecture intellectuelle, longtemps élaborée avec un soin maniaque. Rien qu'en fixant ses yeux, j'avais le sentiment de rapetisser à toute vibure sous la pression atmosphérique qu'émettait son jugement ; mon regard rencontrait le sien et tout à coup je n'étais plus qu'une donnée parmi d'autres de sa dynamique cérébrale, un chiffre ou une variable destinée à être happée et broyée dans ce fonctionnement sans faille, d'autant plus vertigineux que rien n'aurait pu persuader cet homme que j'étais autre chose que ce qu'il avait diagnostiqué que j'étais, et donc qu'il n'y avait possibilité d'erreur que de mon côté, et que moi seule pouvait me tromper sur mon propre compte et n'être bien, finalement, qu'un élément perdu dans les tractations intellectuelles qu'il menait en permanence in petto ; j'avais face à moi une cohérence absolue, et le fait que cette cohérence eût pour siège non un livre mais un organisme vivant, rendait ce dernier dangereux, comme aucun livre ne pourra jamais l'être : on peut laisser un livre dans un coin ou le lire sans s'y exposer vraiment, mais une cohérence incarnée peut vous traquer jusqu'à vos derniers acculs et vous inoculer ses certitudes – en l'occurence la certitude que je n'existais pas et j'en devenais moi-même intimement persuadée, mettant plusieurs jours à me ponctionner de cette sanie grisâtre qu'il m'avait injectée, plusieurs jours avant de revenir à moi. La méticulosité masturbatoire de la folie est en quelque sorte le comble de la raison, et c'est ce que je pouvais à nouveau vérifier avec V., imprimant ses volontés très calculées à toute son attitude, à sa diction, à ses regards, à sa chorégraphie vitale ; V., l'une des deux starlettes mâles du pullulement goth, V. qui, je l'avoue, m'avait forniquée à la sauvette quelques semaines auparavant, V., sans doute intoxiqué par ses nombreux succès galants, se comportait en acteur de très haute volée, mais qui n'improvisait jamais et qui, malgré toute son affectation, calculait ses effets très brillamment ; leur perfection faisait qu'on ne les voyait plus, mais quand une crise de lucidité s'empare de vous on perçoit tout comme au ralenti et l'immense chantier intellectuel et nerveux qui apprêtait son geste le plus infime sautait désormais aux yeux, du moins à mes yeux : sa mise ; le maquillage « toile d'araignée » sous ses yeux ; sa tête presque entièrement rasée, où ne survivait qu'une crête de deux centimètres de diamètre (il lui était arrivé de faire usage de colle à bois pour la faire tenir) ; le ruban coquettement noué à ses quelques cheveux ; son petit défaut de prononciation si adorable, sa voix de gamin si en contraste avec son apparence agressive, et qui créait en toute jeune fille qui le voyait un vertige des sens à quoi il était difficile de résister ; son pantalon moulant, aux flancs lardés d'épingles à nourrice rectilignes ; ses docs, martelant à chaque pas la puissance virile de quelque milice fasciste ; ses longs gants en résille, faisant chavirer son allure décadente d'un demi-siècle, dans les orgies bestiales des officiers S.S. pédérastes ; tout participait d'une extrême concertation et d'une auto-discipline qui, il faut le croire, ne se relâchait jamais : on eût juré qu'il projetait devant lui, au rayon traçoir, une image de lui-même inlassablement contemplée, ou plutôt un hologramme, une image en trois dimensions que chaque geste pouvait épouser comme un gant, lui assurant une perfection d'attitude que lui eussent enviée les robots ; il voulait être certain d'y rester fidèle et la redessinait donc sans discontinuer, la précisant à mesure qu'il allait dans l'existence, maintenant cette image face à lui grâce à une concentration sans faille, obsessionnelle – et c'est en quoi on peut dire que la bêtise est la plus répandue des folies existantes, une démence de masturbation virant à l'autisme et rembourrant tous les recoins de sa suffocante cœrcition, fourrant tout orifice d'une matière destinée à se dévorer elle-même jusqu'à épuisement – une folie si répandue mais si contenue par chacun qu'elle reste aussi difficilement prouvable que les gouvernements parallèles ou les phénomènes des Bermudes ; chacun va le nez fourré dans le rentrement aigre de son néant, les yeux presque blancs de révulsion vers soi et s'il cherche à se faire entendre il n'arrive qu'à tousser une flatulence promise à dissipation ; chacun s'escrime la gorge à vouloir s'exprimer et ce qu'on nomme population mondiale n'est plus qu'une galerie presque infinie de glottes exorbitées, vrillées hors d'êtres prêts à tout pour cracher l'ineptie qu'ils ont sur le cœur, et qui se vrillent en retour dans leur propre for, écroués dans leur folie d'onanisme vortex. Mon psy aime à m'accuser de douce paranoïa, mais il suffit de le voir, lui, ses yeux en calots bulleux de têtard monté en graine, sa componction cul de poule, ses lèvres flasques aux commissures retroussées par l'orgueil retenu, ses monosyllabes d'approbation nasale, son ironie morose et systématique – une entité close qui assimile dans sa dynamique en boucle chacune des données neuves qui lui parviennent, et je dis données car il est incapable d'accueillir le monde par éléments vivants et différenciés, mais en traductions chiffrables et intégrables à son circuit en rond. Je compris pourquoi le regard de V. m'avait si souvent paru condescendant : c'est qu'il était exhaussé par un début de révulsion naissante, un regard s'efforçant de jauger quelque chose de ravalé en profondeur ; l'œil toujours rivé sur ce double spectral, donnant aux autres l'illusion de vivre en leur présence, quand il ne se souciait jamais que d'affiner la sienne ; il pouvait tant qu'il voulait discuter et plaisanter avec ses amis – plutôt apparentés à une cour qui le suivait partout pas à pas, à un troupeau d'hémorroïdes sanglantes lui rampant toujours au fion –, et même faire de temps à autre le geste de leur envoyer des rayons du bout de ses doigts, comme dans un dessin animé, je savais qu'il ne faisait qu'affiner son spectre de statue pellucide et qu'il n'avait pour pensée que de ressembler au plus près à cette image de Narcisse onaniste – et de même que je me savais intimement souffrante du même mal que

A., de même je n'ignorais pas que l'obsession centripète de V. trouvait en moi un duplicata encore plus chronique, plus terminal puisque je n'arrivais même pas à projeter ce fœtus d'Irène hors de moi pour l'affiner, mais qu'il se rentrait inoculé de gangrène et tourbillonnant en charpie dans mon for au point de m'entraîner tout entière dans cette pourriture à grande vitesse. Je replongeais dans mon calvaire, mais mon amie D. m'en sortit aussitôt pour me replonger dans celui qu'elle fomentait au-dehors ; elle se dandinait dans le salon, ses allées et venues horizontales activant un va-et-vient vertical de toute sa graisse – elle en paraissait moins marcher que rebondir d'un endroit à l'autre ; elle continuait sur sa lancée fille du Pandémonium, mais j'étais cette fois rodée et prête à tout. Elle donnait un spectacle comme quoi ce n'était pas elle en train de parler et bouger et délirer, mais un démon à travers elle, un incube profitant de son inconscience de droguée pour se repaître de sa liqueur et ridiculiser aux yeux de tous la D. que nous connaissions, ce qui était invraisemblable, puisque le milieu goth était le seul à ma connaissance où le ridicule ne tuât point et au contraire servait de moteur au vivotage de chacun, d'autre part je voyais mal un quelconque démon l'incuber sans mourir d'indigestion, dans ce gargouillis fétide qu'était le soma de mon amie ; je dus cependant admettre que le rictus de clown maléfique lui allait à ravir, serrant au plus près les traits de sa physionomie naturelle, d'habitude estompés en bouille mafflue de fillette grondée. Elle parlait d'elle-même à la troisième personne : D. était « sa » victime, un jouet destiné à l'amuser, lui Diabolicus, aux frais de la santé voire de la vie de notre chère amie – qui me faisait d'ailleurs, dans sa métamorphose si peu surprenante, songer à ces bouteilles d'eau gazeuse que l'on secoue trop fort et qui, décapsulées, éjaculent leur jet et salopent tout : l'ébranlement du for de D., cette mise en charpie de son organisme et sa mise à ébullition la faisaient exsuder sa nature réelle et couvée depuis toujours, mais qui ne pouvait surprendre une amie aussi avisée que je l'étais. Je refusai d'entrer dans son jeu grotesque et lui intimai tout net de suspendre la représentation : elle reprit de plus belle, éclatant d'un rire d'immonde opéra, chipant des verres çà et là, faisant sa ronde d'outre pleine de saindoux, survenant à l'improviste et en silence derrière ses victimes pour leur faire bouh et y broder les filins de sa vibration toxique – vibration qui commençait à circuler de façon inquiétante à travers les convives de la soirée, un sabbat orchestré de main de maître par D., dont elle était la seule participante et nous tous les victimes passives, vulnérabilisées par les drogues et les alcools ; le cycle de ses anamorphoses ne cessait pas et elle m'apparut bientôt comme une sorte de mblourmf noir – le mblourmpf étant une race dégénérée de schtroumpf, caractérisée par l'obésité et les bourrelets pendouillant du pendouillement de capotes pleines de crème ; nous avions établi cette définition avec W., un soir où dans une fête nous observions ensemble un gros punk qui se plaisait à engloutir tout ce qu'il y avait de comestible à sa portée : il buvait les carafes d'une goulée et mangeait des morceaux de gâteaux à s'en éclater les joues (on le surnommait d'ailleurs d'un surnom trop vulgaire pour que je le rapporte ici, mais qui renvoyait au lexique fessier – tout le monde connaît sûrement la fine plaisanterie du joufflu au cigare, je ne m'étendrai donc pas davantage) : on eût dit que la mangeaille filait directement aux bourrelets, que ces bourrelets étaient chacun dotés d'une fonction digestive propre et que ces nombreuses digestions produisaient partout un remue-ménage effarant, comme autant de souris que l'on eût glissées sous ses vêtements, et qui hoquetaient sans retenue. La moue boudeuse et le regard à peine éveillé, notre mblourbf punkisant se déplaçait par rebonds amollis, le ventre pendouillant et la coiffure iroquoise affaissée sur son front, en forme de grosse chaussette ou de verge fourbue, évoquant très exactement une variante très grasse de schtroumpf ; nous le baptisâmes mblourpf en raison de ce que sa démarche suggérait, et surtout sa moue de mange-sans-fin – mblourpf, un mblourmpf, dont mon amie D. était la réplique mais au féminin et en négatif ; un mblourmpf noir car il existe un épisode des aventures des schtroumpfs où le village schtroumpf subit une invasion de schtroumpfs tout noirs et tout méchants – les piqûres de la

« mouche bzzzz » les avaient ainsi noircis et rendus mauvais –, sautillant partout très vite en faisant gnap gnap et en mordant les queues des autres schtroumpfs pour les contaminer à leur tour, si bien qu'à la fin le village était entièrement peuplé de schtroumpfs noirs, en houlées d'essaims sautillants, à l'exception du vénérable grand schtroumpf qui trouvait in extremis un remède miracle permettant de les guérir en bloc et de les rendre à leur pacifique bleuité – ainsi D. pouvait-elle être considérée comme le premier exemple de mblourmpf noir en circulation, avec sa façon d'importuner ou d'effrayer tout un chacun par surprise, transmettant grâce aux vertus de l'acide (des attaches se créent entre les consommateurs de LSD comme je l'ai dit, des dispositifs d'ombilics qui font céder les défenses immunitaires de chacun et établissent une étroite interdépendance entre tous les drogués) son onde maléfique, de personne en personne : autant de corps, autant d'antennes relais où grésillait en rond le soufre électrique de D. ; la contagion installait sa rotation implacable et le gâchis de la soirée était entièrement du fait de mon amie ; mais elle ne l'emporterait pas au paradis et je me promis de le lui faire payer au prix fort ; en attendant elle ne cessait pas de nous tourner autour et de nous faire apprécier toutes les nuances de son art dramatique : je ne suis pas D., D. est ma victime, je la tuerai et d'ailleurs elle est déjà morte – idée déclinée sous toutes ses formes, passée et repassée au broyeur de son génie de diva saumâtre, avec un art virtuose de l'improvisation et du raffinement taraudant – chaque nerf pressuré par D. jusqu'à extraction de l'ultime gouttelette, mais en ce qui me concerne elle prêchait une convertie : qu'elle fût plus proche de la mort que de la vie, je n'avais aucune peine à l'admettre puisque c'était le cas de tout un chacun ici – toutes les caractéristiques d'une mort avant terme se rassemblaient ici, et quelle que fût l'échéance de leurs morts cliniques une gangrène noire les suppurait tous par-dessous en circuits montants, si bien que je ne pouvais plus faire la part de ces crétins et de leur gangrène frémissante, m'indisposant narines et nerfs et méninges ; enfin M. me tira de cette vase de pensées où je m'enfonçais, pour me proposer une partie d'échecs : il venait de disposer les pièces sur l'échiquier et sa voix pasteurisée me fut promesse d'une accalmie bienvenue, d'une respiration hors du cycle de mes pensées ; je m'apprêtai donc à jouer quand D., par l'un des surgissements « génie oriental » dont elle s'était fait une si infecte spécialité, s'assit en face de M. avant moi et engagea la partie sans me consulter ; je ne protestai pas, amusée et curieuse de suivre la suite des événements – comment pourrait-elle jouer, me demandai-je, quand J. avait plusieurs fois essayé de lui apprendre les échecs sans autre fruit qu'une grosse moue renfrognée, sans compter que les échecs exigent un minimum de dispositions intellectuelles dont mon amie était tristement dépourvue. M. releva le défi sourire en coin et répondit à l'ouverture de D. par une défense sicilienne, optant donc pour l'offensive ; après quelques coups je vérifiai que D. jouait n'importe comment, sans aucune stratégie et en bafouant les principes élémentaires de l'ouverture et du plan, mais sans enfreindre les règles du jeu proprement dites, déplaçant chaque pièce comme elle avait droit de le faire ; ainsi J. avait-il fini par lui apprendre à jouer, à mon insu ? J'approchai ma tête plus près de l'échiquier, le reniflant, le humant, mise en appétit par ce prélude d'un carnage qui allait s'abattre sur D. ; par le biais de sa défaite sur l'échiquier au sens propre, elle serait mise à mal dans l'affrontement qu'elle avait engagé contre moi sur l'échiquier de la soirée ; je regrettai de ne pas disputer moi-même la partie, de ne pas avoir moi-même l'honneur de l'écrabouiller et de laver tous les affronts qu'elle avait accumulés à mon endroit – et par là enrayer l'ulcéreuse occupation de terrain qu'elle avait menée pied à pied dans cette soirée, décortiquant les nerfs un à un pour filer, d'un être à l'autre, sa stratégie destinée à me tuer à court ou moyen terme – ce n'était pas contre les autres qu'était dirigée sa fausse crise de folie, comme on pouvait le croire de prime abord, mais contre moi, mes compères tricotés ensemble autour de moi comme des barbelés en rapprochement constricteur. Je regrettai de ne pas disputer cette partie mais je dus reconnaître que M. s'acquittait bien de sa tâche, jouant avec beaucoup d'ordre et de rigueur : au bout d'une dizaine de coups il avait détruit les deux flancs défensifs du jeu de D., exposant le roi toujours centré de mon amie à de très faciles attaques ; je me livrai à un nouveau passage en revue de tous les hôtes de la soirée pour constater que l'emprise de D. sur eux était retombée, laissant place à un ennui plus protocolaire ; au point de vue matériel l'avantage de M. n'était que de deux pions mais en toute logique la fin devait être imminente, et en sa faveur ; pourtant la partie se prolongea au-delà d'une vingtaine de coups sans notable évolution, sauf que D. exerçait une légère menace sur la barricade de pièces protégeant le roi adverse ; M. cédait donc à cette pathologie du statisme que j'ai évoquée plus haut, à cette espèce de tétanos mou qui empêchait d'avancer mes amis goths, aussi bien dans le cours général de leurs vies que dans les plus menus détails quotidiens ; après avoir établi solidement, d'après les lois théoriques les plus sûres, son jeu, il s'y enlisait incapable de prendre la moindre initiative personnelle – pourtant la plus grossière offensive à l'encontre du jeu précaire de D. devait se révéler fatale ; mais il ne tirait aucun profit de son avantage positionnel écrasant et au contraire cet avantage semblait être sa perte, son enlisement confortable dans ce jeu dicté par des impératifs uniquement théoriques, abstraits ; il se lovait dans sa certitude théorique et oubliait déjà d'avancer de son propre chef ; je crus que la partie allait s'éterniser quand un des étudiants lunettés, s'arrachant pour les seules secondes de la soirée à ses captivantes activités vidéo, passa devant nous, considéra la position de son œil dégoûtamment sobre et indiqua un mat à la disposition de D., or c'était à elle de jouer ; l'étudiant disparut aussi soudainement qu'il était apparu, je le maudis et insultai cette couille amorphe de ce qu'elle était – mais étudiant ou couille amorphe D. avait remporté la victoire, sans appel ; elle ne savait pas jouer, M. était lui d'un niveau convenable, jouant depuis longtemps et s'étant même entraîné de manière intensive à une époque ; il n'essaya même pas d'analyser la partie proprement dite mais se confondait en va-et-vient entre son propre cerveau et les conditions extérieures corrompues par D., attribuant la défaite tantôt à ses maléfices tantôt à quelque court-circuit de sa propre tête, me criblant de regards suppliants, avide qu'on lui dise le pourquoi du comment; je ne pus lui répondre : je ne lui en voulais pas mais me refusais à attribuer sa défaite à des causes irrationnelles – c'était lui qui avait mal joué, non pas Lucifer qui avait gratifié D. de son intervention, sans compter que D. pouvait sans jeu de mots damer le pion à Lucifer en matière d'intelligence maligne. Je dus vite laisser M. parler tout seul et ressasser sa consternation, lorsqu'on vint me livrer, toutes chaudes et fumantes, les dernières nouvelles de la poufiasse des sept géhennes : elle s'était à présent affaissée dans le couloir – celui où le conglomérat goth m'avait truellée de ma matière vive jusqu'à la nausée –, répandant sur le parquet ses larmes et ses bouffissures reptiles, comme une vase de pathos où les convives n'avaient qu'à s'enfoncer, frémissant de tout son corps en proie à un séisme organique toujours amorti par le capiton graisseux : elle était revenue au registre de la victime, gros chat noir par temps d'orage, tordu sur lui-même de ne pas comprendre la foudre et le tonnerre – sauf que c'était en D. que le tonnerre résonnait; je dus donc m'asseoir à côté d'elle et lui prendre la main; je prononçai quelques mots mi-consolants, mi-réprobateurs; elle cessa de pleurer et de trembler aussi soudainement que la première fois et me *mordit*, à pleines dents et jusqu'au sang. Je retirai ma main avec violence et lui demandai si elle était folle et elle me répondit par un grognement bilieux de cabot enragé, lèvres retroussées écarlates, ses mains crochetant l'air, lacérant les influx qui venaient s'opposer à elle – papattes aux griffes sorties du mblourmpf noir incapable de concevoir un monde hors de lui, créant une mare d'enlisement circulaire qui devait noyer tout le monde de pitié ou de fureur impuissante – peu importait les sentiments que D. produisait en nous, du moment qu'elle nous envahît de cap en pied, qu'elle nous inoculât son goudron noir et qu'il frémît sous nos crânes; de contagionner les autres n'était du reste qu'une manœuvre élaborée pour me nuire à moi, puisque comme je l'ai montré tous les processus putrescents des autres faisaient chaînon pour converger vers moi, et D. prenait bien soin d'appuyer cette convergence, d'ajouter son impulsion à l'irritation spontanément ourdie par les autres à mon encontre ; mais elle m'agressait le moins possible physiquement car une baffe ou des coups de griffes répétés eussent pour ainsi dire risqué de briser le charme, c'est-à-dire faire brutalement remonter à la surface une agression qui était bien plus efficace en travaillant mes tréfonds, en procédant par vibrements sourds d'infiltration, d'ulcère suggéré aux entrailles par infimes friselis. Je décidai de ne plus me laisser prendre au jeu sous aucun prétexte et sans un mot plantai là mon amie, résolue à rompre avec les gens de sa sorte, à ne pas me laisser traire vers dessous par les mblourmpfs de son espèce : si je ne mettais pas fin à leurs agissements contre moi et les laissais me poncer si méthodiquement, comment pouvais-je espérer entreprendre ma guérison ? Je souffrais de naissance d'un mal atroce, pourquoi devais-je l'aggraver par les fréquentations d'hyènes comme D. ? Avais-je donc quelque chose à expier ? Non. De toute façon la nuit tirait à sa fin et je n'avais plus qu'à savourer, seule dans un coin du salon, ma solitude étanche, l'imminence de l'ouverture des stations de métro dont je profiterais dès la première heure, et d'ici-là me calfeutrer à l'écart des autres – par la fenêtre je pouvais voir poindre l'aube, ses minces lignes de couleurs feuilletées au bas de l'horizon, là où le ciel semblait confluer avec le sommet des immeubles ; cet horizon, stratifié comme le cauchemar de D. écrasée sous plusieurs réalités dont l'acide avait accouché à partir d'une seule, cet horizon me fit songer au temps tel que je l'avais vécu depuis ma naissance et de façon accentuée ce soir-là ; ce temps me disais-je devrait pouvoir se présenter à moi uni et ramassé, n'ayant qu'une réalité à faire appréhender, mais inépuisable, plutôt qu'une séquelle de réalités qui ne pouvaient être vécues qu'une à une, et chacune sitôt vécue qu'épuisée ; un temps qui malgré son extensibilité infinie par tous les côtés s'offrirait à moi dans son tissu en entier ; et pourtant il a cru bon de se dédoubler, de se quadrupler, de se centupler, etc., remplaçant cette extension sans fin par un morcellement en découpures de plus en plus ténues et infimes, un carnage de chair qui commence au couperet énorme puis se fait à la hache et ensuite au stylet toujours plus effilé, jusqu'aux mesures d'une aiguille minus encore forcée d'émietter la particule de chair restante si bien qu'on doit bientôt trouver un instrument plus réduit, pour continuer à subdiviser une chair de plus en plus invisible – un temps de pure succession, de pur emprisonnement dans la succession c'est-à-dire dans chaque fragment minuscule débité par cette succession à l'exclusion de tout autre ; non plus quelque chose de cohérent, un corps ou que sais-je de matière homogène, mais un égrènement sans fin où des deux doigts on presse la tige de plus en plus fort pour extraire des granules de moins en moins consistants – une incroyable dissémination au lieu d'une entité unie et infinie, et une incroyable disproportion entre cet éparpillement multimilliardaire de grains et le seul grain qui m'est imparti : ma vie singulière en leur compagnie ; mais j'allais quitter cette soirée, la fuir à toutes jambes – non sans assister à la mise à mort de D., qui avait recommencé à se lamenter dans son coin en se plaignant du fait qu'elle fût grosse et laide et stupide, quand S. s'abattit sur elle pour lui confirmer que oui, elle était grosse et moche et conne mais que pour autant elle n'avait pas à gâcher la vie des autres ; les autres vinrent prêter main forte à S. pour se venger de mon amie, l'incriminant du gâchis de la soirée, l'enfonçant plus à fond dans son adipose liquéfiée, d'où elle peinait à expulser encore quelques bulles de brouet fétide en guise de plaidoirie, tâchant de compisser son giron de son malheur pour y engouer une fois de plus les hôtes de la soirée, mais cela ne fonctionnait plus, ils se vengeaient sans la moindre pitié, ils se coalisaient pour incarner en D. toute *leur* responsabilité dans le ratage de cette soirée – car toutes choses bien pesées, et de même que nous l'avions tous tenue pour responsable de la soirée, n'étions-nous pas de notre côté responsables de l'existence d'une D. – n'était-elle pas la quintessence charnelle d'une ambiance que seul un troupeau de goths stupides pouvait fomenter ? Mais je n'étais pas une goth et je pris la tangente sans saluer personne et dévalai les escaliers de l'immeuble – il me sembla que ce n'était pas moi qui fuyais mais un courant que, dans le maelström, j'avais réussi à rejoindre et qui m'entraîna loin du tourbillon, vers mon lit où je goûtai un repos bien mérité.

Mais à chaque fois que je croyais trouver l'un de ces courants et que je me laissais emporter loin du vortex goth, je me rendais bientôt compte qu'il n'était encore qu'un circuit de plus du vortex même, décrivant certes un mouvement plus ample et plus éloigné du centre que les autres circuits, mais qui finissait tout de même, après un détour plus ou moins prolongé, par m'y ramener ; ainsi mue par une dynamique implacablement centripète, je me voyais toujours ramenée au cœur du tourbillonnement goth quels que fussent les trajets que j'empruntais, aimantée par cette cavité noire d'aspiration sans que je pusse m'expliquer pourquoi ; le lendemain même de la soirée que je viens de relater, je traînais aux environs de la place Blanche, dans un état quelque peu second, en attendant l'ouverture d'une boîte de nuit bien connue des jeunes Parisiens : La Locomotive. Les mouches s'agrègent sur les bouses en spirale, les goths gravitent, on dirait d'instinct, autour de quelques endroits convenus – les mêmes depuis toujours et quand bien même il ne se passerait plus rien dans ces zones de ralliement : c'est que tout milieu, et les milieux adolescents a fortiori, a besoin d'un ou de plusieurs points de rencontre fréquentables à n'importe quelle heure, une rue ou une place ou un café, faisant ses sectateurs fonctionner au flair de fin limier, à l'instinct qui mène vers le point où tous finiront par atterrir. J'étais donc ivre : l'ivresse apporte oubli et gaieté à beaucoup, quant à moi c'est taraude plus grinçante et plus appuyée dans ma misère – l'appui extrême d'une main de fakir sur le verre pilé, qui perd soudain son immunité magique et doit écoper d'un coup toutes les douleurs de tous les tessons tétanos dont il s'est pétri toute sa vie ; comme lui j'ai une sensation trop aiguë, et à l'état très concentré, une sorte de liqueur distillée du cœur de mon existence, de mon enfermement en Irène close – crissement d'une trop insistante friction avec mes parois, frotti-frotta de la chair ulcérée par son enveloppe – et la colonne de chair hachée, énervée à vif, masturbant sa housse membraneuse jusqu'au point de plus atroce crispation ; un gouffre en moi aspire sans relâche et l'alcool m'y fait basculer à tout instant, sans jamais se décider à m'y faire tomber vraiment – c'est le vertige mais sans l'accoutumance au vertige, je n'ai pas de véritable chute à quoi m'accoutumer ni même d'éternelle position de condamnée perchée au bord de l'abîme : à chaque seconde je bascule encore une fois et l'effet de surprise horrifique se renouvelle d'instant en instant – à tout instant un nouveau vertige s'empare de moi et me pousse dans la béance sans fond de mon propre soma : deux corps, en fait, dont l'un est comme à bascule, titubant et chavirant en permanence au sein du corps usuel, cherchant à s'y emboîter, à coïncider parfaitement avec lui en s'y casant au millimètre près, et ne fait que rebondir avec fracas d'une paroi à l'autre, me faisant sombrer tout entière à chaque rebondissement : je ne pouvais donc m'empêcher de tomber car c'était toujours un vertige différent qui s'emparait de moi, à chaque seconde je me réveillai de telle coulée à pic pour sombrer dans une nouvelle chute à quoi je n'avais pas le temps de m'accoutumer non plus ; et je ne pouvais même pas fermer les yeux pour tenter de perdre connaissance, au contraire j'eusse encore accéléré ce débit de vertiges endogènes – je songeais à la technique que j'employais quand j'étais sobre pour dormir, consistant à fermer mes yeux et à diriger mon regard vers le haut sous mes paupières closes : ivre cette torsion de mes globes oculaires vers le haut broyait ma cervelle en racahon liquide et c'était mon cerveau liquéfié que je vomissais sur mon oreiller. Je me forçai donc à garder les yeux ouverts, insoutenablement lucide : je n'éprouvais tout compte fait que des banalités, et ce sentiment d'oppression qui me hantait du matin au soir était un lot beaucoup plus commun que je ne voulais bien l'admettre en temps normal. À la suite de cet aveu, je me demandai pourquoi, dans un monde d'où les faits violents étaient quasiment absents, tout était-il si violent – de cette violence nerveuse, veineuse, fruit d'une fermentation excessive et forcée dans les corps, les gens n'étant plus dans leurs corps qu'une grande crue de violence réprimée, les bourrelets bipèdes d'une effervescence pressante qu'ils ne pouvaient laisser s'épandre car le droit leur en était retiré, comme si l'homme présent avait été réglé pour ne jamais exsuder une goutte de sa violence, comme si la violence avait été une variété mal étudiée de plasma : je veux dire une matière à la fois impérissable et consubstantielle à toute matière vivante, mais qu'on faisait mourir de force dans les corps en l'empêchant de se manifester – et l'occident de dégénérer en peuplades de cloques et replis bondés, en mille remue-ménage de kystes et de poches tuméfiées à bloc de ne pouvoir décharger les afflux juteux dont ils sont les conduits bouchés – jus d'une violence poussant si fort sous les peaux qu'il tourne pus écœurant de ne pouvoir sortir; un corps, rien que l'outre d'une sanie qui se convulse pour s'épancher hors et s'en renfonce gâtée et pleine de grumeaux. Les passants passaient comme autant de grimaces et de crispations – et ce comme pour me confirmer par l'exemple : ce qu'on nommait traits ou plis du visage, qu'étaient-ce sauf les méandres caillés du ragoût qui nous servait tous d'egos minables, ces brouets dont les saveurs variaient au gré des êtres, aigre et amère chez l'un, douceâtre et melliflue chez l'autre, mais toujours écœurants et franchement mortels tant ils étaient décomposés. Le pire est que je ne pouvais moi-même absolument pas m'exclure du lot et faire preuve d'une violence assumée et exercée : j'étais incapable de seulement prendre un pavé, j'en étais là de mes pensées, je croyais en pensant la violence me mettre en état de la reconquérir, et je dus m'aviser qu'une fois de plus je m'étais laissée aller à l'introspection, à cette névrose d'enlisement autiste qui si souvent me coupait de tout : ma lucidité ne me sauvait de rien et ne faisait que me punir de la façon la plus cuisante, ma violence et mon intelligence n'étaient pénétrantes que pour me fourrager plus douloureusement, pour s'enfoncer au plus vif de mes nerfs irascibles et me faire regretter de penser et de connaître si bien ma violence. Je voulus reporter mon attention sur autre chose, mais pas sur les passants qui m'eussent ramenée à mes réflexions de présure foudroyante. La vue des objets ne me consola pas. Je ne pouvais m'empêcher de scruter les murs des immeubles pour n'y discerner que le pire – un simple décor de carton-pâte, plus pâteux que cartonneux et au moins aussi malade que l'humanité rongée de circuits bouillons, aussi étouffant que ces répressions de violence que j'ai décrites, me farcissant les alvéoles de cette lourde atmosphère qui baignait Paris et où, je le savais bien, les exhalaisons des murs tenaient une grande part, me calant le bedon de leur gaz presque gluant ; inondée donc par cette mélasse de respiration, je ne pus que replonger sans remords dans le cycle de mes pensées et il m'apparut que plus la visibilité des choses était douce et amène, plus elle parquait de violence par-devers : c'est que la contention d'une façade paisible exige au-dessus et par-dessous une quantité de violence proportionnée – je n'aurais d'ailleurs pas l'air aussi glaçante, aussi janséniste si je n'étais pas habitée par ce charnier sismique d'intelligence, et ce qui se passait pour moi répondait à ce qui se passait pour le reste du monde, car si la violence avait une prise si complète sur les êtres c'est que jamais elle ne s'exerçait dans les faits visibles – c'était au contraire sa capacité de rétention dans les soutes et coulisses de la société qui lui conférait son pouvoir suffoquant : l'efficacité d'un arsenal de moyens ne se mesure pas qu'à son ampleur mais à l'économie de son emploi, au dosage minutieux et perfusé de sa mise en œuvre, elle se contient grâce à d'incalculables bondes et ces bondes étaient bien les corps qui me passaient devant et me toisaient du haut de leurs regards de sobriété ignare ; si la violence sous sa forme naturelle et non sous sa forme putréfiée que je voyais partout avait libre cours et se déchaînait sans calcul, c'est qu'elle serait *rendue* au vivant ; or elle est confisquée, expropriée des êtres et mise en sourdine dans les êtres eux-mêmes, restaurés bières increvables de leurs propres violences, sans le savoir, mais en sentant bien qu'en eux quelque chose se gâte anormalement – nous vivions par conséquent, je n'en doutais plus, sous une autocratie subtile mais au pouvoir inouï et sans précédent, où l'homme, comme jamais auparavant, s'était vu spolié de sa violence – à l'origine aussi consubstantielle à sa nature et à son corps que le plasme au sang. Un homme est avant tout l'incarnation d'une violence spéciale : le simple battement de son pouls en fait foi ; mais il a dû se trouver un point dans l'histoire récente, que je ne saurais déterminer, où s'est produite une *émulsion* de la violence, où elle a pris comme du lait baratté et s'est séparée des êtres pour se suspendre au-dessus d'eux et pourtant en eux, instaurant à la fois un surplomb qui nous menace désormais partout et une sourde crue dont nous sommes tous prégnants et qui est l'agent de ce surplomb, ce dernier nous écrasant autant que nous écrasons ces poussées en nous, croyant écraser de mauvaises pulsions lors même que c'est nous que nous ratatinons ; plus la violence se terre et tisse sa toile en excavation, plus on la subit et plus elle semble se réunir abstraitement au-dessus de nous, mais d'une abstraction qui vaut toutes les menaces nucléaires – rien n'étant plus cinglant que la frustration, sur le mode des infrasons qui produisent sous la peau d'insoutenables frictions d'organes, se soldant par la mort lente – la plus lente agonie étant encore moins longue que celle dont nous sommes tous inoculés, moins délitée dans le temps que l'action de ce poison solidement installé dans nos artères, et ne tuant que par très lentes gradations – la seconde d'horloge n'en finit pas de s'étirer, tiraillée à mort de toutes parts sans jamais céder et faisant durer pour toujours l'érosion pierre ponce dont chaque corps est le théâtre. Quand j'ai un accès de mon mal je sais bien que je serais soulagée de tout cogner à la ronde, de lever une main armée sur le lupanar à poupées d'orge et faire sourdre la sanglante lame de fond qui nous bourdonne ras par-dedans ; que de frapper quelqu'un, et plus encore quelqu'un que j'aime, me rendrais mieux portante ; mais je n'y arrive jamais, une incapacité maladive alourdit les esquisses des gestes que je me propose d'accomplir et les rentre en moi en avortons suffoqués – mais ce n'était pas mon impuissance qui me frappait le plus, c'était la profonde corrélation qui existait entre mon impuissance et l'impuissance du monde, la démesure de cette espèce de *prise en charge* de l'état du monde par mon soma – l'incapacité d'avérer ma violence étant exactement l'incapacité du monde à vivre sa violence autrement que sur le mode du pourrissement larvé, non qu'il y eût là le moindre choix de ma part, le moindre parti pris para-christique : au contraire, de l'état du monde mon soma faisait état sans que j'y fusse pour quelque chose, sans que je l'eusse jamais voulu – et sans que je pusse faire barrage à cette absorption, à cette reproduction de la calamité mondiale en moi : corps d'une parfaite vulnérabilité, une offrande physique sans restriction, sans aucun repli encore à l'abri de l'immixtion mondiale, mais sans non plus aucun consentement de ma part, ni aucune complaisance : tous étaient comme moi en leur for mais je l'étais comme eux tous réunis, un grouillement incroyablement concentré où chaque atome répondait au grouillement plénier de chacun – bulles membraneuses méphitiques, qui peinent à éclater – ravalis d'un pet énorme qu'on partagerait avec toute l'humanité et qui se rassemblerait en moi à l'état de plus extrême densité – immense implosion d'une sanie dont la fermente n'en finirait plus, rouillant l'Irène de limaille en combustion. Je me pris la tête entre deux mains et la secouai fort, mais je ne sentis rien, tant le remuement qui me hantait – hantise d'éruption volcanique – était d'une force excluant toute concurrence parasite; branler ma tête puissamment, à quoi bon puisqu'elle contenait le liquide d'un broiement mesurable à l'échelle Richter – et entortillée dans les développements excessifs de ma pensée, écrasée par ma prise de conscience et par sa superposition avec les autres implacables constats dont ma vie avait été jalonnée; car c'est ça qui est terrible : chaque prise de conscience semble être un savoir définitif, et soudain une réflexion nouvelle vient s'ajouter à toutes les autres, bouleversant leur sens pour une certitude de trois jours – chaque pensée formée a le pouvoir de renverser tout ce qui la précède mais elle s'installe à peine qu'un nouveau constat vient la démolir. Je fis une nouvelle tentative pour m'exhumer de mes réflexions trop risquées; J. et C. étaient à côté, discutant entre eux sans se soucier de moi, ni de ma rumination intensive; R. surgit d'on ne sait où et nous proposa d'emblée et sans détours quelques cachets. L'absorption massive de médicaments était très prisée chez les jeunes goths en raison de l'inertie qui en résultait, tissant autour d'eux une aura comateuse qui de plus estompait heureusement leurs silhouettes ; sachant dans quelles effroyables léthargies nauséeuses me plongeaient pour ma part les cachets de toutes sortes, je déclinai son offre, du moins dans un premier temps car il insista sur le ton du bon bougre qui vous offre un cadeau de bon cœur et reçoit votre refus comme une offense ; je me fis une raison et en avalai un, sans savoir de quelle marque de médocs il s'agissait au juste, ce qui fut regrettable, car je me trouvai tout de suite mal et dus m'en aller vomir dans un coin, priant tous les saints d'abréger ce moment, sans trop d'espoirs : je savais être toujours sous cachets en proie à d'interminables vomissements – de ces nausées qui vous vrillent gorge et œsophage et n'aboutissent jamais qu'à de trop minces filets de bile, sous le joug desquels j'ai passé des nuits ; cela dit je vomis cette fois-là à grandes salves, en quelques dizaines de secondes ; personne ne vint s'enquérir de mes nouvelles et je n'eus plus qu'à resserrer mon attention sur mes derniers vomissements, mes dernières glaires blanchâtres d'adolescente sous-alimentée – en fait l'essorage violent de mon corps jusqu'aux dimensions d'une liane noueuse, son extraction juteuse en une colonne de pâte malade – je m'étrécissais vraiment en un filet de bile et étais avec lui entraînée dans le caniveau, une rigole de bile s'engouffrait dans les égouts et l'Irène avec ; je commençai à traverser les dédales souterrains, à y filer souplement quand mon vomissement s'épuisa, assez tôt pour une fois ; j'essayai de me rafistoler au plus pressé ; commençai par me relever, lèvres et menton humectés, brûlants ; je réussis deux pas vers le kiosque à journaux attenant et me laissai choir à ses pieds en maudissant mon conformisme et ma couardise : si je me rendais ainsi malade, ce n'était pas pour noyer dans la nausée mon mal plus essentiel, de même que les crises mentales sont souvent heureuses d'être mises en veilleuse par les affres physiques, ce qui eût été compréhensible et somme toute honorable, mais dans le seul but de ne pas faire pâle figure aux yeux de quelques pseudo-amis tout de noir vêtus – et je me vêtais de noir comme eux, c'était mon uniforme, uniforme aussi cette gangue de frôlements spasmogènes et de sudations glaciales car dans ce milieu la sobriété était un vice, et la joie spontanée, saine, non invoquée par les alcools, les drogues et les mimiques obligées, un blasphème ; ainsi que l'absence d'effets secondaires et de nausée dans l'état second – on ne devait pas être ivre seulement mais ivre mort, malade à en crever, sauf qu'aucun de nous ne crevait jamais. Mais je remarque que ce conditionnement n'est pas propre au milieu goth en particulier : beaucoup réagissent ainsi et singulièrement les gens intelligents, car contrairement à l'idée reçue notre époque n'est pas moins morale que ses devancières mais mille fois plus : c'est précisément parce qu'on a sabordé toutes les morales, parce que les valeurs dans leur ensemble se sont effondrées, et qu'ainsi toutes les justifications morales ou intellectuelles tombent à plat, c'est pour toutes ces raisons que nous sommes devenus *plus moraux* que nos ancêtres ; notre joie ne peut se justifier par rien, par aucun respect des valeurs ni par leur transgression ; nos fêtes sont injustifiables et nous nous sentons obligés de nous plonger dans les nausées pour nous pardonner ; la caducité de la morale ne nous a libérés d'un poids que pour nous surcharger d'un malaise bien plus grand que celui dont souffraient les générations soumises à des impératifs moraux plus ou moins forts, car tout ce que nous disons ou faisons n'a aucune signification et vente dans le néant ; nous ne pouvons plus nous réclamer de rien et ce vacuum soudain, au lieu de nous libérer nous a rendus incapables, terrorisés par la vanité de tout, lestés d'une espèce de sourde accusation qui nous suit partout pas à pas – d'un ricanement infus tournant en dérision tous nos actes, gestes, paroles, et nous paralysant mieux que n'importe quel système de valeur comme il y en avait dans le temps. Évidemment on conçoit que ce n'était pas ce genre de pensées qui me traversait à ce moment-là ; mais en relatant ces faits je *remets en actualité* leur sens profond, qui sur le moment m'échappait totalement ; du point où je m'adresse à vous et où je me fous bien du « malaise d'une génération », je peux mieux comprendre l'excellence de mon état présent et ainsi le savourer davantage – mais chaque chose en son lieu : j'en étais encore au pied d'un kiosque à journaux, profitant des circonstances propices de mon épuisement, de ma purge récente et de l'inattention dont les autres témoignaient, je me couchai en position fœtale et m'autorisai à baisser les paupières ; à l'instant même je fus happée dans un tourbillon de conscience s'ouvrant à moi, s'évasant tandis que je m'y enfonçais à toute vibure, tel un missile ; c'était un cône tournant dont l'extrême pointe, d'abord tendue vers le haut, me ventousa et dès qu'elle m'eut bien annexée se renfonça dans le cône et le renversa comme un gant, si bien que l'extrême pointe se retrouva vers le bas et moi avec, propulsée dans un second vortex d'ombre aussi énorme que le premier, mais dans lequel je tournoyais au niveau de la base circulaire – le fond pointu se trouvant très loin devant moi ; l'ombre où je baignais avait une consistance cendreuse : outre la force motrice qui m'emportait je sentais une infime résistance de l'atmosphère, notamment quand je la balayais du doigt – densité poussiéreuse d'un simoun, mais une poussière qui n'avait rien d'éprouvant pour mes poumons ; elle ralentissait par contre ma chute et celle-ci me parut bientôt interminable, angoissante : mes repères fondaient avec elle, comme quand on s'endort mais que, pas tout à fait endormi, on ne sait plus dans quel sens on s'est couché ni même le lieu où l'on se trouve – sauf que là c'étaient les repères de mon propre corps qui avaient disparu ; j'étais dans un corps sans savoir lequel ni où il se trouvait exactement ; où étaient ma tête – je voyais pourtant, mais sans savoir à partir de quel point du corps –, mes pieds, mes fesses, mes bras ; je ne me sentais même plus malade, j'étais incapable d'évaluer l'état d'un corps dont je ne reconnaissais même pas la disposition ; j'aurais juré que la chute était de toute éternité quand, pendant un instant dont la brièveté fut compensée par l'intensité (cette puissance de creusement qui pallie l'exiguïté d'une surface), je passai par un nouvel état, s'imposant à moi avec une précision et une immédiateté telles que je pus pour le coup le définir aussitôt – cet état se resserrant sur moi comme passée par un entonnoir dont je devais traverser de force même le bout étroit, serrement qui était celui d'un nouveau corps : le corps d'une très vieille femme, ayant pourtant eu dans l'existence mes propres expériences, une véritable métempsychose d'Irène Lepic jetée dans un corps sénescent, où je gardais ma propre conscience mais avec tout le poids d'un siècle vécu sans que ce siècle m'eût apporté plus que ce que j'avais déjà : j'avais exactement les mêmes souvenirs d'existence misérable mais ils étaient cette fois le seul bagage d'une vie longue de dix décennies ; on peut indéfiniment gloser sur la mort et le néant, ce n'est qu'en ayant vécu leur présence au plus creux de soi, leur surgissement dans un corps détraqué dont le contenu ressemble moins à un organisme qu'à une mêlée d'eaux troubles, contenu liquide qui se verse avec indifférence dans une succession d'enveloppes contradictoires, dont celle de la mort – ce n'est qu'en ayant vécu cela, dis-je, qu'on peut exactement comprendre de quoi la mort retourne et l'on n'a alors plus qu'une envie, celle de la fuir : j'allai mourir dans la peau d'une vieille femme ayant eu pour seule histoire l'histoire d'Irène Lepic, dix-neuf ans, ayant vécu à vide, n'ayant converti les magmas de son for qu'en piteuses giclées de poudre humide, et je m'y refusai de tout mon être – je ne pouvais pas mourir comme une centenaire en n'ayant vécu que ce que j'avais vécu : c'était l'inanité de ma vie effective qui me heurtait de plein fouet, l'horreur d'une intelligence plus morte que vivante qui me faisait prendre en horreur cette mort même pas prématurée – j'avais bel et bien cent ans, j'en sentais le poids dans mes membres et dans mon sang, j'allais mourir et ma vie se soldait par une débâcle sans nom, elle avait été une torture de tous les instants et rien n'avait jamais compensé cette horreur, cette affre interminable – et là était bien le point : je m'habillais en noir, je décrétais par convention que la mort était ma sœur de sang et ce n'était qu'un mensonge, une affectation imbécile destinée à me consoler de mon enfer : en voulant ainsi tutoyer la mort de mon vivant je ne voulais rien d'autre que donner sens à ce qui n'en avait pas : ma vie de martyr sans dieu ni salut ; pour amnistier l'absurdité, l'ineptie sans recours de mon mal, je m'étais déclarée, à l'exemple de mes compères goths, plus morte que vivante et c'était non seulement insensé mais péjoratif : ma douleur s'accentuait du fait même que je voulusse l'apprivoiser, lui trouver une signification – et voilà que je glissais dans un corps réellement moribond, sans avoir le choix ; ce n'était plus moi qui caressait l'idée de la mort mais la présence élémentaire de celle-ci qui me cajolait de près, et je n'en voulais plus, pas plus de l'idée que de l'élément dit mortel. Je pris soudain conscience du fait que le corps vieillard où j'avais si promptement pris mes marques coïncidait à présent avec le fond circulaire du cône tourbillonnant ; celui-ci inversa le sens de son évolution broyeuse et l'Irène centenaire au fond du cône sentit ce dernier se renverser brusquement, encore une fois comme un gant, ramenant son fond circulaire à la surface et j'émergeai moi-même en ouvrant les yeux ; je repris souffle et constatai que J. me secouait très vigoureusement ; il se rassura quand je lui dis que j'étais bien réveillée – et j'ajoutais : saine et sauve, sur quoi il prit une mimique outrée et commença à me faire la morale ; les autres nous avaient entourés mais voyant que j'étais tirée d'affaire s'éloignèrent de nous, pour vaquer à leurs vaines occupations ; J. me serinait qu'il ne fallait pas que je me laisse aller, mes amis étaient là, je n'étais pas seule, il fallait que je tienne le coup et que je m'amuse normalement, sur quoi je me crus en devoir de lui répondre que si, j'étais seule, que la solitude était une donnée physique sans recours et que tous autour de moi l'apprivoisaient lâchement en copinant à tout va et en s'étourdissant de drogues, de mauvaise musique et d'un crétinisme sans fond, et qu'enfin de ne pas vouloir être seul, de ne pas vouloir se conformer à son assignation se payait de sa vie organique et j'en serai bientôt là ; mais je pris vite conscience de l'incohérence avinée de mes propos et laissai J. en plan pour aller m'accouder à une poubelle ; arriva N., surnommée « le choléra » par ses pairs, pourvoyeuse de drogues diverses, séide de quelques groupes de rock gothique à grands chapeaux noirs, et héroïnomane ; elle m'appréciait beaucoup car je lui avais à maintes reprises préparé ses seringues, fait chauffer ses cuillerées, avec le plaisir d'une bonne ménagère mitonnant ses petits plats ; et mon goût de l'infiniment petit, du réductionnisme obsessionnel, de la subdivision perpétuelle, pouvait s'assouvir dans cette opération – le grésillement de l'élixir de N. dans la cuiller, si affriolant du fait qu'il contînt en quelques gouttes toute l'existence de N. et qu'elle reposait donc sur ma seule manipulation minutieuse, que je pouvais m'emparer d'elle corps et biens et la sentir de cap en pied à ma merci ; nous nous fîmes la bise, non sans une certaine effusion de sa part ; nous papotâmes par monosyllabes – car moi aussi j'avais contracté leur langage de simiens chlorotiques – de nos états de santé respectifs et de nos amours, puis au détour d'un rot badin elle me sollicita un peu d'argent, et je lui répondis que je n'avais rien ; à la question et au ton sur lequel elle l'avait posée, sa demande gargouillante s'extrayant en douceur de sa gorge comme une diarrhée sucrée, je reconnus l'extrême humilité qui caractérise en toute occurence le drogué : pareil au saint ou à l'amoureux, il dépose son orgueil aux pieds de son prochain et s'expose volontiers à tous les sévices et déchéances, uniquement soucieux d'obtenir ce qu'il veut : une dose, un baiser ou une assomption, mais sachant aussi que cette abdication de soi est la condition imprescriptible de l'état de grâce qui l'enveloppe et le baigne en permanence, et où sa parfaite vulnérabilité fait précisément que rien ne pourra l'atteindre ; ainsi appris-je grâce à N. que ma vertigineuse vulnérabilité n'était pourtant pas encore à son stade de perfection puisque j'en souffrais encore et que tout m'atteignait de la plus douloureuse façon, sans m'irradier d'aucune grâce en contrepartie. Les pupilles de N. étrécies en deux chas goulus, la légère rétraction de ses traits vers le blanc des os faisaient soupçonner, éclose au centre de sa tête et bien implantée, la présence d'un nœud sangsue qui trayait toute parcelle de vie manifestée dans son corps de droguée, pour l'oindre en retour de cette vibration un peu putride que sécrète l'accoutumance à l'héroïne, et pleine d'un magnétisme spécial, décomposé en invisibles gouttelettes d'aspiration, qui vous fascinaient en vous imbibant cellule par cellule de leur irradiation; on pouvait quasiment *voir*, comme centré dans une boule de cristal pleine de veines lumineuses et de fumigènes colorés, ce cœur de chair buvard où toute la substance vitale de N. se concentrait, donnant à entendre sa respiration tyrannique : il (le cœur) inspirait et les cellules salubres de N., notamment celles de la surface, étaient pompées et englouties dans cette chair d'absorption vive; il expirait et les cellules intoxiquées par leur séjour dans cette chair vampire se répandaient dans le corps de N., les étalant sur toute la surface de sa peau, s'y coalisaient en un seul tissu après la grande dispersion de leur émission première et, sous l'effet d'une subite électrocution, devenaient la peau même de N., balbutiant cette aura décomposée qui émanait d'elle, tatouant le nerf du spectateur d'une impression inquiétante car on pouvait croire que sa peau allait s'effriter au premier coup de vent en fines épluchures desséchées – ce n'était pas une demande d'argent qu'elle me faisait mais cette concrétion de chair sangsue qui cherchait à étendre son emprise par-delà l'organisme de N., dont les ressources tiraient visiblement à leur fin, pour exercer sa succion plus loin que dans les limites de son pauvre corps – en moi par exemple, car tel est le puissant magnétisme que dégagent la plupart des drogués : celui de la toxicomanie capitalisante qui veut faire main basse sur votre corps, qui ne vous conçoit pas comme un corps différencié de sa victime mais comme un nouveau moment de son entreprise d'aspiration. Je pris poliment congé de N. et mis le cap sur le rassemblement de jupes et de capes noires qui s'était formé à la sortie du métro; minuit approchait et c'était là qu'arrivait la plupart : M. l'amazone de choc, toujours prête à fouetter sur-le-champ qui le voulait, et toujours en pénurie de demandes malgré tout son charme, son accent du terroir d'Aubervilliers encore relevé d'un fort zozotement, ses formes si généreuses et excitantes sur lesquelles les vêtements moulants mettaient l'accent comme le cellophane sur le jambon, M. à la physionomie d'une beauté difficilement estimable, perdue sous un maquillage raté et l'affaissement plus ou moins voulu de sa coiffure ; M., le garçon malheureux aux échecs, promenant son dandysme rachitique bardé de perles en toc et de bracelets sophistiqués, reconnaissable en dépit de son grand chapeau noir et de ses lunettes fumées (la lumière des lampadaires était particulièrement agressive) ; il y avait aussi les adolescentes taciturnes aux cheveux longs et raides, aux robes raides et longues, aux idées courtes et flasques, qui avaient osé sortir le soir et braver l'autorité parentale pour rejoindre notre cour des miracles – où on peut voir qu'en effet le plomb vil devenait or en moins de deux ; tout ce petit monde s'adonnait d'ailleurs aux joies de la mendicité collective pour réunir de quoi payer l'entrée en boîte ; aucun d'eux, on s'en doute, n'eût jamais osé mendier seul dans la rue, mais tous ensemble – l'or du plomb vil ! –, il leur venait un entrain soudain et un cran miraculeux, leur faisant accoster sans remords ni inhibition les passants pour tenter de les apitoyer en leur exposant quelque histoire d'enfants à la dérive – ils eussent à mon sens mieux fait de relater leurs vies réelles, c'eût été bien plus navrant et plus digne de la pitié des passants ; il s'agissait d'un cérémonial si solidement enraciné dans leurs petites têtes que faire semblant, vis-à-vis de ses camarades, d'être sans le sou, était un devoir pour ainsi dire civique ; dans beaucoup de cas, pas tous, un mensonge auquel croyaient même ceux qui le proféraient : payer son ticket d'entrée de sa propre main eût déshonoré celui qui l'eût fait, et ses compères l'eussent reçu comme une insulte à leur endroit – mais au fait pourquoi m'énervais-je ainsi ? Pourquoi mettre ainsi en branle ma lucidité ? pour relever un à un les tics et impératifs inconscients qui réglaient les actes de cette pauvre tourbe ? n'était-ce pas d'une vanité criante ? d'une incroyable puérilité ? Et pourquoi diable, maintenant que je peux rassembler mes forces pour écrire, est-ce que je me contente de relater ma vie en circuit goth ? n'ai-je vraiment rien de mieux à faire ? Qu'on attende la suite du récit ; j'aimerais insister sur le fait que je *remets en actualité* ce que j'ai vu, pensé, senti tout au cours de cette misérable semaine que j'entreprends de relater dans ces pages, et dont j'escamote encore une part assez consistante, car c'est à dessein que je mets en perspective tel ou tel détail presque invisible – je me débarrasse de tout ce qui n'entre pas dans mon propos, des trois quarts des notes que je pris tout au long de mes fréquentations goths, pour ne garder que ce qui s'inscrit dans mon projet précis – et encore dois-je retravailler tout ce matériau, parfois de fond en comble, et malgré la fréquente pertinence des remarques que j'ai pu faire à l'époque même, ou la beauté de certaines notations, rien ne m'importe plus ici que la profonde cohérence qui articulait tous les faits ; mais je ne dois pas livrer en vrac au lecteur tous ces faits et m'attendre à ce qu'il en déduise lui-même la logique sous-cutanée, je dois lui aménager un récit où il prendra, sans forcément s'en rendre compte, ses repères à la première lecture, puis dès la seconde pourra s'y mouvoir comme poisson dans l'eau, disponible de la première à la dernière page à son plaisir et à son intelligence – il ne faut pas se figurer que j'écris en fille perdue dans les transes et nausées mais en chercheuse de laboratoire accomplissant par sa froide maîtrise des fioles, tubes, éprouvettes, quelques prodiges de matières perpétuées à souhait, dans des phénomènes toujours surprenants et qui, par leur inclassable beauté, atteignent à la perfection de l'informe : tout en moi se prête à cette détestable ma(s)tur(b)ation : la gorge un mors de roc pour l'œil, l'artère qu'enfile une épine de lueur très violette ; en recherchant toujours la meilleure formulation je recherche aussi son idéale incrustation dans l'immense architecture que constitue ce livre – ou plutôt une manière d'aquarium où je peux agencer les formes, où je coagule ma pensée non en caillot pierreux mais en détachement palpitant, respirant, ramassé sur lui-même s'il aspire ou diffracté en nuée pulvérulente s'il expire – une pensée aussi paradoxale dans ses divers cheminements, mais cohérente dans son ensemble, que la dialectique la plus avancée. Pour en revenir au sujet de mon livre, moi au sein d'une tourbe méprisable, je pense qu'il est désormais notoire qu'on ne peut plus écrire qu'à partir de ce qu'on a vu et connu ; et qu'il est patent que l'intérêt d'un livre ne peut plus résider dans son sujet : les littératures de voyage, de science-fiction ou d'intrigues policières prennent pour sujet des histoires prenantes et passionnantes en tant que telles, si bien que ces histoires et ces sujets finissent par être à peu près les seuls centres d'intérêt de ces livres, dévorant et annulant tout le reste dans leurs exigences despotes : leur mouvement s'exerce aux dépens de la langue, de l'analyse, de la pensée – ces histoires passionnantes et ces enjeux capitaux qui nous sont exposés n'étant là que pour masquer l'absence d'enjeu réel. Ce n'est qu'en rendant compte de ce qui se passe en moi et autour de moi, en portant témoignage de ma seule vie organique et des événements de mon giron médiocre, que je peux atteindre l'essence même et toucher autrui au plus vif – la publication de ce livre pourra concerner n'importe qui car en plongeant aux plus reculés tréfonds je rejoins les remous et séismes de tout un chacun, une région si intime et inexplorée que, exhumée au grand jour, on s'apercevra qu'elle est commune à presque tous. Revenons donc sans trop de scrupules à ma vie. Devant le grouillement de tuniques noires qui commençait à submerger les parages, je décidai avec J. et C. d'entrer dans la boîte ; une fois à l'intérieur je fus comme toujours frappée par la laideur des gens qui s'y commettaient : chez les beaux hommes, seul le Don Juan de la tendance loup solitaire avait intérêt à fréquenter ce genre d'endroit (j'en décrirai plus loin un spécimen parfait, convoquant dans son profil toutes les bassesses qui caractérisent cette catégorie de l'humanité), les autres ayant mieux à faire que de venir tamiser et finalement dissoudre leur charme et leur beauté dans la multitude indifférente d'une boîte de nuit ; pour les filles le problème acquérait une dimension supplémentaire, celle des rivalités poufiasses qui s'efforceront de délayer plus encore leurs attributs charmeurs – celles qui fréquentaient ces endroits étaient, pour dire les choses brutalement, des paumées, des filles ayant depuis longtemps perdu la claire conscience de leur qualité, détrempant cette conscience dans l'alcool et le valium, ou l'enfouissant sous les fumées narcotiques ; en somme l'on ne venait en boîte qu'en vertu de sa solitude conjugale, et les belles et agréables personnes étant rarement célibataires, on assistait surtout à la forte affluence des laids, des jeunes en perdition, ou de quelques séducteurs au rabais que j'échantillonnerai très bientôt, puisque C. vint nous dire bonjour le premier, créant une surprenante harmonie entre le fil de mes pensées et les configurations qui s'enchaînaient dans la réalité – encore que C. fût toujours l'un des premiers venus, faisant la bise à toute l'assistance avec l'aplomb du général faisant la revue de ses troupes. Si j'ai pu dans des pages précédentes définir V. comme l'une des starlettes du milieu où j'évoluais, il faut bien le dire, à mon corps consentant, C. était la star incontestée des starlettes mâles, le protoséducteur dont tous les succédanés pillaient la tenue, les manières, les techniques ; son corps était un trône mobile, un centre de gravité dont la circulation permanente ratissait si large qu'aucune femelle affiliée au mouvement goth ne pouvait lui échapper ; il était impossible de l'approcher sans participer à la mise en orbite que sa seule présence déclenchait dans le milieu ; avoir l'honneur de le côtoyer un certain temps, c'était exposer son regard aux éblouissements de la nife ; mais aussi c'était profiter, auprès des autres satellites, d'un rayonnement qu'il distribuait par répercussions et éclaboussures ; être sa maîtresse était l'idéal de toute nouvelle arrivante un tant soit peu ambitieuse ; se le taper c'était obtenir l'un de ses quelques galons goths, et celui qui, selon toute vraisemblance, resterait, à l'épreuve des décennies, le plus chargé d'éclat – on venait se servir en C. comme on se sert de viande hachée dans la plus luxueuse écuelle ; et il n'était pas avare, le bougre, un geyser de barbaque en-veux-tu-en-voilà, avec la conscience aiguë d'être le gisement de matière première où venaient se repaître les femelles goths et même beaucoup de mâles admiratifs et envieux ; il enchantait, brisait les cœurs par dizaines après les avoir extasiés, créait les sensations, faisait et défaisait les réputations, mais son aura étincelait à un giron encore trop restreint à son goût : il lui fallait encore propager son irradiation ailleurs et par tous les moyens existants, faire jouir de sa splendeur les peuplades les plus éloignées ; pour ce faire il brigua les services des techniques les plus modernes : il lança dans l'arène goth quelques vidéocassettes où il se livrait à quelques saynètes de son cru, cassettes qu'on s'était férocement disputées comme les chiens la viande fraîche ; il avait fondé un fanzine où il attribuait les bons points et glissait même quelques blâmes, sans jamais s'abaisser à la vulgarité de citer des noms explicitement ; enfin, grâce à une ténacité de fer et à un admirable opportunisme, il était apparu à la télévision où il représenta, c'était trop d'honneur pour nous autres, la caste goth, décrivant ses qualités, son train de vie, ses coutumes, ses modes de recrutement – livrant à l'occasion quelques idées neuves dont il nous avait retiré la primeur sur l'évolution du mouvement, émettant quelques critiques à l'égard de la complaisance de certains, car lui n'était certes pas de ces abrutis qui profitaient de la mouvance goth pour se morfondre sur leur sort et donner un spectacle d'autocomplaisance ; au contraire il était de ceux qui étaient là pour s'amuser d'autant plus, qui négociaient le folklore goth comme un moyen de jouir et d'explorer de passionnants mystères – bref il faisait partie des *jouisseurs goths*, mais avec cette donnée transcendantale dans le personnage qui le rendait irréductible à toutes les catégories de classification. Son passage télévisé avait fait l'événement, et pendant des semaines l'on ne devisa plus que de sa prestation, de son aisance, de son charisme décidément circumlunaire, et des orientations nouvelles qu'avaient suggérées ses paroles pour nous autres ; un article d'une pleine page lui avait même été consacré le lendemain dans un quotidien célèbre – et à deux ou trois autres lurons mais l'ample photo qui illustrait l'article et qui offrait ses yeux et son sourire en pâture au public, ainsi que ses mains caressant une boule de cristal, montrait bien où résidait exactement le vif du sujet ; il s'y était présenté comme le chef de file des goths parisiens, leur « grand frère » à tous ; les propos qu'il y tint désarmaient l'ironie même : il s'y targuait de son autorité de microcosme, de son prestige aux yeux de deux cents débiles, et des relations qu'il entretenait avec quelques célébrités sans doute accessibles à son corps astral ; ce que la postérité, sorte de panacée organiquement transsudée, est à certains écrivains qui se rassurent quant à la validité de leur œuvre en se persuadant chaque matin de l'éternité qui leur est promise, se plaçant par là hors d'atteinte des évaluations humanoïdes et des malveillances critiques, éternellement éphémères et conjoncturelles, imbéciles et mues par les plus troubles intentions, C. l'était à lui-même – loin au-delà du narcissisme, car en lui le narcissisme psychologique avait été supplanté par un phénomène de sédimentation œuvrant à tout instant dans son corps : une couche d'épaisse matière s'y était formée à la longue, quelque part entre son ossature et sa peau douceâtre : l'assurance dont la totalité de ses gestes était si profondément empreinte, provenait de l'inscription instantanée de ce qu'il faisait ou disait dans cette couche de matière intermédiaire – son corps un permanent phénomène d'hagiographie où le moindre effort était sanctifié à l'instant, où le moindre rire résonnait comme un nouveau sacrement, où le moindre geste et dire se gravait à l'eau-forte en lui, dans cette matière de chirurgie immortalisante ; C., comme beaucoup d'êtres que j'ai pu voir, était à lui-même sa propre fin, l'alpha de son oméga et l'oméga de son alpha. D'ailleurs pourquoi, étant tel, s'épuisait-il en contorsions séductrices ? C'est qu'il avait l'intime conviction d'être aussi la fin à quoi tous les autres tendaient, vers quoi tous les efforts convergeaient ; il ne cherchait pas à séduire mais traitait les gens comme séduits d'avance, avançant dans le monde comme en terrain conquis – on m'a parfois reproché ma hauteur et mon orgueil lors même que l'orgueil, tel qu'on pouvait le voir chez un C., me répugnait au plus haut degré, non pas tant à cause d'une auto-surévaluation dont cet orgueil eût témoigné, qu'en raison de la soumission à ses propres limites qu'impliquait ce trait de caractère ; l'orgueilleux étant celui qui, fier de son rôle, s'adapte sans rechigner à l'exiguïté de sa condition et travaille sangs et eaux à maintenir cet état de fait, à ne jamais excéder les quelques lignes où il se confine d'un commun accord avec les autres tout aussi ratatinés en eux-mêmes, épousant chaque jour ses lignes de plus près, resserrant l'établissement de sa personnalité jusqu'à s'y fondre et n'en plus déloger ; je voyais C. se concentrer en un noyau de forces et le faire exploser en une toile adhésive où devaient se prendre tous les êtres environnants, pour le nourrir lui de leurs fascinations abêties – de leur approbation aveugle de ce qu'il était et comptait être à l'infini ; un simple regard de sa part suffisait à tendre, en l'étirant à perte de vue, un réseau de succion mondaine, et ce faisant il n'accomplissait pas d'action extensive mais restrictive, il ne repoussait pas ses limites propres mais cherchait à les imposer aux autres, à enrôler autrui dans le système de sa vanité – si extension il y avait elle était *rétractile*, destinée à *revenir* à lui : ce déploiement de séductions et mamours, de ballets et de dédains calculés ne décrivait pas un mouvement évolutif mais le reflux ponctuel d'un filet où ce n'étaient pas des êtres et des énergies en tant que tels qui étaient capturés mais des confirmations de son pouvoir merdique – la masse de gens séduits ne correspondant à aucun enrichissement mais au degré de sa vanité, à savoir l'étroite constriction de ses limites dans son corps préétabli. Après deux bonnes minutes d'inepties débitées par ses lèvres duveteuses et artificiellement hilares, il fit volte-face et transféra sa nife magnétique plus loin dans la boîte de nuit ; sa chemise à jabots, son pantalon moulant, la « mouche » à faire détonner le teint onctueux de ses joues, tout en lui puait l'adolescent putride d'affectation, l'enfant gâté jamais repu de cadeaux ; sa démarche voulue prédatrice semblait plutôt soutenue par une scansion de pets discrets, ceux feutrés et sans bruits qu'on lâche en bonne compagnie, et dont chacun de ses pas était rythmé. Il disparut de ma vue et Y. prit le relais, drainant avec elle comme un *jingle* publicitaire tout un fracas d'usine désaffectée où étaient quand même restées quelques machines réanimées par miracle, exécutant une symphonie de grincements, crissements de limaille, martelages, craquements de rouillure et détonations d'enclumes – la musique de son groupe de rock gothique industriel, dont le nom m'échappe mais qu'elle m'avait fait apprécier lors d'une répétition : musique où l'absence de plaisir et d'art était si totale que j'avais éclaté de rire au bout de dix minutes, d'autant plus que sur ces sonorités épouvantables Y. déclamait de sa voix fluette une sorte de poésie coprolalique en boucle (le morceau s'intitulait « zob me zob moi » ou quelque chose comme ça), vexant gravement les trois musiciens mais pas Y. qui m'avait toujours beaucoup appréciée et qui se montra indulgente à l'égard de mon impudence; assez impressionnée au cours de nos premières rencontres par ma culture et mes dons intellectuels, elle avait toujours en ma présence déployé des trésors de bonne volonté pour avoir avec moi des discussions d'un niveau un peu plus élevé que celles qu'elle tenait avec les autres; mais les discussions que j'eus effectivement avec elle me persuadèrent au contraire de l'insuffisance de la volonté lorsque les autres qualités sont en disproportion, même légère; l'intelligence restera en toute occurence indépendante de la volonté, telle fut l'impression pitoyable que produisit Y. toutes les fois qu'elle tint à me parler sérieusement; volonté qui aura beau s'efforcer de hisser l'intelligence plus haut, et achoppera toujours et quelle que soit l'intensité de son effort à un seuil inconscient qu'elle ne peut dépasser, et que seule une intelligence supérieure pourra déceler; de fait je pouvais me figurer visuellement l'intelligence de Y. et la limiter avec précision, rien qu'en me fiant aux propos qu'elle tenait et à l'énergie cérébrale qu'elle y dépensait pour s'élever au diapason qu'elle croyait être le mien, et qui était le plus exhaussé qu'elle pût concevoir, ce qui n'avait pour résultat que de dévoiler les limites de son intelligence propre puisqu'elle n'entrevoyait qu'une partie superficielle de la mienne et qu'elle en était tout admirative; je considérai son intelligence en flux tournoyant sous une cloche de verre et décrivant tous les trajets envisageables dans l'espace limité par les parois transparentes; les nappes de sa pensée glissaient et rampaient le long des parois et s'y écrasaient fort sans parvenir à seulement les infiltrer, encore moins à les traverser, condamnés qu'étaient ces nappes et ces rayons pensants à un perpétuel confinement dans la cloche, à un achoppement sans recours sur le verre imperméable; de sorte que j'écoutais les paroles d'Y. avec politesse mais sans pouvoir faire autre chose que de les confirmer ou de les infirmer en deux phrases, ainsi qu'une instance supérieure qui savait déjà ce que l'apprentie tâchait encore de déterminer par ses efforts intensifs – c'était un sentiment peu louable, partagé entre pitié et condescendance, entre voyeurisme et cruauté, mais aussi pourquoi passais-je les crânes au rayon X pour n'y voir que des taupinières où la pensée se convulsait en pure perte à la recherche de ce qui la débordait de toutes parts – pensées reptiles et misérables, têtards d'esprits se percutant aux parois de l'esprit et s'y suicidant à force de ne pouvoir aller plus loin. Je ne prêtais aux paroles d'Y. qu'une part de mon attention, comme je le faisais avec l'écrasante majorité de mes fréquentations, puisque cette part débloquée de mon esprit suffisait à être à leur niveau – mais aussi je me méprisais de mépriser ainsi et sus m'aviser que, quelque part, il existait une intelligence capable d'englober la mienne ainsi que je le faisais avec d'autres, une intelligence capable d'intégrer mes propos dans une configuration de pensée plus riche et plus vaste, un esprit où les réflexions auront un pouvoir de pénétration plus fort – une intelligence devant quoi je saurais, si je m'y trouvais confrontée, devoir déposer les armes ; et la seule intuition qu'elle existât quelque part me refroidit la tête et m'intima d'écouter Y. et les autres avec plus d'humilité que je ne le faisais de coutume. Cependant mon attention se fractionnait malgré moi et dispersait mes potentiels d'intelligence et de perception – jusque-là j'avais libéré une part de mon intelligence et avais fait rétention de l'autre ; en la libérant tout entière elle se dispersait par la force des choses, ne pouvant focaliser tout son pouvoir sur les seuls propos d'Y. : en mettant en œuvre la totalité de mes forces intellectuelles elles se voyaient forcées de fonctionner selon une répartition étrange et impure, corrompue par ma perception trouble : les paroles d'Y. s'enchevêtraient avec les notes d'une musique dont je ne sus de prime abord si c'était celle que diffusait la boîte de nuit ou celle que produisait mon seul cerveau : je dus procéder à quelques coupes et dissections dans la texture sonore qui me hantait (peut-être eussé-je mieux fait d'appliquer ce procédé à ma perception même) pour en distinguer les diverses provenances, et j'arrivai à l'inquiétante conclusion que cette pâte sonore qui s'était formée dans ma tête et ne la quittait plus était la coagulation, trop homogène pour que je pusse déterminer les natures respectives de ses ingrédients, des paroles d'Y., de la musique de la boîte, mais aussi de multiples refrains, ritournelles et petits airs qui m'avaient poursuivie tout au cours de ma vie – tant il est vrai que certaines babioles bouleversent autant, dans certains cas, que l'art le plus sublime ; je n'entendais plus les sonorités telles qu'elles étaient émises mais leur corruption instantanée par ma perception détraquée ; chaque son dont l'origine était extérieure à mon corps ne me parvenait pas détaché mais poreux, troué, prenant l'eau de tel ou tel son présent dans mon esprit – et quand je dis tel ou tel son je ne fais pas allusion à une ressouvenance mais à la dégénérescence de ces mémoires sonores, par exemple la mêlée de plusieurs échos encore tordus, dilatés, malmenés par ma perception intime ; simultanément ce phénomène me permettait d'allonger ce que je nommerais, sans crainte de paraître pompeuse, ma capacité de *brouillage extensif* : mon ouïe, en annexant tel groupe de notes et en l'immergeant dans le creuset de mes propres hantises sonores, me permettait de faire usage de la substance musicale obtenue à la fois comme d'un appareil de mesure et comme d'un propulseur : grâce à la diffraction et au trouble de ces sons, mes autres limites se diffractaient et se troublaient en retour, frémissant avec tant d'ampleur que les ondes ultimes de ces frémissements (qu'on songe aux ondes les plus larges d'un ricochet) se retrouvaient loin de mon emplacement physique convenu et rejoignaient le plafond, dont je longeais et caressais les encoignures avec délice – si je n'avais pas été irréductiblement athée j'eusse cru à l'expérience mystique ; une subversion de mes sens et de mes limites qui me ravissait, épousant de mes coulées les fissures du mur et me nichant sous ses effritements, commençant même à infiltrer les pierres et le ciment ; mais malgré mon délice je dus bientôt, par crainte d'étaler ma folie – car c'était tout de même fou –, décider de me ramasser en l'Irène de convention, de même qu'on rétablit l'image trop floue d'une émission télévisée en tournant le bouton expédient. Je constatai que je versai en effet dans une folie douce puisque c'était maintenant M. qui me parlait, assis à côté de moi sur le banc, m'exposant dans le détail ses derniers déboires affectifs – dans le détail est peu dire car du regard il plongeait un forceps dans l'amour de sa vie qui l'avait paraît-il quitté, écartant les lèvres de sa « connasse » (je le cite) pour en arracher le « paf » de son nouvel amant, visiblement hanté de la plus pure jalousie qui n'est jamais que la vision acérée du sexe de votre amour employé ailleurs qu'en vous ; il m'exposa à l'étal les ébats de son rival et de sa dulcinée, la façon dont maladroitement il quêtait le clitoris, faisait semblant de trébucher des mains sur ses seins au lieu d'y aller carrément, le gros plan de son « nœud » lui fourrageant le « connard », son « gros cul imberbe » (au rival) « s'agiter entre ses cuisses » (de son amie), « ses couilles » (au rival) tout humides « de son jus » (à sa dulcinée), le « zob » jaillissant de sous les plis du prépuce et lui forçant la vulve (de son amie), et elle feignant de jouir (selon M.) en « ahanant ses petits cris ridicules » ; un étudiant en droit tout ce qu'il y a de plus niais, s'embrasait M., obéissant au doigt et à l'œil, promené comme un brave toutou par cette « salope » ; ainsi M. décrivait-il le spectacle du jeune couple, un petit teckel sans doute nommé « Médor » ou « Zombec » et ils finiraient à coup sûr journaliste l'une, avocat l'autre, avec pavillon résidentiel, résidence secondaire et 1,7 gnards à la clé ! Je m'étais levée en me félicitant de n'avoir été amoureuse de ce type que l'espace de deux semaines ; je marchai un peu et laissai ma pensée suivre une pente quelque peu globalisante ; la vie chaque jour confirmait qu'elle était une série de phénomènes et processus récurrents dont les hommes étaient de simples symptômes ; série à quoi tout le reste était également soumis, et qu'il fallait découvrir, déterminer, pour en dépendre moins – repérer ces phénomènes et les extirper de sous la surface des choses pour leur imprimer ses volontés propres, et devenir plus maître de soi – moins uniquement symptomatique que ne l'étaient tous ceux que je voyais autour de moi ; la pensée même n'était qu'un processus giratoire plein de récurrences et de périodicités, et dès qu'on pouvait découvrir deux ou trois des lois générales qui régissaient ce processus on devenait plus maître de sa pensée, jouant avec savoir de ses lois et données fondamentales ; ainsi devenais-je un flux en forme de huit, dont les deux boucles étaient des allées et venues de plus en plus amples et radiaires, s'élançant dans l'espace et m'éloignant de l'Irène usuelle ; seul le point d'entrecroisement de ce huit, où les deux boucles se nouaient, pouvait être assimilé à l'Irène qu'on connaissait ; et grâce à mon exigence de tous les instants ces boucles s'étiraient dans une mesure sans cesse grandissante, s'entrecroisant de plus en plus rarement, si bien que le nœud d'existence Irène était de moins en moins fréquenté ; le parcours de ma pensée transparaissait de plus en plus clairement et les processus qui hantaient l'existence commune également, comme un tableau de bord en face de moi grâce à quoi la vie n'aurait bientôt plus grand-chose à me cacher – peut-être allais-je très bientôt venir à bout de la réalité, en percer à jour le fin fond, perspective qui m'exaltait en même temps qu'elle me jetait dans l'appréhension : que pouvait donc signifier ce pressurage de la réalité à l'ultime gouttelette, sinon ma mort et ma fin propres ? J'allai m'accouder à la balustrade de la piste de danse pour profiter du spectacle offert par les amis goths et leur chorégraphie martiale ; on eût juré qu'il s'agissait de forçats tâchant de s'amuser dans leurs geôles étriquées ; quand la danse est censée être la rencontre festive de deux personnes, une auscultation à double sens où l'on cherche à déceler les processus récurrents de l'autre et à les épouser par la danse, à ajuster ses lignes de pulsation aux lignes de son partenaire, les goths dansaient tout seuls et lentement pour la plupart, en bougeant de droite à gauche et de gauche à droite comme la branle d'un automate dysfonctionné ; quelques-uns se distinguaient néanmoins du lot : F., plus vigoureux, cherchant encore son rythme exact (comment aurait-il pu danser avec autrui quand il ignorait encore sa danse à lui, les récurrences palpitantes qui le traversaient et déterminaient sa danse), tenant dans ses mains des spectres d'instruments, mimant tantôt le bassiste, tantôt le batteur forcené, tantôt le chanteur, donnant forme pied à pied aux humeurs et émois qui se succédaient en lui dictés par les moments successifs de la musique – par la couleur sonore spéciale qui émanait de chaque moment; M., encore plus violent, lui si calme et pondéré dans la vie courante, y compris quand il déversait ses horreurs comme il y avait quelques instants, sur la piste laissait couler l'épilepsie dans ses gestes – une infusion de plasma convulsif et spasmogène, décochant des coups de poing à l'atmosphère, hurlant les paroles des morceaux en exposant ses canines pointues; seule sa maigreur voûtée renvoyait à son calme plus ou moins naturel (plutôt moins : cette sclérose naissante suggérait qu'il ravalait sa rage et la recyclait en tumeur maligne en son sein) : les épluchures d'une mue faisant éclore de son corps précaire un nouveau corps bestial et plein de saccades; et enfin le cher C., clou du spectacle, un peu courbé en avant et les mains dans le dos, secouant ses cheveux d'un noir d'encre, faisant mine d'esquiver son propre corps dans une ondulation féline et saupoudrant l'entour de la pellicule de séduction dont à n'en pas douter sa chevelure était chargée – j'éternuai d'ailleurs nerveusement. Pour couronner le tout il vint me parler au terme de son exhibition, destinée comme le reste à propager son pigment charmeur dans les conduits de l'assistance mondiale; je ne pense pas qu'il me tenait pour une conquête potentielle, il est plus probable qu'il avait détecté en moi un scepticisme de mauvais aloi, risquant de faire son chemin dans d'autres têtes s'il n'agissait pas au plus vite pour le court-circuiter – un abordage inopiné qui avait donc valeur de mesure préventive, car je risquais fort d'immuniser deux ou trois personnes, en faisant jouer quelques ondes, contre le syndrome C.; il ne tenait pas à me séduire mais seulement à me convaincre de sa gentillesse et de la parfaite spontanéité de ses séductions, pour neutraliser l'hostilité sourde qu'il sentait circuler en moi, menaçant d'innerver d'autres éléments de l'orbite; mais enfin il avait beau faire, sa subtile vulgarité, son haleine d'arrière-sucre avarié, devaient me crisper les traits de manière si visible – mon visage le glacis d'une transe d'écœurement – que je m'étonnai qu'il n'eût pas jeté l'éponge après quelques secondes – mais il n'était pas homme à renoncer une fois la partie engagée : l'enjeu devait lui paraître considérable car, pour moqueuse et méprisante que je fusse à son endroit, je ne lui voulais tout de même aucun mal et ne me souciais nullement de contrecarrer ses irradiations dans le vivier goth – du moins était-ce là mon sentiment, mais la circonstance que je vais dire allait mettre à nu l'inimitié littéralement biologique qui nous opposait – l'allergie de deux conceptions du monde opposées, incarnées dans deux corps et s'incarnant plus encore, comme deux ongles tors, au contact antinomique de l'un avec l'autre ; pourquoi donc m'infligeait-il sa présence alors qu'il ne pouvait pas ne pas sentir que, pour ainsi dire, je ne pouvais pas le sentir ; sa façon de s'habiller faisant pronostiquer derrière l'adolescent un futur parvenu – la gestation d'un notable frais émoulu comme la rue en suppure de pleins grouillements – et le duvet juvénile qu'il avait laissé s'épanouir au-dessus de la lèvre, sa voix efféminée de pédé refoulé qui était peut-être elle-même une affectation, l'ambiguïté étant vue d'un bon œil dans le milieu – et ce rire niais qui revenait avec une régularité d'horloge suisse, comme pour respecter un quota mondain qu'il se serait fixé à lui-même ; je l'écoutais avec attention à présent et il me semblait sentir en mon for le rampement d'un sentiment indéfini, peut-être un malaise n'arrivant pas à se faire tout à fait jour ; assez vite ce malaise germinatif se doubla d'un sentiment de pouvoir, de la détention d'une arme encore inconnue mais que j'allais dans un bref délai pouvoir employer contre lui ; je ne faisais encore que subodorer cette arme sans être capable de la définir même approximativement, je me tournais la langue sous le palais pour faire revenir cette intuition, cette nausée, et savoir en quoi consistait ce mystère ; mon malaise s'évanouit enfin quand je compris soudain de quoi il retournait. J'étais sur le point de m'enfoncer dans l'abjection, goret au bord de la fange, j'avais découvert un angle d'attaque dangereux et qui ferait mal – qui de plus n'avait rien d'honorable et dégageait même aux narines et sous mon palais un effluve répugnant – mais ce haut-le-cœur se confondit vite avec une excitation proprement sexuelle, les premiers soulèvements d'un orgasme terrible : c'était l'aspect le plus ignoble de ma personnalité qui prenait les devants avec autorité, étant déjà là où je serais d'un seul tenant dans quelques instants, me trayant vers lui et poursuivant à sa façon l'espèce d'alchimie transmutatrice qui atteignait ma personnalité et déformait mes sens depuis quelques mois, avec une intensité accrue depuis quelques jours ; qui me faisait sinon voler en éclats, du moins redistribuer mes limites dans un rayon plus vaste mais plus aléatoire que celui qui devait être normalement ; et mes bases solides de se mettre à trembler jusqu'à se dérober sous moi et me faire vaciller ou alors décoller, car je ne pouvais pratiquement plus distinguer mon haut de mon bas. Je faisais exploser un cosmos rien qu'en me préparant à commettre une mesquinerie sans nom, où ne m'eussent pas reconnue mes plus proches amis : dès que C. me donna l'occasion de parler en me posant l'une de ses questions de pure forme, destinées toujours à offrir un nouveau tremplin à son baratin, je lui répondis avec l'accent des vieilles commères juives, de ces tantes maternelles qui avaient de leurs voix stridentes harcelé mon enfance, et j'accentuai la tonalité maternelle de mon timbre afin que l'ascendant que je pris immédiatement sur lui pesât d'autant plus et l'astreignît sans échappatoire possible à la stupéfaction où je voulais le voir ratatiné tout à fait ; je continuai à lui parler comme à mon fils en le nommant Maurice (prononcer « moûrice »), usant de toute une technique de taraude verbale éprouvée que j'avais apprise en me vengeant de mes amours déçues ; son sourire de panneau publicitaire s'était évanoui d'un coup et je pus voir transparaître, comme j'avais toujours rendu transparent tout ce qui m'entourait, le soubresaut nerveux qui lui remonta des tripes au visage et le lava d'une nuée blanche – plus blanche encore que son teint naturellement cadavérique ; je me délectai de ma parfaite infamie, c'était une crème bien mitonnée qui s'était formée à part moi et qu'une louche interne remuait avec lenteur et délice ; il était passé d'une affectation spectrale à une consistance de vrai spectre pulvérulent et avait presque vomi devant moi – j'avais en quelque sorte profané un secret, broyé un scellé qu'il estimait essentiel de sa personnalité ; après quelques secondes que trouèrent les points de fuite d'une éternité – abîme sans fond pour lui, orgasme à répétition pour moi, paradis de l'ignominie que plus rien ne fait reculer –, il reprit plus ou moins pied et me demanda, sa voix s'extravasant avec une consistance deux fois plus dense et melliflue qu'auparavant, surnourrie par les sécrétions subites d'un atavisme paniqué, et caillée par le souffle aride du réflexe effaré : « K-Komment as-tu deviné ? » Clémente, je me contentai de lui garantir mon silence et de ne révéler à personne ses ascendances, puisqu'il paraissait en être si honteux ; je le plantai là et allai voir ailleurs si j'y étais, souriante et le cœur volatil ; ma chanson préférée reste « Israël », ma famille est juive du côté maternel et je ne m'en étais livrée à cette bassesse qu'avec un plaisir centuplé ; je tenais mon sens moral pour impeccable et ne m'en étais vouée que plus volontiers à cette saloperie ; sans arrêt je vantais partout mon esprit comme destiné aux plus hauts accomplissements et je venais de l'employer sans broncher à ces manœuvres reptiles : c'est que jamais je n'hésiterai à faire usage des moyens les plus vils pour rabaisser quelqu'un qui me déplaît – et c'est toujours sous le rapport du crétinisme heureux que quelqu'un me déplaît, me faisant trop sentir par son bonheur sans esprit l'aberration de mon intelligence minée, accréditant trop cette hypothèse que l'intelligence ne serait qu'un virus transmis de génération en génération et dont on souffre congénitalement, un cancer qui s'empiffre de nos fors sans que jamais on n'ose franchement se poser la question : l'intelligence n'est-elle qu'une maladie, la pire des folies existantes car sa victime refuse de jamais se l'avouer sincèrement ? Un grand chancre organique qui se fait passer pour un trésor afin de se répandre plus impunément. Le choix de blesser C. n'était commandé que par le ressentiment contre le crétin – c'était un choix *stratégico-moral* : se permettre une petite dérogation à sa ligne éthique générale, ainsi le sacrifice d'une pièce importante aux échecs pour assainir sa position, et dans ce cas pour servir une visée morale plus globale et élevée que la simple morale : la destruction du crétin, éroder l'imbécile, le blesser au moral comme au physique était l'acte éthique le plus digne que l'on pût entreprendre ; il n'est pas nécessaire d'en venir au meurtre, nuançai-je en quittant la boîte de nuit, car l'éventualité de représailles que figure un vivant est compensée par le plaisir de voir la bêtise en train de souffrir – si possible tripes à l'air et à mes pieds, les nerfs avivés instillés d'acide et grincés à l'épingle, car la torture scientifique du crétin exige la sapience des penseurs les plus profonds, et je décidai de ne reculer devant rien pour l'accomplissement de cette tâche sacrée entre toutes.

De retour chez moi j'avais réussi à dormir une heure avant de me réveiller en nage et le souffle court, en proie à l'un des fréquents cauchemars dont j'étais persécutée ces temps-ci et que je qualifierais sans hésiter de *prémonitoires* ; tant je savais, même à l'époque, leur sens précis – et sans la connotation un peu magique dont est souvent entaché l'adjectif que j'ai souligné : à savoir que quand je dormais, l'épaisse gangue de tension nerveuse, de sophismes, d'excuses et de faux-fuyants qui me séparait du sens réel de ma vie se fendait et me laissait nez à nez avec ce que j'avais été, ce que j'étais, et ce que je risquais de devenir ; chaque cauchemar m'obligeait à m'ausculter sans mauvaise foi, me désarmant au préalable de toutes mes défenses – qu'elles fussent de nature émotive ou cérébrale – en me montrant avec la plus grande netteté quelle serait sans doute la conclusion logique de la vie que je menais, si elle devait continuer sur la même voie ; il pointait dans un premier temps son état présent, puis implacablement me faisait suivre un enchaînement de causes et d'effets qui me conduisait en rêve, et devait donc me conduire dans ma vie réelle, à la folie clinique – je me suis ainsi déjà trouvée en rêve dans un corps cliniquement fou, un corps dont les modalités d'existence étaient perpétuellement changeantes et incapables de se fixer, sinon pour quelques secondes, dans la modalité unique d'un corps sain d'esprit – un état incapable de seulement mimer l'apparence univoque dont s'est paré le reste de l'humanité, sans aucun parti pris mais sous l'impulsion d'une fatalité comme biologique qui ne laisse pas le choix :

les sens d'un tel corps, auparavant aussi structurés que la réalité dont ils doivent rendre compte, se sont brouillés et flottent en nuées opaques – et la réalité de se brouiller avec, les hommes non plus définis par leurs silhouettes (j'ai envie de dire : *dans* leurs silhouettes) mais percés de toutes les coutures, craqués des cadres organiques, répandus et semés dans l'espace, devenus impossibles à localiser avec précision, imprégnant ciel et terre de cette libation cellulaire et tous les autres êtres et matières, car eux aussi fuient de toutes parts et s'éventent de leurs limites. Dans le monde tel que conçu ordinairement tout est défini et séparé, le mélange même et le fait de mélanger se distingue du reste ; dans la folie toutes les matières participent d'un immense mélange, tout s'imprègne et se contamine mutuellement, il n'est rien qui ne fasse aussi partie d'autre chose et sans doute de mille choses à la fois – une incroyable dilution est à l'œuvre partout : imaginez votre peau réduite à un flottement pulvérulent, puis vos muscles éventés en mercure gazeux et les os diffractés et retouillés dans tous ces autres éventements de substances, mais encore vaguement réunis dans un espace de dix ou cent mètres cubes qui permet, non de vous identifier comme avant mais plutôt de vous localiser – on vous désignerait encore sous votre nom de même qu'on désignerait encore du nom de cruche la cruche brisée sur le parquet en milliers de miettes tessons ; on vous nomme encore Untel ou Duschpountz, vous sentez qu'on vous désigne de votre ancien nom, vous avez encore conscience malgré votre dissémination mais ne pouvez plus rien communiquer : dans mes rêves je ne comprenais plus ce que les personnes pouvaient bien me raconter, non qu'elles se fussent mises à prononcer des paroles inintelligibles mais parce que mon ouïe pilée, réduite en cendres et éparpillée comme le mort vidé de son urne, ne pouvait plus accueillir les sons dans une charpente ferme, ni les reconstituer tels qu'ils étaient dans mon cerveau ; ils me les rendaient sous une forme également pultacée, informe, impossible à restructurer ; et cette distorsion elle-même n'avait rien de systématique, au sens où elle aurait pu s'appuyer elle-même sur un ensemble de lois et de règles sensorielles certes étrangères à celles du corps humain usuel, mais définissables quand même ; je ne pouvais pas procéder à un pénible travail de retraduction, son par son, sur les paroles qui me parvenaient ainsi pulvérisées, déformées d'une manière qui différait d'une seconde à l'autre et ne me laissait donc jamais le temps de m'adapter à ma folie – la folie étant par essence ce qui interdit au corps de s'adapter à aucun ensemble de lois nerveuses, physiologiques, biologiques car celles-ci se modifient et se bouleversent à chaque seconde et ne donnent jamais au fou le loisir de s'y faire ne serait-ce qu'en d'infimes proportions ; la déformation était permanente, jusque dans la déformation – chaque distorsion qui me subvertissait se subvertissait elle-même en très peu de temps sans crier gare, avec une vitesse nauséeuse qui allait chaque nuit s'aggravant, et aussi chaque jour mais plus discrètement, dans une mesure beaucoup moins catastrophique encore, mais qui risquait bien de se rattraper à la longue. Une autre image me vient tout à coup, que je livre dans toute sa justesse et dans toute sa puérilité aux appréciations : celle d'un liquide amniotique où le fœtus se diluerait petit à petit, dépiauté fluidement, jusqu'à colorer de sa fonte la liqueur qui le nourrit et s'y perdre sans retour.

Là où il ne devrait y avoir qu'un monde, il y en a mille pour un fou ; mille manières pour les sens de recomposer le monde dans l'entendement, mais jamais la manière usuelle ou alors incidemment, pour quelques instants vite écoulés ; le fou clinique est celui qui aimerait retrouver quelque part un monde où chaque sens aurait à nouveau un fondement solide, ramassé, et au mécanisme univoque ; mais il est aspiré dans un tourbillon de sens contradictoires où tel sens, l'ouïe par exemple, peut renvoyer à des milliers de sens qui fonctionnent chacun d'une façon différente, et abolissant du même coup toute coordination avec les autres sens ; il n'y a plus qu'un chaos de sens fonctionnant pêle-mêle – je n'étais pas encore tout à fait folle mais mes sens glissaient vers un fonctionnement trop coupé de celui des autres, une perception pilée menu en mille ou dix mille sens différents et happés dans un renouveau incessant ; dix mille ou un million de sens sans qu'on puisse se faire à aucun alors que la pauvreté de cinq sens se laisse au moins apprivoiser sans peine, on maîtrise facilement l'emploi d'une combinaison strictement quintuple de sens ; quand cette déferlante incessante de sens est indomptable et que ces milliers de perceptions qui naissent en soi ne peuvent être vécues que comme autant d'agressions terribles, un carnage de tous les instants où la prolifération miraculeuse de sens équivaut à une mort de la perception en tant que moyen de reconstituer le monde – une condamnation autiste d'où on ne revient pas ; et dans mes rêves chaque nouveau sens, chaque nouvelle contingence cellulaire me noyait dans un maelström de sensations que je n'étais plus en mesure d'apprécier ni de comprendre ; plus nombreuses se bousculaient en moi les sensations, moins je pouvais les ressentir – et le monde n'étant en dernière analyse que ce qu'on en perçoit, la mouche ayant une vue complètement différente de l'homme ou du chat vit donc dans un tout autre monde ; le fou est ainsi celui qui fait dans son corps l'expérience de l'infini des mondes possibles : ce que tous les autres, par commodité, ont unifié, le fou seul le retrouve dans son insoutenable variété ; il fait aussi l'expérience des limites de l'entendement et des sens humains – à savoir que l'homme ne peut employer qu'une gamme de sens limités, fonctionnant selon une modalité à la fois, et dès que deux ou trois modalités différentes de celle unanimement adoptée font irruption le corps se détraque et plonge dans la folie ; toutes ces perceptions qui m'agressaient dans mes rêves et aussi, plus insidieusement, dans la réalité, j'étais incapable de les assumer – milliards de sens dont je ne savais que faire, que je n'étais pas bâtie pour endosser à moins de disjoncter de pied en cap et c'est bien ce qui arrivait. J'ai laissé entendre que cette folie empestait en sous-main ma réalité même ; et de fait quand mes proches, en voyant ou humant ou écoutant quelque chose, accueillaient une pâte homogène – un seul son ou une seule odeur bien définissables comme tels –, je sentais quant à moi poindre des multitudes de flocons palpitants, mouvants, constamment éclatés et régénérés entre eux : quand on me nommait j'entendais d'un seul coup plusieurs échos déformés, Irîne, Ereyne, Aillerîne, jusqu'à faire danser une mosaïque complexe de sons qui picotaient l'air comme si une foule de spectres s'étaient mis à entonner mon prénom en lui imprimant toutes les intonations qu'ils voulaient, explosant en très éphémères étincelles sonores où « Irène » subissait les plus étranges inflexions – toute une atmosphère m'enrobait de la sorte, tout l'espace égratigné par ces lucioles sonores écloses de mon seul prénom ; mais je dois dire que l'effet produit sur moi était très caressant, très agréable, surtout si c'étaient des voix mâles qui prononçaient mon prénom et les faisaient m'effleurer de tout petits globes soyeux avant d'éclater et de renaître ailleurs, légèrement modifiés. Mais les effets aussi plaisants étaient rares du mal que je décris, la plupart des autres allant du déplaisant à l'insoutenable ; de déplaisant il y avait cette anormale consternation face au fait que mes amis fussent toujours délimités par leurs corps, astreints à une discipline si stricte et définie : je trouvais cela étrange et un peu révoltant, et en voyant ce que mes amis étaient, si disciplinés à tout instant et fidèles à leur unique personnalité, je ne pouvais m'empêcher de penser à tout ce qu'ils pouvaient être, allant jusqu'à *susciter* ces possibilités : les déplacements des personnes laissaient désormais des traînées derrière elles, je veux dire qu'en s'avançant les silhouettes laissaient derrière elles plusieurs fantômes d'elles-mêmes, plusieurs traces dupliquées qui ne se détachaient pas tout à fait de leurs matrices mouvantes, mais rejoignaient ces silhouettes et s'y ramassaient quand celles-ci retrouvaient leur statisme ; les corps se déplaçaient en ballets d'effritement liquide, avec la grâce de flaques d'huile animées, pulsantes – sans que ces corps fussent encore victimes de ces violentes dilutions annoncées dans mes rêves, loin de là. Pour revenir au cas de l'émission des mots dans l'espace, elle était le plus souvent normale, loin de ces brouillages inintelligibles de mes rêves, mais parfois les mots subissaient à mon ouïe une légère corruption – syllabes délayées ou malaxées, raccourcies ou traînées en longueur ; j'entendais « vois » à la place de « veux », « ocre » à la place de « croc » ou encore « chrysanthème » à la place de « je ne crois pas qu'il m'aime » (!) J'étais encore loin de la folie prédite par mes rêves, mais les symptômes annonciateurs étaient là ; et si je m'inquiétais tant c'est que je savais que le rêve est une manière de *check-up* qui révèle la situation profonde où se trouve le corps dormant : les nerfs se relâchent et la tension vitale qui, à l'éveil, protège le corps de sa vérité – membrane nerveuse moulant le corps et l'épousant au millimètre près, pour qu'il ne s'avoue pas son état –, au sommeil s'écarte et accule le corps à lui-même ; le sommeil est réputé être une descente dans l'inconscient, mais pour moi ce fut toujours une apnée dans ma sensibilité ; étant très consciente du sens réel de ma vie et des rêves que je fais, à savoir qu'il n'y a pas le moindre écart entre ma conscience et mon inconscient, surtout pas quand je rêve, le problème du sondage de l'inconscient ne se pose pas ; je n'ai pas de refoulé en ce sens, mais il est vrai que ma sensibilité s'anesthésie de jour et se refoule donc par là en amortissant les impacts de ce qui lui vient ; dormir c'est exposer ma sensibilité à l'état le plus avivé, c'est être forcée de me vivre dans tout mon délabrement, qu'éveillée je peux camoufler tant bien que mal ; il y a un réel relâchement de mes nerfs quand je dors, le plexus se laisse béer et doit encaisser les émois dans leurs plus pénétrantes vibrations – car je n'ai plus de ces boucliers (comportement, discipline verbale, conditionnements) qui me permettraient d'en amoindrir les effets – d'où le chaos onirique que j'ai détaillé plus haut. Et c'est pourquoi au réveil, quand l'on ne s'est pas encore exhumé du sommeil, l'on est beaucoup plus émotif que plus tard dans la journée : on ouvre les yeux et on se sent perclus d'écorchures nerveuses, ouvert à tous les vents magnétiques : il suffit d'écouter une musique au réveil pour être inondé d'un remue-ménage glaireux, presque nauséeux – mais de ces nausées légères, volatiles, qui s'épandraient dans l'air en fines flottaisons si l'on ouvrait la bouche ; c'est que les sons peuvent nager dans les sens encore à vif, comme enchevêtrés les uns aux autres et parfondus d'une résine électrique ; la musique peut nager en nous et y vibrer plus loin et plus longtemps, à tel point qu'elle nous accompagnera toute la journée et donnera le ton à toutes nos humeurs et dispositions. Si c'est une couleur spécialement frappante qui cueille les nerfs au saut du lit, elle y laissera un dépôt poudreux de son éclat – qui s'épandra en nuage d'euphorie lorsque les nerfs s'ébranleront sous le coup d'une nouvelle émotion. Mais ces effets secondaires plaisants ne doivent pas me voiler la nature essentiellement affreuse de ce processus ; j'ai dit que je me réveillais de mes cauchemars le souffle court : c'est qu'au cœur même du sommeil il arrivait que mon corps se bloquât carrément dans sa respiration, les organes gavés d'air à ras bord et ne pouvant plus expirer une fois remplis, comme pétrifiés par la peste – phénomène qui me fit comprendre que je pouvais m'arrêter volontairement de respirer, dans l'état de veille même, et à tout moment, sans qu'il m'en coûtât plus que cela, et il fallait que je me remette raisonnablement à respirer car physiquement je n'en ressentais aucun malaise. Mais au plus enfoui du sommeil ma volonté n'entrait pas en ligne de compte ; si je m'arrêtais parfois de respirer quand je dormais, ce n'était pas que je le voulusse ; cependant je me sentais dans un premier temps gagnée par une curieuse ivresse de ne plus expirer, puis assez vite étais prise d'étouffement et me débattais sans pouvoir souffler, farcie d'enflures jusqu'à subir, dans l'inconscience même du sommeil (je veux dire le simple passage de l'éveil au sommeil), une seconde perte de conscience (c'est-à-dire un second sommeil), la perte d'une conscience au second degré – degré que je ne connaissais pas et que le fait même de m'évanouir me faisait découvrir ; une mort presque véritable avait ainsi lieu dans la mort mimée du sommeil ; et à chaque fois je savais que cela, comme tous les symptômes de mes cauchemars, avait valeur d'anticipation.

Nous nous dirigions ma mère et moi vers le Forum des Halles, nous venions d'avoir une violente altercation sur laquelle je reviendrai, et nous passâmes devant un groupe de personnes qui faisaient signer aux passants des pétitions contre la vivisection animale, ce qui attira l'attention de ma mère au grand cœur ; ces croisés résolument barbus et chevelus exhibaient d'atroces photos pour mieux frapper les esprits – l'une d'elles me magnétisa d'ailleurs tout de suite et avec la plus grande intensité : elle montrait un malheureux singe scalpé et pelé de fond en comble, les paupières épinglées aux sourcils par une paire d'électrodes, beaucoup de ses nerfs mis à vif et offerts à nos regards ; les stries bleuâtres qui scintillaient autour de ses yeux étaient peut-être aussi des nerfs ou alors des veines étroites, mais on croyait mieux y voir l'électricité crépitante des électrodes ; ma mère apposait sa signature mais je m'en aperçus à peine, fixant la photographie dans un état d'extrême concentration ; ma fascination (qui n'est rien d'autre que la propension de mes nerfs liquides à se *transfuser* dans l'objet de ma contemplation) *s'exerçait* sur ce pauvre petit singe emmailloté comme un rôti de viande vivante sur quoi on serre à fond les filins de cuivre brûlant, circonscrivant une douleur muette et aveugle, incapable de se transmettre à qui que ce soit. « Quelle horreur, se lamentait ma mère, quel tas d'ordure » ; comme pour aggraver mon cas, je fis part de mon vif émoi à contempler la scandaleuse photographie ; toute l'assistance, et d'abord ma mère sensible aux grandes causes, fut médusée par ma remarque – qui n'avait rien d'une provocation puérile : la provocation m'est parfaitement étrangère, c'est un délire du corps trop restreint qui s'échine à fédérer les attentions pour développer sa portée, et ne s'en restreint que davantage, retroussé en lui-même à mesure des efforts qu'il déploie pour s'en extraire ; maman m'agrippa par le bras et en bafouillant quelques excuses m'entraîna vers l'escalator qui plongeait dans le Forum ; je brûlais de lui expliquer en long et en large la teneur de mon expérience – non pas de l'épisode que je venais de vivre en particulier, mais toute la fabuleuse saga où cette vétille s'inscrivait de droit, les subtiles correspondances qu'elle entretenait avec tous les autres détails que j'ai portés à l'attention du lecteur dans les pages précédentes, et aussi avec beaucoup d'autres détails de ma vie que je tairai pour le moment ; je voulais communiquer à ma mère *ce que j'étais*, et les mots me restaient dans la gorge ; je n'avais eu aucun mal à exprimer ma pensée quelques instants auparavant quand il s'était agi de justifier mon mépris de la psychanalyse, mais cette pensée en était revenue à ce stade caractéristique des moments où je faisais mauvais usage des stupéfiants, quand ses formations embryonnaires se convulsent en bourbier réduit – se tordent en tentant de s'élancer et ne parviennent à s'extraire de leur vase que pour quelques secondes : elles s'élèvent balbutiantes hors de moi et se trouvent avec peine, mais s'épuisent très vite dans cette recherche d'elles-mêmes et retombent presque aussitôt, à nouveau noyées dans leur suffocation ; je ne pouvais plus parler, tout au plus eussé-je été capable d'éructer quelques insultes et elles eussent été non seulement déplacées, mais inopérantes – ma mère ne méritait pas un tel traitement, je venais déjà de lui faire part de ma décision de mettre fin à mes séances de psychanalyse qui ne m'apporteraient jamais rien – la psychanalyse, lui avais-je expliqué, me semble un leurre à la racine, du moins pour les gens comme moi qui pensent qu'il n'y a plus de centre et que l'analyse freudienne se propose justement de ramener à un centre unique les nombreux développements d'un être, toute la périphérie qu'il peut créer autour de ce centre pour bientôt l'oublier, fort justement puisque le maintien de ce centre ne lui est d'aucune utilité et ne propose rien qu'un éternel statu quo ; je ne faisais pas l'éloge des névroses dont ma mère m'accusait à juste titre, mais essayais de lui démontrer que ces névroses étaient les balbutiements nécessaires d'une harmonie encore à trouver ; ainsi considérais-je que la pensée, en plantant un point à partir de quoi s'élancer, faisait petit à petit graviter plusieurs entortillements de sonde pensante autour de ce point, s'identifiait à ces méandres et coulissait librement avec eux autour du nœud initial, puis accélérait d'un coup cette dynamique en une rotation centrifuge jusqu'à ce que, happée et déflagrée, la pensée oublie ce point ou ne s'en souvienne que par très rares intermittences, comme un vague traquenard duquel elle sait ne pas devoir trop s'approcher ; en suivant cette dynamique on pouvait créer de multiples vérités irréductibles à une seule, et mon psy voulait justement ramener toutes ces vérités à un seul cœur tyrannique, à quoi selon ce même psy l'Irène était entièrement résumable – alors que c'est au contraire ce cœur despote qu'il fallait fuir en le dilatant, ramifiant, diffractant, pour qu'enfin j'existe dégagée de ce centre despote et présente dans tous ces développements générés, même si ces extensions pouvaient se révéler douloureuses comme un nerf de placenta sectionné. La psychanalyse explique assez véridiquement que ce centre est déterminé par la société, les parents, les amours ; mais elle prétend ensuite que ce centre explique tous les égarements d'un être et que celui-ci doit toujours y être ramené, comme une brebis égarée ; c'est volontairement que je n'avais pris ce centre que comme un point à partir duquel me consteller en ces « égarements » qui n'étaient rien d'autre que certaines tentatives ratées de me développer au plus loin : et il y en aurait d'autres plus réussies, j'avais tout le temps de rectifier le tir mais je refusais de neutraliser en quelques séances ces trajets fuyants qui me feraient bientôt vivre d'une vie sans condition ; j'avais à faire détoner ce cœur que mon psy voulait maintenir pour mon soi-disant bien, le faire voler en miettes mobiles dont les trajectoires plus ou moins poussées (qu'un psy nommait névroses ou symptômes ou manies) pouvaient seules être garantes d'une forte personnalité – à savoir une personnalité irréductible à une seule personnalité. L'homme présenté comme sain dans la société est un homme qui s'en tient toujours au nœud d'existence qu'on lui a imparti, et la psychanalyse, pour le maintien mondial d'êtres bien personnalisés, interdit toute émergence qui s'aviserait d'en déloger ; mettre tout l'accent sur ce nœud, y écrouer l'individu et le dissuader d'en sortir, c'est éloigner le danger social que représenteraient toutes ces échappées, ces pourchas fluides et ces excroissances – et tous les courants d'existence qui pourraient naître d'un seul grain, et qui seuls pourraient justifier l'existence telle qu'elle se présente à nos yeux ; il fut un temps où l'idée de centre était bien implantée partout, et on pouvait y échapper clandestinement pour vivre d'une vie sans condition ; désormais le centre a disparu en tant que tel et chacun, parce qu'il est terrorisé par cette absence, se croit en devoir d'inventer son propre centre et de s'y tenir de façon serrée ; il n'y a plus deux ou trois centres mais des milliards d'êtres qui se centrent en eux-mêmes et se refusent à se développer – un monde viré camp de concentration, au sens le plus fort du terme, chacun se concentre et se noue en soi jusqu'à l'étouffement, on crée et on maintient par milliards des centres qui n'ont pas lieu d'être, et qui étouffent d'être en présence de cette vermine milliardaire de centres concurrents. La disparition du centre ne s'est pas soldée par une vie rendue à elle-même mais par une terreur de partout face à la vie, obligeant chacun à se recroqueviller en lui et à y rester jusqu'à la mort pour se garantir une dernière sécurité ; par suite, j'accusai ma mère du *délire de possession* caractérisé qui s'emparait de toutes les mères et les persuadait qu'une de leurs progénitures est toujours le produit exclusif des conceptions qu'elles s'en faisaient ; évidemment tel n'est pas le cas, du moins dans les débuts : l'enfance où l'on n'est pas assez conscient pour se laisser conditionner, l'adolescence où le corps se refuse à s'atrophier en ce qu'on attend de lui ; car les enfants finissent tout de même assez tôt, dès la vingtaine en gros, par emboîter le corps étriqué que leur attribuent les géniteurs, et mener l'existence qu'on leur a recommandée – en tout cas moi, m'étais-je exclamée dans un élan d'emphase salutaire, je ne suis pas Irène Lepic, sauf à admettre qu'Irène Lepic n'est qu'un titre bien commode pour désigner les milliers d'expériences que je comptais bien vivre et à quoi une seule personnalité au sens où ma mère l'entendait n'eût pas suffi. Pourquoi, lui demandais-je, est-ce qu'on parle toujours de la fureur nihiliste de l'adolescent au complexe œdipien mal surmonté, qui hait ses parents pour se donner l'impression d'exister et souvent étend cette haine du particulier à l'universel, de la famille au monde entier – pourquoi donc insiste-t-on tellement là-dessus et passe-t-on sous silence cette sorte de complexe œdipien retourné qui dévore tous les géniteurs du globe, ce nihilisme délirant de la mère et du père certains de connaître leur rejeton sous toutes les coutures et par là de le posséder – rien venant de leur fiston ne peut les étonner, voilà ce qu'ils disent, et c'est par là qu'ils traitent leur enfant de la façon la plus négatrice qui soit, sous couvert d'attentions et d'affections, de conseils bienveillants et de virements en banque, s'appropriant ainsi jusqu'aux miracles de leurs fils ou filles en les aimant comme ils aimeraient le quartier de viande bien pasteurisée qu'ils dégustent à pleines dents ; ce sont eux, les parents, plus que l'adolescent rebelle, qui étendent cette négation du fils ou de la fille à une négation passive de tout le cosmos – cette blaserie pâteuse de papa devant la télé ou de maman mettant le couvert, cette manie de tout appréhender du fond de son canapé. Au fond ils me font un peu pitié : ils s'imposent un rôle et donc un corps tellement rabougris en enfantant qu'on peut dire qu'à compter de l'accouchement, tout est fini ; ils se suicident dans leurs fonctions de géniteurs et à force de ramener toutes les préoccupations à leurs seuls enfants, d'en faire l'unique obsession et de tout juger à l'aune du maudit chiard, ils font en sorte que leurs possibilités soient proportionnées à ce doux lange dont ils inhument leur bébé : combien de pensées refoulées, de gestes retenus, d'attitudes interdites à cause des exigences de la pater-maternité – les géniteurs comme jivaros du corps et de l'esprit, réducteurs de leurs propres têtes à travers la compression de leur fiston ; leurs rejetons sont des merdes, mais eux-mêmes se condamnent à une condition d'avortons merdiques dont seule la mort pourrait les sauver – ma mère hochait du chef, sa tête prête à choir comme un fruit trop mûr. Je décidai de m'en tenir là et de lever la séance ; et de toute façon nous étions arrivées à l'attroupement antivivisection dont j'ai parlé.

Nous avions procédé à tous nos achats dans le Forum des Halles, et je me rendis à un café à l'heure convenue avec E., l'amour de ma vie, qui m'avait récemment téléphoné ; je ne l'avais pas vu depuis longtemps mais je tenais de la bouche de G. qu'il ne se portait pas trop bien ces temps-ci, ce qui confortait ma certitude : il avait à un moment donné manqué le coche en m'abandonnant, renonçant au bien-être éternel en larguant Irène Lepic ; d'ailleurs je dois dire que son bonheur m'avait toujours plus importé que son libre arbitre et je m'étais juré de le rendre heureux par tous les moyens, mais il me les avait retirés en bloc en rompant avec moi ; je m'étais figurée en élixir miracle qui s'infuserait en lui et supplanterait ses circulations sanguines ou nerveuses, en grabelant sa peau de mille incisions par quoi je pourrais me glisser, mais dès qu'il sentit les premières encoches il fit volte-face et prit la fuite stupidement, car que valait son intégrité physique à côté du bonheur dont j'allais le gratifier ? Il m'avait quittée depuis un an et demi et son souvenir me hantait encore comme au premier jour – plus qu'un souvenir, c'était un compromis entre mémoire et présence solide : chaque homme qui m'avait possédée depuis cette rupture avec E. avivait comme chaux sur la plaie le souvenir d'E. en moi et y suscitait un début de présence palpable – quelque chose d'à la fois offert à mes phalanges, à ma langue et à mes nerfs palpités à l'air libre, et dérobé, fuyant comme un corps rongé non par la gangrène mais par une corruption fantomatique, faisant flotter ses atomes entre l'état organique et l'état spectral ; à travers le pauvre défilé de mâles qui me forniquaient, je ne sentais jamais qu'E. ; sa présence en moi s'invoquait d'autant plus ardemment que c'était un autre que j'embrassais ou suçais ; les aventures diverses me faisaient l'effet d'une succession de papiers calques se superposant les uns aux autres, où les amours se dessinaient et s'apparentaient à des croquis de fœtus translucides, sous lesquels je discernais toujours le même fœtus parfait ; chaque couche de papier calque qui venait se surajouter, au lieu d'éloigner encore l'image d'E., la grossissait à mes sens et amplifiait sa présence en moi – en même temps qu'elle détaillait son image avec une cruauté de machine bien rodée ; l'effet « loupe déformante » s'exerçait ainsi sur le corps d'E. par la succession d'autres mâles, mais une loupe qui en déformant l'image la reproduirait à part moi à l'état balbutiant des contours mais bien vivant et pondérable, doté de peau et de viande pulsante, de respiration et d'un visage aux expressions changeantes ; tous mes amants en se relayant sur moi ne me donnaient jamais le moindre plaisir mais en revanche me tatouaient de la forte impression qu'ils détenaient, bestialement conjurés, sous les couches entassées de leurs corps mal fichus, le corps ultime et parfait – celui d'E. qui s'émoussait dans leurs apparences dégénérées, sa chair corrompue par l'immixtion d'autres chairs, d'une part, et d'autre part sous cet étagement de silhouettes à travers quoi transparaissait E. mais avec des zones de son corps forcément troublées. Pourtant je fréquentais encore E. de loin en loin, quand il daignait me donner de ses nouvelles, comme ce jour-là ; il me téléphonait pendant les périodes de soirées solitaires, pour passer le temps, si j'ose dire, en me passant sur le corps : quand il me baisait alors, je ne retrouvais pas du tout le corps tant convoité, il n'y avait pas de rétablissement du corps d'E. déformé par tous les autres hommes avec qui j'avais coïté : en retirant toutes les couches de papier calque j'en trouvais une dernière plus épaisse et opaque que toutes les autres réunies ; il ne m'aimait pas et cette carence équivalait à mettre son corps hors de portée, par-dessous un dernier fœtus griffonné sur papier calque et qui, pour ressemblant qu'il fût et même très ressemblant, n'en était pas moins une hideuse caricature de celui que j'aimais – puisque très subtile et seulement perceptible dans des détails ; E., peut-être effaré par mon désir et n'ayant rien à faire de mon amour, intercalait une parodie organique de lui-même entre nous deux pour se protéger – un fœtus très légèrement mutant qui me coupait sans recours de son intimité profonde ; peut-être encore était-ce cette succession de corps masculins autres qui, en déformant l'image d'E., avait contagionné son corps même de ces hideuses déformations ; enfin il est aussi possible que ce fût moi qui recherchais à travers E. autre chose, un autre corps que je confondais par mon amour avec le sien et qui le corrompait de ce fait, mais n'en faisait pas ce corps que je recherchais en lui, par amour ou par commodité, pour avoir un objet précis qui assurât à mes efforts un objectif réel – un centre autour de quoi les convulser, ce qui tendrait encore à montrer l'inanité du centre et sa vocation essentiellement transitoire et pratique, destinée à lancer un processus qui l'excédera ensuite de toutes parts. Quand E. fit enfin son apparition dans le café, l'image du singe torturé qui m'avait tant frappée quelques heures auparavant se projeta en lui – au sens d'une transfusion ou d'une transplantation par biais liquide, le singe se greffant dans sa stature soudain épinglée de cap en pied, méthodiquement dépiautée par un réseau de seringues et hameçons puis parfondue des organes et bouillie sous mes yeux, les nerfs d'abord mis à vif par petites touches d'excision, dans des suintements et des zébrures d'électricité violacée, les muscles palpitant à l'air libre et les yeux dénudés en calots minables ; je pouvais enfin pénétrer à fond l'objet de mon amour, répandre en lui mon émoi et l'y mitonner à loisir, faire revenir dans ses nerfs le fluide de mes nerfs, intriquer mes globules dans le pointillé de ses sangs, épouser par exsudats fiévreux les méandres de sa cervelle – j'accédai vraiment à la plénitude de l'amour en privant l'être aimé de ses dernières défenses, disposant de lui en engouffrant mon émoi liquoreux dans ce cosmos de chas béant qui s'ouvrait à moi, et y nageant comme je voulais ; on eût dit que pendant mon absence quelqu'un d'autre avait poursuivi l'entreprise de perçage pointillé que j'avais commencée sur lui, ou plutôt que les quelques fissures que j'avais réussi en peu de temps à ouvrir en lui avaient été sur ces entrefaites atteintes d'épidémie et s'étaient développées partout dans son corps ; ses yeux mêmes, si hypnotiques à l'ordinaire, perdaient leur pouvoir d'aspiration en s'incurvant vers son dedans, tous deux retournés comme des gants ou plutôt comme deux capotes usées, déchus en une vulnérabilité parfaite qui me mena au comble du ravissement, et au-delà – la fuite en avant d'un wagon dans un dédale de rails sans fin, ne menant nulle part qu'à une vitesse et un vertige toujours accrus ; je vivais ce parcours comme j'eusse vécu la finalité même de mon obsession, car quel que soit le domaine à quoi on l'applique (l'amour dans ce cas), l'obsession ne sert qu'à pousser l'objet de son obsession à un degré de perfection tel que sa nature, si précise et définissable d'abord, accède à une nature au-dessus de toute définition singulière, et intraduisible en quelques mots ; ainsi E. défroqué de son identité accessoire et mué en un immense entrelacs de vortex complexes où chaque courant où l'on s'engageait déterminait un plaisir particulier, une sorte de voie lactée agitée d'innombrables remous surpuissants, où je me laissais entraîner sans restrictions ; il me parla beaucoup ce soir-là, le très cher, il me fit rire, il m'embrassa et me ramena chez lui ; nous fîmes l'amour et cette fois-là je m'impliquai dans les ébats avec une profondeur inouïe, par tricotage de mailles d'aspiration sur toute l'étendue de son corps enfin ouvert complètement – et l'Irène de se faire à ces filées liquides comme le rat connaît par cœur le gigantesque dédale de ses égouts. Mais la première fois qu'on se fait forniquer, on est un peu trop happée par les événements, à savoir tellement vite et presque inconsciemment qu'on s'en détache, de façon victime ; on est trop happée par son premier coït, où toute une vie doit se ramasser en peu d'instants, pour qu'on y arrive ou y prenne part pour de vrai ; les filles stupides y arrivent plus facilement car elles vivent d'une seconde à l'autre sans continuité et rassemblent donc leur peu de vie en ces quelques instants sans problème particulier ; une fille intelligente aura par contre plus de mal car la masse de vie à drainer vers ces quelques instants et à y concentrer est trop faramineuse pour qu'elle s'en acquitte tout de suite correctement. Cette distance des premières fois va déterminer un certain malaise lors des coïts suivants ; on assiste aux débats de l'intérieur, vissée à fond sans pourtant y mettre aucune implication ; le partenaire peut bourrer comme un âne, rien n'y fait ; cette impossibilité de se rassembler d'un coup dans l'instant du coït lors de la première fois sécrète en soi une sorte de fluide prophylactique, conséquence directe du dépucelage toujours dévastateur sur une fille intelligente ; puis après quelque temps on daigne se lancer pour de bon, on participe de tout son corps, on met à l'essai plusieurs catégories d'hommes et il s'avère assez tôt qu'ils se divisent en deux grandes catégories : comme je l'ai vu un jour griffonné sur un mur : « il y a ceux qui baisent et ceux qui se masturbent à l'intérieur de vous. » Les premiers vous pénètrent vraiment, vous fourragent dans votre chair qui les enveloppe dans le même temps et les enduit en crépitant, à mesure qu'ils liment avec force et finissent par joindre ce nerf utérin en repli qui activera tous les autres déjà chauffés – ce pan de muqueuse adhésive qui, renfoncé, pétri par le bout du gland, exerce une traction vive sur le plexus en entier, arrachant à la gorge révulsée un cri irrépressible qui est comme la descente de la voix dans sa nappe la plus reculée, tandis qu'il y a presque une coalescence des peaux génitales mises en contact. Quant aux seconds ils ne frayent pas avec vous en tant que corps mais font usage de votre corps comme ils le feraient de leur main droite. Tout zob qui entre en soi est d'abord quelque peu intrus et en effraction, mais il peut, si son maître sait y faire, acclimater la chair utérine puis le reste du corps à sa présence et l'y infuser, alors que les zobs des zozos que j'ai dits restent intrus pour toute la durée du coït et se retirent flasques et repus à peine leur trop-plein ponctionné. J'aimerais être au-dedans un broyeur à intercepter leurs zabzoubs pour les réduire à une charpie acide que je leur renverrais en pleine gueule – je dis bien intercepter car ces types-là ont beau vous pénétrer, ils vous demeurent toujours curieusement extérieurs et fuyants ; ils glissent de vous en vous ramonant, on voudrait tant les enfoncer en soi, les sentir en intrication dans sa chair, tricotés dans ses nerfs, mais rien à faire : on n'est rien de plus que la paume qui leur sert à s'astiquer et on se sent humiliée de les sentir ainsi fourrer *dehors.* L'envie m'a souvent traversée, au cours de ces coïts masturbatoires, de leur broyer le zob du fond de mon utérus sec, de leur arracher ce polard qui ne leur sert à rien et encore moins à moi, et de faire grésiller cette plaie jusqu'à les voir cracher leurs yeux des orbites en manière de supplication. À cause d'eux, des milliers de coïts masturbés en pure perte, branlés à vide à travers âges et marées. Et cette horrible impression d'avoir absorbé l'arôme de ces charognes à gros paf, de se promener dans la rue encore imprégnée et colorée de leur distille organique, de puer dans ses chairs les miasmes de leurs corps onanistes. C'est qu'il y eut des fois où je m'abandonnai tellement qu'il eût fallu un abandon équivalent de l'autre côté pour que je trouve mon compte ; cette abdication de soi qui, pour qu'on fasse l'amour, doit se coaliser à l'abdication de l'autre – une jonction chimique s'opérant entre les deux charges dégagées, et la plupart du temps face au reflux de ces charognes à gros paf ma charge abdiquée tombait à vide, remontant vers l'autre pour y faire jonction et lui passant au travers. Rencontre escomptée par ce va-et-vient et je n'y pars qu'en connard comme une main vaine et moite. Le seul qui me pénétra jamais fut E., me prenant et me retournant en levrette pour que je le sente pleinement en moi ; bien sûr je ne jouissais pas, mais je savais sa jouissance de me voir pénétrée – de voir son pifou enfilé aller et venir sous son nez, et cela me suffit ; car dans le coït mon plaisir seul ne compte pas, seul celui de mon partenaire est de quelque intérêt. Si moi-même je jouissais j'aurais sûrement l'impression d'être spoliée de mon corps, d'une spoliation sans retour. Consentir au coït c'est consentir au prêt de son corps ; mais ce n'est qu'un prêt qui se limite à la durée du coït lui-même, un abandon par lequel l'autre va disposer de moi et moi de lui, mais je reviendrai finalement à Irène, alors que si je jouissais je craindrais de devenir captive de cet état jouissant – mon corps entré dans une dimension nouvelle de lui-même pour, à compter du premier orgasme, ne plus pouvoir faire marche arrière et se retrouver tel qu'il était ; je demeurerais à vie esclave de cet instinct de jouir, comme immigrée dans un autre élément que le mien et enfermée dans cet élément ; je me laisserais aller au plaisir un moment et une fois mon pied pris je voudrais revenir à l'Irène de départ mais ne le pourrais plus – piège refermé sur ce système cellulaire carcéral produit par l'orgasme, sur le fait que je saurais, que mes nerfs et le fluide qui y court sauraient le plaisir possible, et ne pourraient plus s'en passer, ainsi un tic qui vous frappe à vie et dont on ne peut plus se dépêtrer. Je refuse donc de jouir, ne serait-ce que par le biais de la masturbation, mais il est capital que l'autre jouisse surtout s'il s'agit d'un E. – qu'il jouisse de moi et en moi, de sa mêlée étroite à moi. Et je ne sens trop souvent en guise de ça qu'une branlette montée sur l'Irène, m'effritant in petto de me retrouver là une fois de plus, dans cette rage rabattue qui m'éloigne de moi en m'y ravalant par ressacs saccadés – par coups de boutoirs qui font qu'à l'heure présente je ne connais la surface de mon corps qu'à peine et confusément, je ne retrouve que très vaguement ce qui me délimitait et me dessinait auparavant à cause de cette fouterie qui m'enclôt et répercute ma conscience par ondes concentriques dont chacune soulève une nausée spéciale, toujours refoulée plus à fond dans mes chairs – un peu comme quand on vomit : le moment du vomissement est celui où l'on sait avoir touché le fond, et le fond de s'enfoncer plus loin à chaque occasion, plus rien ne comptant que ce fait de pétrir son fin fond pour quelques secondes ; on peut être le plus heureux du monde, si on se prend à vomir on racle l'étiage de sa vie organique, on triture sa souffrance dans ce qu'elle a de plus stupide, de plus vain et de si effroyablement long – on peut bien, après coup, faire comme si de rien n'était, on sait à part soi qu'au moment où l'on a vomi l'on a prié pour n'être plus rien, qu'au simple laps où l'on a suffoqué son vomissement on s'est interrompu, l'on a interrompu son corps dans sa vie, son temps, son avancée – petit ver dans le fruit pimpant, qui suffit à tout gâter de son infection. On se demande à quoi bon vivre dans les mille et une extases si c'est pour vivre cela l'espace de dix secondes, on pourrait toute sa vie baigner dans la plus intense volupté que tout serait gâché par ces quelques secondes-lumière où l'on se prend à dégorger ou à ragnagner ses tripes dans le bidet – un bacille suffit à tout contagionner crise choléra, alors que dire dans mon cas. Comme quoi je suis de plus en plus encline à croire que mon intelligence n'est qu'un fardeau, une maladie qui m'empêche de jouir ou de profiter de quoi que ce soit – une tumeur qui ne m'est d'aucune utilité comme voudraient me le faire croire les belles âmes torturées qui ont nourri mes lectures, une maladie abominable sans transcendance ni audelà. Si les pages présentes sont un jour publiées, elles serviront au moins à poser publiquement cette question cardinale pour l'humanité, et que personne ne pose jamais : l'intelligence est-elle une maladie ? Puisqu'elle rend tant de monde malheureux et torture ses dépositaires de mille façons, à quoi bon être intelligent ? Puisqu'il n'y a d'au-delà de rien, que ce soit sur terre ou au ciel, et que si l'intelligence fait plus souffrir que jouir elle est une tare dont il faut se défaire au plus vite, pourquoi donc penser ? Doit-on recourir au suicide, à la lobotomie, au pogrom ? Je ne veux pas prendre prétexte des très rares effets secondaires plaisants de ma pensée pour me dissimuler sa nature essentiellement maladive ; si elle se confirme plus avant comme elle est maintenant, j'y mettrai fin par tous les moyens – et je me crétiniserai s'il le faut. J'y renoncerai comme je procéderais à l'ablation d'un organe infecté s'il s'agissait d'une question de vie ou de mort. Et quoi qu'on en dise, il est impossible de faire l'économie d'une morale quand on est doté d'intelligence ; d'intelligence malheureuse puisque l'intelligence réelle s'édifie toujours sur le constat de l'horreur du monde où l'on se trouve plongé – l'horreur des milliers de têtes débiles qui jaillissent à chaque pas qu'on commet, crânes écumant de cervelle en hachis, et si l'on s'obstine à vivre les yeux ouverts dans ce magma stupide de crânes dénoyautés on prend déjà une option d'ordre *moral* : on dit oui à l'enfer de la perception claire des choses et de leur profonde compréhension, on se résout à évoluer dans un milieu si évidemment hostile à son esprit et à souffrir du fait de son intelligence en sachant qu'aucune récompense ne nous attend au bout du calvaire. On survit donc et pour s'en sortir l'on a le choix entre : 1 – se crétiniser, mais on ne s'y résout jamais car malgré toutes les affres de l'intelligence on ne peut plus vivre sans elle après l'avoir pratiquée ; 2 – consoler son intelligence et justifier l'horreur et l'inanité de sa vie en ayant recours à l'une ou l'autre des morales courantes ; 3 – prendre son parti de l'intelligence nécessairement malheureuse pour quand même accéder par elle à un certain bonheur et c'est aussi un choix moral : d'une part un choix est toujours moral et, d'autre part, opter pour le bonheur de l'intelligence c'est opter pour le travail harrassant et les supplices d'une pensée toujours à vif ; on refuse la paresse et l'immobilisme confortable du crétinisme heureux, on refuse ce bonheur a priori du retraité péteux et ravi – de la buse satisfaite par postulat ; le parti de l'intelligence implique un effort épuisant et de tous les instants, en pensant l'on se refuse à la facilité et à l'insouciance de l'imbécillité et par là on s'engage dans un parcours qui possède toutes les caractéristiques d'une morale, qui plus est d'une morale impitoyable et difficilement justifiable, au contraire des autres morales dominantes; l'intelligence suit ce parcours que j'ai décrit et elle se demande bien pourquoi puisque aucune joie ne semble jamais se profiler au bout, qu'on attend un fruit tangible de notre travail de pensée et que rien n'arrive. On finit alors par comprendre qu'on ne pourra trouver ce bonheur que dans ce parcours même de la pensée, que l'objectif de ce parcours est illusoire et n'existe pas, qu'il pouvait jadis servir de carotte aux bons mulets de la pensée à gages mais qu'il ne signifie plus rien à nos sens désabusés – et que c'est désormais dans la nature toujours mobile et changeante de ce parcours, dans sa dynamique plus ou moins harmonieuse et qu'on devra s'employer à harmoniser, qu'on pourra trouver de la joie, non dans l'inertie béate de l'imbécillité qu'on ne pourra jamais connaître à moins de quelques neurones savamment sectionnés; et c'est toujours un choix de nature *morale* : l'intelligence doit continuer à travailler sans cesse, être chaque minute son propre forçat, cela non pour trouver l'apaisement au terme de ce travail mais dans l'obligation de trouver son bonheur dans le cours même de ce travail et dans le déploiement de ses milliers d'efforts pour avancer – chaque effort devant être goûté pour lui-même et non pour un assouvissement qu'il peut promettre mais qu'il n'atteindra jamais –, quand l'imbécile se contente de s'abêtir toujours plus et de savourer l'éternel repos de son imbécillité, comme cloué au divan par la menace d'une arme à feu pour entretenir son bonheur merdique. Il n'a rien à faire pour être heureux ou presque rien, alors qu'heureuse ou pas, je devrai perpétuellement travailler sans espérer aucun repos, chaque seconde me démener dans ce lacis de pensées effrénées et me dépenser quel que soit mon épuisement de pensée, pour seulement survivre et éviter l'asphyxie; céder à chaque instant à cette impulsion pensante avant de trouver ma vitesse de croisière, à savoir une cadence de pensée harmonieuse, capable de se goûter elle-même au fil de ses trajets plutôt que se tarauder et se grignoter à fond de méninges nerveuses – une souffrance sensible et suppurant de tout mon long, jusqu'à ces hurlements pleine rue dont ma mère s'inquiète tant, ne visant qu'à cracher hors ces réseaux de pensées en surnombre, chaos d'idées qui me corrodent les parois, filées de méninges tortillantes qui se rongent le nœud et me cognent aux tempes et aux tympans – et j'ouvre la bouche dans l'espoir de drainer ces pensées convulsées dans mes hurlements, en vain ; je sais que je devrai endurer tout ça longtemps avant de trouver la pleine maîtrise de ma pensée, un rythme et un plaisir à penser qui me permettra aussi de la réaliser à tout instant et d'en jouir encore davantage. Pour l'heure je n'en suis encore qu'au énième supplice, celui qui supprime les précédents et interdit de penser aux suivants si je veux seulement continuer, chaque jour me fracasser au béton armé de leurs têtes obtuses, essayer d'émerger de leur marais pour une seule goulée d'air, et me cogner la tête aux murs et aux vitres et aux pavés dans l'espoir de m'ouvrir le crâne et d'en évacuer ces globes de cervelle rongée aux vers, pétrie en charpie par toute l'horreur et l'ineptie du globe – et je sais qu'à défaut de pouvoir me rendre à la première clinique venue pour demander qu'on sectionne ces deux ou trois synapses qui font mon enfer, en imposant à ma pensée un régime trop intense, j'ai eu mille fois l'envie de m'ouvrir le crâne à coups de perceuse pour la ponctionner de son foutu purin d'asticots vrillés, dévorant et remâchant et rebouillant à un degré de vésuve lubrique. Si je devais un jour me suicider, car le suicide n'est jamais un choix mais une formalité, un devoir physique dont on s'acquitte sans avoir le choix, si donc je devais le faire j'opterais sûrement pour une balle dans la tête, canon scié bien enfoncé dans la gorge, que je sois avant tout délivrée de ces angines dont je suis la proie régulière depuis des années et qui me donnent à chaque fois envie de me sarcler gorge et glottinette et jusqu'au saint pancréas, puis qu'explose ma cervelle et enfin s'annihile la machine infernale de ma pensée – broyer ce processus d'intelligence broyeuse mis en branle depuis ma puberté, et fonctionnant désormais à une cadence trop rapide et permanente, mais jamais jouissive ni harmonieuse, jamais cohérente, toujours empêtrée de pièges et de contradictions, incapable de s'avancer sans produire sur elle-même un nouvel étranglement; même quand je voudrais m'arrêter de penser et faire le vide dans ma tête je n'y arrive pas, victime d'une pensée qui ne sait marquer aucune pause, suspendre ses filées et émissions – et au contraire la laisse faire de ma tête ce charnier d'ébranlements permanents et c'est là que je me prends à espérer que ma cervelle éclate en toute logique et qu'enfin, à la faveur d'une bastos bien placée, s'épuisent ces flux de pensée corrosive. J'ai bien raison de ne pas m'estimer tout à fait humaine, pour supporter du matin au soir et du soir à l'aube ce régime démentiel de cervelle cannibalisée par elle-même il faut être d'une force de titan, disposer de pouvoirs vraiment extraterrestres – arrête dis-je à mon cerveau et ses asticots s'enfoncent de plus belle dans ses replis blancs, s'en repaissent à mort et s'enflent à mesure jusqu'aux mesures d'immenses ténias d'esprit. Alors je n'ai pas le choix : je dois me rabattre malgré tout sur une sorte de morale, une ligne de conduite imposée par les cancers de mon esprit; un bréviaire d'existence qui se conçoit tout naturellement en moi, et que je dois suivre point à point pour arriver à sa destruction – c'est ce processus même d'abrogation de codes moraux imposés par mon mal qui est ma morale et inversement : ma morale consiste à être suivie, dans les moindres gestes de ma vie, à la lettre, pour la supprimer à mesure de ses phases successives; un contrat conclu avec moi-même et dont je ne peux connaître les clauses qu'en vivant encore et en souffrant et en me retouillant l'encéphale, pour découvrir une à une ces clauses comme je les mets en application inconsciemment – je veux dire que ce n'est qu'en faisant tel geste déterminé par une clause inconnue, que je peux découvrir celle-ci et l'abroger et aller plus loin dans la suppression totale de la morale qui dicte ma conduite malheureuse sans que je la sache; en commettant un acte qui s'avère une erreur, je mets en lumière le précepte mental qui la commande et je peux dès lors supprimer ce précepte de ma tête pour mieux exister; c'est par les *faits* que je découvre et ma morale et ma souffrance, et ainsi clause après clause je découvre et dissous leur cœrcition sur moi, me rapprochant d'une pensée et d'une vie libres et maîtresses d'elles-mêmes; je n'ai jamais, en aucune circonstance de ma vie, pu prendre conscience de ce que ma morale stipulait, à savoir les pièges de mon intelligence malheureuse qui se déguisent en impératifs de conduite, qu'en vivant et en agonisant debout et en m'astiquant la tête à l'emporte-pièce. J'ai longtemps cru que je pouvais me sauver en aimant, donc en respectant l'aimé autant que possible et en tenant compte de son intégrité physique; mais dans tous les couples qu'on peut voir personne ne se soucie jamais de l'intégrité physique de l'autre et cherche au contraire à la supprimer par tous les moyens; c'est toujours le délire de possession qui est à l'œuvre dans l'amour, et ce fut au moment où je compris cela que je pus aimer E. comme jamais, en profitant de son corps violé par ma convoitise lucide et en dépiautant ce corps entièrement, atteignant par là une plénitude d'amour que jamais ne soupçonneront ceux qui sont possédés par le délire de possession sans en être conscients, sans se l'avouer lucidement et tirer toutes les conclusions de leur obsession physique, pour le traduire en faits et aimer son prochain au forceps et au spéculum tranchant; le fait de toujours vouloir posséder son conjoint sous toutes les coutures tout en ne s'avouant pas cette obsession, conduit à un tiraillement dramatique qui fait sombrer la quasi-totalité des couples que nous voyons; alors qu'en prenant pleinement conscience de cette obsession, on peut l'assouvir avec la plus grande science et jeter tout son feu dans l'invasion de l'autre pour en jouir comme personne ne jouit jamais; en comprenant ainsi à quelle appétence maladive répondait mon amour pour E., je pouvais dissoudre les codes qui voilaient cette appétence sous le titre abstrait d'amour et je pus réaliser celui-ci avec plénitude – et disposer d'E. aussi intégralement que je voulais. De même j'ai matérialisé une grande part de ma morale, par ces étapes tortionnaires dont la vie m'a tellement gâtée, et enfin je sus de quoi elles retournaient exactement – quels subterfuges avait employés ma pensée malade pour encore me faire souffrir, et à chaque victoire remportée je m'éclaircissais moi-même, je disséquais et scalpais mes émois et mes pensées pour me rapprocher d'une Irène libre et maîtresse d'elle-même. L'émoi est de franchir la distance entre deux points situés à deux extrémités opposées et happer en soi tous les points de cette distance jusqu'à résorber cette distance en entier, épisser au plexus pensant ces deux extrémités et tout ce qu'elles contiennent ; plus grand sera cet éloignement et plus béant, plus sa traversée et sa captation dans un nerf buvard qu'on aura choisi en soi déterminera une sensation forte ; on évoque souvent l'image des deux points diamétralement opposés, ce qui n'empêche qu'il y a un diamètre qu'on peut embrasser, et résoudre cette opposition dans la jouissance d'une dialectique mise en application. En d'autres termes la connaissance de ses émois équivaut à une destruction obsessionnelle de cette connaissance, si l'on veut susciter un émoi neuf et l'on y est de toute façon obligé : on ne peut pas camper sur ses positions quand nous possède la force motrice de l'intelligence, on ne peut pas faire renaître un émoi dont on a déjà démonté les rouages ; aller plus loin pour embraser les nerfs d'un feu plus vif – et aussi augmenter leur capacité de *rétention* des sensations, comme le kyste son pus jaune, rechercher les espaces les plus étrangers à ceux que le corps a déjà connus, les expériences les moins accessibles, à chaque nouvel émoi repousser sa connaissance vers des limites encore infranchissables pour se rendre disponible à la plus vaste gamme de sensations et garantir en retour une plus grande disponibilité d'émois à susciter ou ressusciter – car un émoi déjà connu peut quand même revivre si on l'aborde sous une lumière neuve, et si on en fait un emploi inconnu jusque-là : on s'embue petit à petit de ses émois et pensées propres, on s'enrobe de leur matière liquoreuse pour finir immergé dans un élément neuf d'autisme extatique, une mare spasmogène pour laquelle on risque la camisole ou le cachot humide de ceux qui refusent qu'on entreprenne le travail de son propre corps sans le secours de personne, qu'on goûte à des jouissances où ils n'auront aucune part. Quand on commet un meurtre, on enjambe d'un coup ce genre de gouffre infranchissable ; une émotion inconnue se profile avant l'instant crucial et l'on éveille au jugé l'un de ses nerfs pour le recevoir et s'en imprégner, puis laisser se répandre dans tout le soma le suc vibratile de cette imprégnation ; on s'arroge, on ose s'arroger après avoir longtemps soupçonné la force de cet émoi sans jamais s'y risquer, ce qu'il y a de plus lointain et étranger : toute la vie organique d'un autre, son corps et tout ce qu'il recèle de pensées, de jouissances, de savoir ; car tous les problèmes découlent de ce que nous n'ayons jamais accès aux corps des autres – toutes les mélancolies, dépressions, suicides viennent de là ; mais en commettant un meurtre une fusion s'opère entre l'immense pouvoir de la société sur les êtres, pouvoir qu'on s'arroge donc (sur un seul être, mais un seul exemple prouve que le processus pourrait s'étendre universellement), et l'incursion violente dans un corps étranger, qu'on espérait depuis toujours. Un corps donné ne peut jamais appartenir qu'à deux choses : à lui-même ou, beaucoup plus souvent, aux gens qu'il fréquente et à la société où il évolue, qui lui imprime à peu près toutes ses volontés ; en tuant ce corps, on commet une petite rapine sur la société, qui trouve tout naturel d'exercer son racket sur les êtres mais n'accepte pas que, sans son assentiment ou son ordre explicite, on en prenne possession à son tour, à titre exclusivement individuel et égoïste. Par le meurtre on découvre un peu plus intimement les rouages de son plaisir, de même qu'on dissout les dépendances diverses qui en temps normal nous tyrannisent et nous réduisent à néant ; car c'est en sachant de quoi son plaisir dépend qu'on ne peut plus jouir de la sorte et qu'on doit repousser ce plaisir vers des profondeurs et des espaces de plus en plus informes et incalculables, car exempts des rouages qui dominaient son degré précédent ; on doit tirailler davantage ce plaisir entre deux points de plus en plus contradictoires ; on doit aller sans cesse plus loin dans la quête d'un état jouissif dont la consistance ne peut se comparer qu'au mercure ou au plasma et dont le mouvement, pareil à celui de la pensée heureuse, aura le moins de repères – un plaisir ne devant de comptes à rien ni personne, bien au rebours de votre plaisir de surface quadrillée, fait d'attentes et de petites manies, où seul le retour annoncé d'un plaisir déjà connu peut vous motiver, sans même vous satisfaire tellement en fin de compte.

Moi et mes amis goths étions ce jour-là assis à l'orientale sur le sol du Père-Lachaise (le cimetière), où toutes les tombes célèbres se voient profanées puis saccagées et anéanties par les plus fervents admirateurs, obsédés par ce scandale d'êtres impossibles à pétrifier, à écrouer sous une forme définitive ; ainsi en violant la tombe de son idole, le bon adorateur espère *s'approprier* le corps du disparu, de même qu'il avait cru se l'approprier en goûtant ses œuvres et en les congelant en lui pour en étouffer la trop terrassante portée ; par ses disques ou ses livres, l'idole a su pénétrer son adorateur et envahir son pouls et sa pensée ; l'adorateur se croit *prégnant* de son chanteur ou écrivain favori et la vue soudaine de celui-ci en chair et en os, le dégrise comme une douche d'eau glaciale et lui fait l'effet d'un accouchement précoce : son idole ne lui est plus intérieure, elle a violemment rétabli sa présence physique en trois dimensions et sa scandaleuse altérité ; elle a donné à son adorateur l'illusion d'être *en lui* et d'un coup s'en arrache, mutilant le pauvre bougre tout penaud devant l'évidence de cette aliénation littéralement physique. Mais quand l'idole est morte et enterrée, l'illusion perdure tout naturellement ; on peut venir se recueillir auprès de sa tombe, à savoir masturber dans son for cette présence musicale ou verbale, cette greffe organique qu'on s'est ménagée in petto à l'écoute ou à la lecture d'une œuvre ; mais rapidement on voit l'imposture de cette idole, de ce traître rongé aux vers qui par ses livres ou ses disques a fait croire l'adorateur à une sorte d'éternité inamovible, toujours pulsante en lui, et qui n'est même plus cendres sous ses yeux. En brisant sa pierre tombale et en trifouillant la terre qui a résorbé son idole, l'adorateur panique à l'idée qu'une part de l'adoré pourrait lui être extérieure, il remue cette tombe et cette terre déjà violée mille fois dans l'espoir d'extraire au moins une parcelle de l'être qu'il a chéri, mais n'y arrive pas et ne trouve rien à annexer ; à jamais il reste frustré par l'éternelle fuite en avant des corps et des pensées, et surtout par la fuite de son propre corps et de sa propre pensée, eux aussi impossibles à figer dans une dynamique et une structure définitives. On aimerait tant savoir à quoi s'en tenir une fois pour toutes, ne pas être constamment assailli par les nouveautés, surprises, corruptions, anamorphoses qui bouleversent nos chairs à tout instant, et toujours on est déçu ; on n'accepte pas que chaque seconde apporte implacablement son propre changement, sa transhumance ou sa transfiguration, et on s'évertue chaque seconde à se figer dans la seconde qui vient, rendant de ce fait tout instant insaisissable, puisque jamais l'on n'apprivoise le continuum corrupteur dont chaque corps est fait, et qu'aucun miracle ne saura jamais enrayer. Mais les profanations des tombes d'Oscar Wilde ou Jim Morrisson n'étaient pas le seul symptôme présent de ce que je viens d'exposer ; mes amis goths étaient beaucoup plus frappants sous ce rapport et plus pitoyables que les quelques clochards qui gisaient autour de ces tombes ; assis en cercle, ils communiaient tous, et moi avec eux, dans la fierté d'être goths et dans l'espoir de l'être à perpétuité – comme ils prieraient dans quelques années pour être ad æternam agents commerciaux ou spécialistes en panel marketing, quand pour ma part je me délectais de l'assurance que je me corrompais chaque jour un peu plus et chaque fois de façon neuve, me sauvant par là du baume de conservation dont ils s'oignaient tous jusqu'au coccyx : M., son chapeau, ses lunettes noires et son tee-shirt du groupe « The Mission », visiblement heureux d'être la parodie incarnée des phantasmes « rock héroïque » les plus miteux ; V., ses cernes plus profonds que l'anus d'une vache, heureux de représenter la complaisance sous un vernis ironique qui lui permettait de fait de se complaire plus dégoûtamment qu'on ne le fit jamais, parlant au visage dément de son tee-shirt « Virgin Prunes » non pas pour se faire remarquer, mais pour se fondre dans l'identité qu'on lui avait assignée, et s'intégrer au statisme codé de notre regroupement ; puis A., C. et les autres, confits en eux-mêmes et continuant à se confire littéralement, fourrageant leurs fions de vaseline à longue conservation, saturés de lavements à les maintenir égaux à eux-mêmes jusqu'à la fin des temps – et je ne me figurais plus des personnes, ni des visages personnalisés dont les bouches débitaient les âneries coutumières, mais des fions purulents éructant une vaseline rancie et un peu bulleuse, chargée de leur assurer un corps fixe et ne parvenant qu'à intensifier l'horreur de leur putrescence sans recours – surseoir à une mort qui serait d'autant plus pénible qu'ils refusaient de l'envisager franchement; quand dans mon coin je m'employais à créer une profonde accointance avec les avaries et les remuements continuels de mon corps, les changements incessants dont j'étais la proie, et dont la pourriture au sens commun n'est qu'un paradigme parmi cent; je considérai pour la première fois ces morts successives avec sympathie, et avec une très vague volupté, qui ne pouvait cependant pas s'épanouir en la présence de mes amis et de leurs douces singeries – leurs mines inspirées, comme s'ils étaient venus glaner là les souffles des mânes sensibles, aussi odorantes et chargées que les volutes d'encens allumé en l'honneur des morts d'environ; des dessins de pentacles avaient été tracés dans la terre, et nous murmurions des psalmodies pour que l'air virât à cette densité de cendre ou de cire fondante que les goths goûtaient tant; nous communiions dans la présence de la mort pour nous réunir quelque part et supporter l'insupportable : le fait de devoir rester ensemble pour des heures et des heures sans jamais rien avoir à se dire, pour lutter contre nos autismes et nos indigences nous n'avions d'autre choix que de les fondre en un seul autisme, par quelques rites bouffons. Je les voyais parfois échanger les remarques les plus convenues, d'une voix toujours très basse (ou plutôt des doigts qui truffaient les rectums parlants d'un baume, pour lutter contre un cancer qui en rongeait les membranes à petit feu, empêchant ces rectums de bien s'exprimer, par renvois puissants, et les réduisant à postillonner des petites particules d'onguent rougeâtre en guise de paroles) ; les joints, l'encens et les cigarettes ne cessaient de circuler; les goths tenaient par là à s'amoindrir le souffle et pour ainsi dire à ne plus respirer – et en effet l'atmosphère mijotée par leurs soins me coupait l'oxygène et me crispait les traits visiblement, rameutant ces tics qui depuis ma puberté ont toujours été un calvaire et finiront par me priver de tout pouvoir de séduction (les tics sont le refus du visage de se laisser congeler dans quelques traits, mais ce sont les traits bien clairs et dessinés qui plaisent aux hommes ; je suis donc encore tiraillée entre la volonté de sauver mon visage d'un dessin irrémédiable et la volonté de plaire aux hommes ; entre ma physionomie officielle et les poussées informes de mon visage sous-cutané, cette physionomie naturelle, pultacée et atteinte d'une tremblote salvatrice), tandis que c'étaient cette oppression et ce lent étouffement mêmes qui paraissaient apaiser le restant de l'assistance, les pénétrer tout doucement d'un épuisement très fidèle à leurs volontés – s'étouffant par petites gradations pour mieux dormir, combinant les éléments autour d'eux de façon à rendre narcotiques jusqu'à leurs sangs. Une fatigue de clan, organisée presque d'elle-même pour désister chacun de sa trop pressante énergie, génératrice in petto d'une pléthore d'états divergents ; or, comme je l'ai montré, ils ne voulaient jamais changer, refusaient ces forces excessives dont ils se sentaient violés pardedans, essayaient par tous les moyens de se dérober aux exigences de leurs corps trop vivants et offraient ceux-ci de bon cœur à quelques dieux ou démons inventés par eux à cet effet ; et même s'ils présentaient le plus souvent leurs liturgies sous un jour parodique, du type « tout-ça-c'est-pour-rire-on-n'est-pas-sérieux », je savais, car mille faits le prouvaient à tout instant (yeux clos comme deux chapes d'implosion, drogues inhalées ou avalées comme étouffoirs des frémissements pouvant se déclarer), qu'ils y croyaient le plus sérieusement du monde et que cette ambiance mystique élaborée autour d'eux était l'anesthésie et l'embaumement gazeux de ces scandaleuses énergies qui se bousculaient en eux et dérangeaient leurs volontés de rester les mêmes pour l'éternité. Les effets dévastateurs de leurs petites magies s'étalaient devant moi – corps évidés où en guise d'émois et de pensée ne vibraient plus que quelques échos de convention, appris et récités pour se donner à plusieurs l'illusion d'une vie : ils avaient *besoin* de ces rites pour faire résonner un semblant de vie dans leurs creux – et par là creusaient encore davantage ces creux et ces vacuums, s'exorcisaient de leurs états à trop forte affluence, réduits à ces corps empaillés de rien, aux mouvements, dires et pensées de pur protocole, appelé « goth » pour s'amnistier d'un air dégagé. Les goths sont d'ailleurs très versés dans les sciences dites occultes : ils pratiquent les tarots, savent établir un horoscope, entretiennent plusieurs commerces avec les âmes errantes, font tourner les tables, connaissent toutes les procédures de métempsychose, les influx du yi-king, les trafics de corps astraux et ne font ainsi que se démettre, à l'instar de tout terrien assermenté, de leurs forces et volontés propres – de la nature trop scandaleusement forte de leurs pensées, pulsions, émois ; ils en rejettent alors la responsabilité sur des instances supérieures, intouchables, par peur d'eux-mêmes et de ce qu'ils sentent confusément être les possibilités de leurs corps et de leurs pensées, et qui ne correspondent jamais à ce qu'en disent les versions autorisées. C'est un fait que de nos jours il n'existe plus personne qui ne croie ni à l'astrologie, ni au yi-king, ni à la numérologie, ni aux tarots, ni à la psychanalyse, pour ne rien dire de dieu qui revient en force et avec une insistance d'hystérie sous les sobriquets de grande lumière blanche, de civisme ou d'art abstrait – tout ceci ne recoupant que l'éternelle lâcheté et l'éternelle faiblesse des caractères incapables de prendre sur eux les prodiges qu'ils sont pourtant seuls à générer et qu'ils font vite de noyer de mélasse cendreuse, pour laisser leurs pouvoirs à l'état d'embryons friables et vite asséchés, puis pilés et dissous dans le vide et le marasme infini. C'est bien ce que j'avais reproché à la psychanalyse : sous couvert de lutter contre mes névroses régressives, la psychanalyse n'était plus elle-même qu'un processus de régression sans fin, la compression des essors vitaux et leur destruction avec pour seul alibi mes quelques symptômes névrotiques, à savoir les ratés du parcours expansif de mon corps et de ma pensée ; sous prétexte de me montrer que j'étais tout entière commandée par deux ou trois pulsions de gamine au stade anal, mon psy avait voulu faire de moi un être obsédé par les connexions qui le liaient encore au gniard qu'il avait été, il voulait me rendre aussi mesquine, réduite, maniaque, misérable qu'un bébé à peine capable de faire deux pas. C'est ce que je reprochais à mes amis goths : en déléguant aux cosmos les poussées de leurs simples somas, ils court-circuitaient les expansions de leurs propres cosmos et se ratatinaient devant moi en petits cubes d'aigreur et de vide glougloutant, n'ayant plus aucune prise sur eux-mêmes, pouvant tranquillement maintenir leur confort débile et leur paresse à exister – ainsi les voyais-je encore psalmodier et nourrir d'intenses discussions métaphysiques, ramassis de couards incapables d'embrasser les richesses de leurs somas et systèmes nerveux, de les comprendre et de les exploiter à leurs propres fins ; chaque chanson entonnée en chœur par l'assistance évidait chacun de son énergie ; chaque évocation de démon ou de dieu maléfique dispensait la tête de se lancer dans de nouvelles recherches ; chaque citation du corpus intellectuel goth masturbait le neurone de son émoi et l'empêchait de vibrer trop puissamment. Partout, dès qu'une émotion trop intense et trop complexe se déclare, une extase par exemple ou une prémonition, la réaction commune est de s'effrayer de ces dons possédés par le seul jeu de ses nerfs, méninges et viscères – des effrayants trésors qu'il procure au soma singulier, et qui font refuser au cosmos organique la parenté de cette expérience. On préfère qualifier de magique une prémonition au lieu de la sonder jusqu'au bout et finir par comprendre qu'elle ne finit pas et qu'elle procède d'un processus logique qu'on ne saura épuiser : on l'attibue à tel astre ou à telle divinité plutôt que de mettre en cause ce temps segmenté qui nous est quotidiennement imposé, et établir pied à pied, au fil de son plexus pensant, qu'une prémonition correspond à unc trouée nous ayant fait renouer avec la plénitude de notre temps organique – et ce n'est encore qu'une trouée sur la surface dents de scie du temps usuel : c'est à ce titre que le moindre contact avec son temps réel se voit forcément affublé d'un mot aussi atroce que « prémonition », la révélation d'un seul fragment caché du temps réel qui dans la stricte coordonnée temporelle où l'on se trouve encore placé correspond à un événement de l'avenir, lors même que dans le magma de son temps organique ce fragment se trouve en étroite articulation avec tous les autres moments. Voilà bien ce que nous fait perdre le temps usuel : la disponibilité de notre temps réel, et donc la prise sur nos vies ; mes amis goths parlaient de leurs rêves prémonitoires comme des offrandes, comme quelque chose qui les eût visités, quand c'était l'inverse qui advenait : c'étaient leurs corps et leurs pensées qui, pour une fois, visitaient leur temps organique et restauraient leur emprise sur lui. La prémonition n'est qu'un aperçu de ce qu'on devrait sentir et savoir d'un seul tenant, on est pourtant tenu de croire que ce n'est que l'élément gracieusement offert d'un au-delà que nous ne pouvons d'ordinaire ni sentir ni savoir – combien de fois ne nous retrouvons-nous pas perdus dans un instant, affolés, suicidaires, comme si malgré toute la vie qu'on avait vécue on ne possédait rien, comme si nous étions soudain spoliés de tout ce que nous avons fait, pensé, éprouvé ? Et c'est bien de vivre sous ce temps d'horloge qui nous sépare de tous les moments de notre vie ; on est éternellement immergé dans la flueur caustique d'une seule éprouvette d'instant, on peut bien avoir accompli des prodiges par le passé, se savoir les moyens d'en perpétrer dans le futur, ils semblent caducs car séquestrés par le moment où ils ont eu (ou auront) lieu – et chacun de ces moments se descelle de nous par la faute de cette usuelle durée, où chaque seconde est la suppression de sa devancière ou de sa prochaine, un temps égrené comme en autant de kystes affreux, chaque moment nous réduit à lui comme incarnés en un seul abcès d'atrocité – une excision temporelle qui nous laisse tous rabotés, comme passés à la trayeuse de fond en comble et laissés saccagés, dévalisés de nous-mêmes, pointillés in petto d'immondes cratères. Je fais un pas, et il ne m'appartient plus. Je lance une pertinente remarque, et la voici passée à la trappe, privée de son pouvoir d'influx. Je jouis et mon orgasme fond déjà aux oubliettes. Je m'exposais à moi-même ce problème tragique, je pressentais la façon de le résoudre et me sentais vissée dans le mutisme et l'immobilité de notre petite bande, je voulais revendiquer mon temps et me pris à discuter avec eux de l'extase, c'est-à-dire à en discuter à leur manière : il n'y avait d'extase que mystique, je me gardais bien de m'attribuer à voix haute la parenté de mes extases – la pleine responsabilité de mes nerfs, viscères et ramures de cervelle dans l'extase que je relatais, comme B. venait de relater la sienne d'un air de gratitude qui la dégageait elle-même de sa responsabilité dans son extase ; j'avais envie de lui dire moi aussi, poufiasse, j'ai connu des extases et des prémonitions, mais jamais elles ne m'ont terrifiée au point que je me sente obligée de les mettre sur le compte d'influences cosmiques ou sociales ou psychologiques – mais c'était bien ce que je faisais, usant de métaphores vaseuses (« c'est comme de gagner au loto », « ça ne peut arriver qu'une fois dans une vie ») pour pouvoir inscrire le récit de mon extase dans l'espèce de circuit transitif formé par notre bande, où personne ne pouvait être plus qu'un paradigme de l'hébétude goth, de l'inexprimable concept nommé gothique, de cette abstraction si pure qu'aucune phrase n'aurait pu la circonscrire – quand bien même elle nous resserrait tous, et sensiblement, jusqu'à l'asphyxie. Et en plaçant mon extase sous le joug goth, en la convertissant verbalement dans l'abstraction gothique je resserrais l'étau concret de cette dernière et me sentais près d'étouffer ; seule, je pouvais encore croire en la réalité de mes extases, en ma capacité à approfondir tel émoi, à déceler de quel repli névralgique il retournait – ou encore quelle tactique d'influx cérébelleux pouvait faire naître telle pensée ; mais il suffisait d'un goth devant moi pour que tout cela fût frappé d'inanité – pire : d'irréalité, car l'inane existe encore, ainsi l'inanité goth, et c'est bien en transhumant mes émois vers l'existence inane des goths que je les privais de leur réalité, c'était bien en communiquant mon extase selon les modalités goths que je la rendais incommunicable, et même pire qu'incommunicable : nulle et non avenue. Mon extase n'était plus que ce que j'en disais, et la façon dont je le disais ; à savoir rien. En observant les manigances cosmiques de mes compères avinés et salis par la terre du cimetière, je me demandais comment ne comprenaient-ils pas que ces rites d'invocation qui les consolaient et les mettaient dans un état second pour quelques heures seraient aussi ce qui les plongerait plus tard dans leurs dépressions de goudron noir ? Ne comprenaient-ils pas qu'en se sacrifiant à d'autres forces que les leurs, ils atténuaient sans retour leur pouvoir propre et se condamnaient à un dramatique déclin, à un ennui proprement mortifère ? Que les ondes dont ils croyaient semer l'espace n'étaient que les dilutions de leurs forces dans le néant ? J'étais tout compte fait bien heureuse d'être celle que j'étais : malgré toutes mes affres je m'étais encore ménagé une chance de me reconquérir, de trueller pied à pied les forces perdues d'Irène pour les refondre en moi et me relancer, quand ils procédaient tous devant moi à une minable reddition, une lente immolation d'eux-mêmes à quoi je ne voyais aucun remède – dans leur béatitude suicidaire ils n'avaient plus une chance d'être encore maîtres d'eux-mêmes quand je relançais chaque jour les tentatives de me retrouver ; je me revis assise à une terrasse de café, cet après-midi-là avant de les rejoindre ; je maudissais cette dépression qui me pressurait le for une fois de plus, cette douleur limoneuse qui se distendait en nébule de nausée quand j'aspirais fort, et s'atrophiait en concrétion fibreuse quand je serrais les dents – un nœud d'impuissance hoqueté dans mon torse, composé de viande effilée, de glaire et de cendre humide – et je ne pouvais même plus m'enrager contre ce malaise tant il m'envahissait, je le sentais me pétrir de sa pulsation, en flaque distendue qui me déformait de son pénible battement, caillot noirâtre incapable de se convulser violemment et de briser ses parois – seulement de s'ébrouer tout mou, une capilotade vivante et douée de conscience, torturée par cette conscience et ne parvenant jamais à se donner forme. Mais après mûre réflexion je m'étais assurée que cette douleur ressortissait de mon expérience même et qu'elle était le balbutiement d'états qui se bonifieraient à mesure du travail que je pourrais accomplir sur moi – et de même que mes névroses n'étaient que les fausses notes et les erreurs d'harmonie d'une splendide symphonie en gestation, nommée Irène ; certes je regrettais de ne plus être tout à fait susceptible de cette fureur, de cette concentration de forces déchaînées autour de moi pour de salvatrices dévastations : leur métastase, en plus de les diluer, en modifiait la teneur et la nature mêmes ; toujours ces rages m'avaient aidée à supporter mon mal, en l'enfouissant sous les tornades de coups et de hurlements ; mais cette dilution de ma colère, sa perte d'intensité, devait profiter à une opération plus importante à mon sens, que je dirai en son lieu. Les goths me tirèrent de mes pensées en décidant enfin de s'arracher très lentement à l'atmosphère par eux fomentée et de quitter le cimetière pour aller végéter chez C., domicilié dans le proche voisinage du cimetière ; sa chambre aux murs tapissés de velours noir et garnie d'une impressionnante collection de croix chrétiennes baroques répandait l'atmosphère érotique la plus apte à émoustiller mes consœurs goths ; je pris conscience du fait que les loisirs et activités goths étaient ainsi des petites migrations entre autant d'ambiances et d'atmosphères, toujours feutrées et discrètement suffocantes, comme pour des bébés montés en graine et incapables de renoncer à leur placenta ; la chambre de C. était ainsi un bain de capiton gazeux destiné à rassurer les pauvres enfants perdus goths, à garantir autour d'eux plein de doux appuis et de points de chute confortables ; de tous les séjours sécuritaires des goths, celui de chez C. était le favori des filles : prolongement minutieux du charme de C., il baignait la visiteuse dans une purée de poix qui était l'éventement capiteux du corps de C. dans toute la pièce – c'était un imbécile, mais il possédait toute l'intelligence de l'imbécillité : très vite il avait saisi à la perfection la mécanique des émois goths, les phantasmes circonscrits des filles affiliées au mouvement, et de ce savoir il usait avec l'art le plus consommé, se pliant idéalement aux idéaux de mes consœurs et en reflétant, par ses manières, ses vêtements (chemises à jabots, boots très fins, redingotes choisies avec goût), ses paroles, l'image la plus merveilleuse – d'une perfection clinique : mystérieux mais rieur, congrûment viril et un peu efféminé, causeur mais jamais en profondeur, pour ne pas briser la linéarité mélodique de ses propos oiseux ; il savait ne pouvoir avoir dans le monde d'existence autre que celle qu'il représentait ; et les fades rêveries des donzelles goths n'attendaient qu'une incarnation pour se déchaîner au grand jour – de même qu'on attend le prince charmant et que, pris de vitesse, on le retrouve face à soi ; on doit alors parer au plus pressé et vite retrouver ses esprits, puis tout faire pour le conquérir ; c'est ainsi qu'il devient si fuyant et inaccessible, glissant des emprises et sollicitations diverses à mesure qu'elles se multiplient ; C., mettant en pratique son crétinisme malin avec virtuosité, avait tôt fait de répertorier toutes les demandes de la conscience et de l'inconscient goths : comme un diamant bien taillé, il s'était enchâssé au plus creux des phantasmes environnants, pour y scintiller de tout l'éclat d'un produit fidèle aux exigences du marché. Fort de sa sapience instinctive, il faisait de son corps un emploi parfaitement soumis, d'instant en instant, à la tyrannie de l'instant exclusif ; il devait perpétuellement respecter son image de marque et adopter toutes les attitudes afférentes, suivant à la lettre ce qu'il savait être les exigences de sa cour – on le sentait tout entier *là*, faisant pleinement corps avec chaque instant que nous vivions, c'est-à-dire un bloc d'instant exclusif, total, un court moment entièrement ramassé sur lui-même, sans fissures, sans connexions avec d'autres moments, sans ligne de fuite qui puisse suggérer la possibilité d'une vie en dehors de lui ; et C. ne comprenait pas la structure de ce temps pour y résister, mais pour s'y plier idéalement, pour imposer sa présence en bloc massif et fermé sur lui-même. Il pouvait ainsi disposer à volonté de n'importe quelle personne de son choix et en faire ce qu'il voulait, mais ce pouvoir ne représentait en rien une liberté, puisque condamné à perpétuité à se soumettre aux obligations du moment singulier – de lui-même faire la répercussion et la réponse physique des idéaux goths, pour mieux manipuler ses quelques disciples et soupirantes sans nombre – celles-là mêmes qui croyaient l'enrubanner de leurs mamours et sourires complices, quand c'était lui, selon la traction qu'il exerçait sur tel ou tel pantin de sa sélection, qui se ligotait à elles et les faisait dépendre de lui ; je les voyais s'avancer vers lui ou s'en éloigner selon son gré, poutre axiale d'un manège où je crois bien être la seule à n'avoir pris aucune part : sans doute était-ce du fait que, lui et moi, étions les seuls à comprendre ce manège dans toutes ses données ; mais lui acceptait ce manège et faisait profession d'en devenir le maître, c'est-à-dire l'esclave le plus conditionné – et jouissant d'autant plus de ce groupe en vertu de sa maîtrise esclave, en tirant le meilleur parti, se livrant à une extase d'interdépendances et d'abandon absolu à ces connexions, quand je retenais mon propre savoir comme je retenais depuis toujours l'incessant débit de ma pensée, recyclant le tout en une autarcie physique dont je ne pouvais savoir à quoi elle aboutirait, extase ou désastre, mais qui m'épargnerait le sort qui leur était à tous réservé : une mort précoce sous prétexte de vivre en accord avec leur groupe ou leur personnalité, un enterrement dans le matricule goth comme dans le matricule d'état civil, dans une personne définitive et un corps sans recours, luisant et radieux chez un C. (quoique insipide et creux), laid et dépressif chez d'autres, plus mitigé dans la plupart des cas, mais toujours mortifère. J'avais du mal à trouver, dans tout ce qu'ils faisaient et disaient, dans leurs maladresses mêmes, le moindre élément qui appartînt en propre à quelqu'un ; c'était l'abstraction goth, le concept goth concrétisé, qui avait la haute main sur tous leurs cérémonials, d'où aucun geste, parole, pensée, n'eût émergé – au sens où on sort non seulement sa tête mais tout son corps hors de l'eau, où l'on tranche violemment l'ombilic, plutôt que de l'élimer ou le raboter de temps en temps ; je me dis alors que le drame de l'adolescent moderne n'était plus d'être mal dans sa peau, mais d'y être trop bien, et trop tôt ; la crise d'adolescence est désormais cet ennui tueur à se sentir précocement défini, établi dans une personnalité et écroué dedans pour toute la vie – on s'affaisse d'indigence et d'épuisement à se sentir mort si tôt, de s'être laissé ganguer dans une unique personnalité sans avoir résisté, par goût couard du confort ou par peur des représailles ; si bien que l'adolescence n'était plus à mes yeux qu'une somptueuse botanique de la pourriture : dès les douze ou treize ans les corps adolescents étaient greffés de boutures qui avaient déjà commencé à éclore devant moi, les boutures d'infection puante qui allaient finir sous un court délai en êtres adultes et bien dans leurs peaux – les dizaines de boutures putrides dans les humus corporels de C., N., R. et les autres, se soldant sous mes yeux par une efflorescence sauvage de vermine à perte de vue, confinant l'ambiance et rongeant les encoignures de la pièce, puis coulant des fenêtres et s'en allant rejoindre le restant du charnier, cadres ou employés, profs ou agents, bonniches ou médecins, prenant le relais des milliards d'autres charognes à puruler le monde entier de leur saine inanité – grouillement d'arrivisme infect qui germait inlassablement en ces incroyables floralies de nécrose et de goudron fienteux ; ce qu'on nommait génération ou communauté, qu'était-ce sauf le pogrom de milliards d'états explosifs désamorcés et supprimés dans ces charniers d'êtres bien dans leurs peaux, définis par une seule fonction et abolis dans quelques chétives données ; et quelle plante sociale plus probante que ce C., poussé à l'engrais de l'indigence et du mimétisme merdeux, de la niaiserie et de l'arrivisme circonscrit, pétale de nécrose mobile cajolée par toutes les poufiasses du coin, tout œillades et sourires mutins, chacune caressant l'espoir de finir sa chamelle pour la fin de la soirée – à défaut de pouvoir lui saisir le zob tout de go, à défaut de pouvoir lui demander carrément de se faire mettre par lui, sans autre forme de procès, non tant pour lui-même que pour asseoir sa consécration en vivier goth. À côté de C. était assis un certain F., qui n'hésitait pas, en l'absence de son vénéré, à imiter dans le détail tout le personnage de C. ; en la présence de ce dernier F. prenait soin de jouer son rôle de brave adolescent un peu timide, mais adorable quand même ; face à des personnes qui ne connaissaient pas C., F. contractait soudain ses manières, sa façon de parler, son humour mécanique, et réussissait de la sorte à impressionner son public et même à lui faire croire, quand il rencontrait le C. original, qu'il n'était qu'une pâle copie de celui qui l'avait pillé (F. se cantonnait alors dans un prudent silence, qui passait pour de l'agacement aux yeux de celui qui osait le copier en sa présence) ; mais c'était bien F. qui se contaminait volontairement de C. : je le voyais rire aux plaisanteries du sultan goth, et lui tenir plus ou moins volontairement la chandelle dans ses manœuvres de séduction, mais en sous-main il lui incisait toute la surface du corps et en extrayait des petits bouts de chair dont il se lardait lui-même, comme des sangsues qui eussent proliféré une fois truffées dans son propre corps – des boutures de viande vivante qui croissaient une fois plantées, pour remplacer toute la chair sous la peau et changer le corps d'assignation ; c'étaient de pleins quartiers de viande C. qui refaisaient surface quand le vrai C. disparaissait, une transplantation globale où l'ersatz bientôt procéderait ouvertement à un putsch organique, pour reléguer C. au rang de satellite goth, comme on en voyait par centaines. J'eus l'idée d'une pièce de théâtre où le personnage principal, non pas l'incarnation de moi ou de C. mais, tout compte fait, l'incarnation d'un peu n'importe qui, serait le seul habillé plus ou moins normalement : tous les autres seraient tout de noir vêtus, et masqués ; ils parleraient toujours de très près au héros, comme pour lui murmurer un secret aux oreilles mais d'une voix aussi naturelle, courante et amicale que possible, pour lui livrer des banalités de tous les jours ; mais ils seraient constamment poignard à la main, et tout en l'entretenant de tout et de rien, ils lui caresseraient la gorge, la nuque ou le nombril de leurs lames affûtées ; le héros, comme inconscient de la présence des poignards et du rapprochement des haleines, resterait en toute occurence naturel et impassible ; tous les personnages seraient reliés par des fils et des câbles, qui les empêcheraient de trop s'éloigner les uns des autres – ils ne tenteraient même jamais, à part peut-être le héros, de s'en arracher ; et je vois bien un dénouement où on scalperait la tête du héros, pour en sarcler la cervelle et la répandre sur le public dans des hurlements d'apothéose grand-guignol. On pourrait aussi introduire quelques scènes amoureuses : le héros serait suspendu par sa bien-aimée comme un linge et icelle, médecin-légiste des émois, disséquerait l'objet de son amour de la tête aux pieds, tout en lui tenant des propos de la plus suave galanterie, à quoi l'aimé répondrait par de simples borborygmes approbatifs, les lèvres retroussées et épinglées aux narines et au menton lui empêchant d'articuler des mots distincts ; ainsi voyais-je discuter mes amis goths, pour dire n'importe quoi, et instaurer un système de vampirisme rotatif où les plus pompés n'étaient pas forcément ceux qu'on croyait : ce n'étaient pas les valets, les satellites ni les entichées qu'on évidait gaiement mais bien moi, C. l'idole ou S. le second, dont la pédérastie charismatique charmait d'autant plus l'assistance féminine, puisqu'elles savaient bien qu'il ne les souillerait jamais ne fût-ce que de son désir, et que cette séduction était d'une gratuité proprement mystique, détachée des contingences péniennes ; R. à mes côtés cherchait aussi à me charmer, par ses boutades et son haleine d'anus mort ; les autres débattaient de la définition du bon goth, le mauvais goth étant d'emblée flétri du titre de « batcave » – et chacun de se vanter à mots plus ou moins couverts d'être le goth parfait, pouvant être élevé au statut de modèle canonique – en clair celui ayant resserré le plus et jusqu'à l'asphyxie les limites du corps goth convenu ; mais sans vouloir mettre en doute l'efficacité d'étau suffocatoire qu'ils exerçaient sur eux-mêmes, je crois avoir bien démontré que C. constituait la seule pleine réussite du lot. Je ne pus m'empêcher de mettre les pieds dans le plat, de façon un peu biaisée : qu'est-ce qu'un bon goth, avais-je demandé, et d'après quoi peut-on le désigner tel ? Son maquillage ? Ses vêtements ? Plus sûrement ses conquêtes amoureuses ? L'assiduité de sa fréquentation des soirées et réunions goths ? (Au contraire ! sembla me répondre C. de son sourire impérial, lui qui savait si bien se faire attendre et dont le succès était proportionné aux lapins dont il sanctionnait une bonne part de ses rendez-vous.) Je m'enfonçai plus avant dans mon propre espace-temps, trop évidemment coupé de celui qu'ils imposaient communément : oui, bordel, à quoi reconnaît-on le bon goth ? À l'absence de poils chez les garçons (le physique « éphèbe imberbe » était bien sûr très prisé chez les filles goths, cherchant par là à atteindre un point nul de sexualité comme elles annulaient tout le reste et l'aplanissaient au même niveau) ? À la capillarité chez les filles ? À la discothèque qu'on possède ? Si au moins on le reconnaissait sur un réel talent, je pourrais comprendre, mais là ? C'est idiot. Mais l'idiote du village c'était bien moi, un coup d'œil sur leurs mines sarcastico-compassées le confirmait ; je savais bien avoir énuméré, sous couvert d'ironie, les critères réels sur quoi se décernait le titre d'intelligence goth ; mais il fallait les taire ; tous savaient parfaitement que l'élection implicite du meilleur goth se faisait sur des vertus très minces et il fallait être bien ingénue pour en faire la remarque explicite – et même stupide : c'était ne pas être intelligente que de croire que l'intelligence pouvait être là une vertu ; et de ne pas voir que la seule intelligence estimable était l'intelligence de l'adaptabilité, du mimétisme, de l'absorption des courants et mots d'ordre, de la compétition larvée, du respect des codes (y compris ceux de la pseudo-excentricité ou des fausses transgressions) ; et que je ne pouvais pas me croire plus intelligente qu'eux puisque leurs pensées et la mienne se mouvaient dans des dimensions, des cosmogonies non pas différentes, mais étrangères : car la simple différence était une modalité parfaitement admise dans leur règlement, et presque obligatoire : la différence était le petit aliment satellite qui différait d'un noyau à l'autre, d'un clone à l'autre, d'un C. à un F. ; le petit détail obligatoire, la petite manie qui pouvait différer, comme un matricule, tel connard de tel autre – comme autant de chiffres strictement égaux, mettons X, à quoi chacun eût adjoint sa propre petite variable distinctive, mais pour de simples raisons pratiques ; nous étions tous égaux à la base et la seule liberté que nous avions était de *décorer* nos égalités – autant dire que cette démocratie tuait toute liberté, toute possibilité de différence radicale, et l'*alien* Irène Lepic se trouvait lui aussi forcé d'étouffer son altérité sous quelques détails plus conformes à la magnifique égalité des goths, à ces parfaites équations qu'étaient les incarnations goths entre elles. Ils furent vraiment consternés : quel besoin de proclamer à haute voix ce que chacun savait à part soi ? Quelle gamine je faisais. Quelle erreur de croire que j'allais leur imposer mon altérité radicale, en excédant d'un iota l'un de leurs codes de conduite, quand je ne faisais que me frapper de nullité – d'inexistence, d'une variable négative apposée à mon chiffre fixe et égal au leur. Je n'avais que ce que je méritais : pourquoi dévoyer mon intelligence dans des débats aussi ineptes et vides de sens ? Pourquoi essayer de manifester une intelligence, quand je ne pouvais dans un tel contexte que la rabaisser et la transmuer en inanités du même tonneau que les leurs ? Peut-être était-ce pour cela que je rêvais tant d'écrire un livre, pour prouver mon esprit de la façon la plus publique et tapageuse, pour greffer la plus proéminente prothèse au matricule Irène et les écraser par mes propres moyens – mais toujours en vertu de leur code rotatif et niveleur : leur piège s'était donc refermé sur moi et, otage de leur bande, j'étais encore loin de paraître la plus intelligente du groupe, la plus prestigieuse et parée des attributs qu'ils codaient incontinent pour pouvoir les apprécier, mais bien plutôt l'idiote du village, assise pensive dans son coin, le visage mangé par les tics ; si bien qu'il paraissait que le seul moyen d'attester mon intelligence était d'en livrer une sorte de représentation publique, ennoblie par le prestige littéraire imprimé – et au fond aussi méprisable que tous leurs prestiges d'évier bouché. Je dois avouer que j'avais à un moment conçu le projet, car j'en avais largement les moyens, d'écrire de gros livres d'épouvante à succès, en conservant pour leur promotion mes revêtements goths, ce qui m'eût assuré une rédemption superbe dans le milieu – et je me voyais déjà parader en limousine devant les cafés où ils siégeaient régulièrement, sans m'arrêter, pour produire leur envie et leur rancœur comme impôt des peines qu'ils m'avaient si longtemps infligées ; ou encore les inviter à des séances de dédicaces, munie d'un luxueux fume-cigarettes et sirotant un vin de grand cru (pour me venger du gros rouge tachant qu'on devait toujours boire en leur compagnie, en partie intégrante de leurs sacrements), pour me délecter en tirant de grandes bouffées de Players sans filtre et en me lapant l'intérieur des joues de leurs regards envieux et admiratifs – et ainsi m'aperçus-je qu'ils m'avaient inculqué leur logique imbécile, pour quelques moments mais tout de même dangereusement, car je sens toujours dans ma cervelle les immixtions de stupidité en cancer d'une célérité de foudre : qu'un simple soupçon d'indigence se dépose dans ma tête et la voilà qui me dévore en traînée de poudre allumée, m'accusant et me raillant et me corrodant d'avoir laissé une seule pincée d'ineptie me pénétrer ; je dus m'avouer que si je n'étais mue que par leurs présences pour écrire un livre – « Lechtat le vampire » ? « À la mort à la mort » ? –, si vraiment ce n'était que par instinct de vengeance et souci démonstratif, je n'écrirais jamais que de la merde : comment écrire quoi que ce fût de bon puisque d'évidence c'était le jeu social qui déterminait mon souci d'écrire – et quel que fût le jour sous lequel je prenais la question : écrire pour que mes compères m'estimassent et c'était grotesque, écrire pour que d'autres me reconnussent et me fissent émerger du milieu goth et je n'étais vraiment qu'une truffe, écrire pour acquérir une autorité ascétique d'artiste à moitié maudite, narguant ses ex-compères par journaux interposés, et je ne méritais pas mieux qu'une pinte de curare. Cela dit je ne devais pas non plus me mentir et nier que le duel engagé entre moi et, à travers les goths, tout le corpus de la société, était l'un des moteurs de mon existence – et sous prétexte de vouloir écrire je frappais, par ma seule existence, les conceptions admises partout et exigeais ainsi une vie toute différente de celle qui m'était imposée ; en pérorant dans l'abstrait, je préparais une mise en œuvre magistrale de ma violence dans le concret ; en refoulant à part moi les torrents d'émois et de conceptions que ma pensée et mes nerfs produisaient, je me sentais de plus en plus douloureusement mise en demeure de les déverser hors ; peut-être n'écrirais-je pas une ligne, mais au moins me serais-je opposée toute ma vie au sort qui m'était fait, comme à tous ceux qui m'entouraient – et j'aplanissais le terrain à une vengeance qui pourrait prendre n'importe quelle forme, ou pas de forme du tout ; je disais attendre l'écriture, mais je découvris que l'écriture en elle-même était de peu d'importance et ne pouvait être un moyen de désertion de la société, mais le *symptôme* éclatant d'une désertion dans les règles ; c'était la réussite de ma vie, et ma vie n'était jamais que tout ce qui se tramait et se broyait dans mon for en attendant l'éclosion, qui pouvait seule générer une écriture considérable. Jusque-là l'écriture m'avait été un mirage me permettant de passer outre l'horreur et la médiocrité de ma vie, et je ne pouvais donc rien écrire de bon en me fiant à cette croyance abstraite en l'écriture – seulement rêver à mon potentiel écrasant d'intelligence, et écrasé dans les faits par leur fière indigence. Mais c'était bien fini. Je devais plonger plus violemment que je ne l'avais encore jamais fait en moi-même, pour en extraire ma vie en sondant les pensées et émois d'apocalypse dont ma tête et mon soma avaient été les théâtres ; et ce n'était qu'en remportant cette victoire sur moi-même et sur ce qui m'entourait que je pourrais songer à prendre la plume – et c'est du reste ce que je fais, au grand plaisir de l'empaffé lecteur. Je vivais dans un monde conçu pour congeler ces poussées d'états paradoxaux d'un organisme donné, et ceux qui m'entouraient s'acquittaient très bien de cette tâche, mais moi je l'avais mal vécu et le vivrai sans doute encore mal, personne ne pouvant prétendre retrouver les sérosités tournantes de sa nature réelle sans se violenter au préalable, sans élier son corps de tous les pièges, présures, étaux tranchants et poches à caillement dont on le farcit dès sa naissance – et c'est en quoi mon drame consistait : j'avais beaucoup trop de pain sur la planche, ayant à parfondre les données de la personnalité qu'on avait conçue pour moi sans mon consentement, et donc mettre constamment à l'épreuve de nouvelles données pour mon corps et ma pensée ; mortifier ma chair au passage était une obligation si je voulais l'arracher à ses repères inertes – faire vibrer tous mes appuis, parois, limites, repères impliquait que je détruise ceux qui étaient déjà là, solidement établis, non en prothèses insensibles et comme extérieures à moi mais en greffes organiques fondues dans la même matière que n'importe quel organe souffreteux et dévoré de cancers atroces ; l'ablation ne pouvait dans ces conditions être agréable. Si les personnes estimables se suicident si souvent, ce n'est pas qu'elles soient « torturées » et malheureuses de naissance, mais parce qu'autour d'elles tout le monde a adopté sans résistance les limites d'assignation, et tous s'opposent spontanément à la quête éperdue de nouvelles modalités qu'ils ne peuvent envisager que comme des périls et des maladies, pouvant mettre à mal leurs coordonnées étroites et leur bonheur calculable, géré par leurs mesquineries de glands trempés ; les suicidés sont souvent ceux qui sont arrivés à un seuil après quoi un bonheur scandaleux les attendait, et la plèbe a tout fait et tout ourdi pour les en sortir, conspirant au plus pressé dès qu'ils voient quelqu'un jouir de son corps et de son esprit d'une façon qu'ils ne connaîtront jamais, puisque enlisés dès le berceau dans un moule de cire qui en séchant les empêche d'en déloger ne serait-ce que d'un doigt ; j'admets certes qu'à ce moment-là mon intelligence et son fonctionnement étaient un purgatoire, une phase transitoire qui me permettrait d'accéder à ma liberté, sans secours d'aucune sorte ; à la plus grande joie concevable, et derechef je me voyais concrètement flanquée de leur compagnie, je n'étais toujours pas la plus radieuse et intelligente mais la plus mal lotie de nature, la fille introvertie s'ennuyant dans son coin, le visage toujours agité d'horribles tics – remous visibles du bouillonnement qui la travaillait sans relâche par-dedans ; je faisais pitié, j'envisageai même l'hypothèse que je ne fusse qu'une autiste au sens le plus vulgaire et clinique du terme, une malade qu'un frère ou une bienveillante nounou sortait de loin en loin, par compassion, dans les soirées de la mondanité goth (mais tous les attributs goths n'étaient peut-être que les distorsions opérées par ma perception morbide), une pauvre fille mise aux fers de son orgueil dément, se gargarisant seule, noyée dans sa lave rouge de pensée, de son intelligence seulement postulée, jamais prouvée ; mais en les regardant eux-mêmes discuter il ne me parut pas improbable qu'ils fussent tous dans mon cas, malgré leurs amabilités, leur sens pseudo-festif, leurs sourires bridés, qui sait s'ils n'étaient pas tous en train de se convulser de crâne charpie, à se corroder de leurs pensées en orgies d'asticots, sauvant les apparences tant bien que mal mais finalement aussi suppliciés que moi, aussi impuissants à extravaser leurs fors et à acquérir un semblant de liberté. Et pourquoi le taire ? Quand il y a plus de deux personnes qui se réunissent, on sait qu'une gêne s'instaure et même une crispation, une cuisante torsion des muscles et plis du visage, on ne peut s'empêcher de grimacer dans les réunions en bonne société, et plus celles-ci durent longtemps plus les visages se crispent et exercent une forte traction sur tous les autres muscles du corps, endolori, transi par ces fréquentations trop assidues – on voudrait fuir et arracher ces crampes labourées de tôle chauffée à blanc, mais on reste et on discute et on sourit et on se plie encore à ces rencontres merdiques, parce qu'on doit le faire et qu'on ne veut pas passer pour malade, même si c'est bien le nombre et la bande et la plèbe qui vont nous gangrener au plus fort degré ; mon ouïe pouvait discerner toutes les sécrétions salivaires de mes compères, j'entendais clairement leurs palais s'humecter de malaise et produire un petit son touillant, d'humides petits colli-collas qui se mêlaient les uns aux autres et formaient une fréquence de gêne tortionnaire et d'ennui dégluti à grand-peine ; chaque seconde où l'on cessait de parler m'assiégeait de ce son de mastication et de déglutition de toutes les bouches de la soirée, et me faisait ravaler mes propres affres et mon propre ennui, encore recyclés en nouveaux tics insoutenables ; je considérai N. avec horreur à mes côtés, comme un miroir de moi-même, non pas déformant mais pour ainsi dire *réformant* – c'est-à-dire que la vision de N. rétablissait une Irène plus juste et objective, dégagée de toutes les déformations que ma pensée exerçait sur moi-même, de toute la gangue narcissique et analytique dont je m'étais recouverte moi-même ; je repensais à toutes les fois où elle m'avait fait part de ses divers projets artistiques, qui allaient du livre « gore » au film d'avant-garde, de la musique « industrielle » à des manifestations expérimentales en pleine rue – tous projets qui avortaient dans leurs commencements d'exécution : elle avait trop besoin de se rassurer à chaque seconde de la présence de ses amis pour pouvoir entreprendre quoi que ce fût, et le vomissement que je faillis lâcher à un moment donné de son discours où le délire mythomane était trop évident, provenait d'une autre évidence : moi aussi j'avais besoin de sentir des présences autour de moi pour avoir un semblant de confiance en moi – même en négatif, même par opposition niaise à leur niaiserie ; je me laissais tenailler sans coup férir par leur imbécillité et par les sons de leurs déglutitions gênées car c'était pour moi le seul moyen de réagir, de me prouver sur un mode révulsé la possibilité d'une vie en moi ; si j'étouffais, c'est que quelque chose respirait en moi, tolérant mal ces pressurages de tous côtés – mais aussi pouvais-je exister sans cet étouffement généré à tout moment de leur fréquentation ? B. et T., un couple de longue date marié à l'église, engagèrent devant nous une scène de ménage qui pouvait bien être significative de ce que je viens de dire, de cette impuissance à s'avérer en bonne compagnie – de cet enfer de pensée enclose qui se fourvoie à trouver un réceptacle humain où s'épancher. Leur dispute eût tout aussi bien pu s'insérer dans ma pièce de théâtre, avec cette question de T. à son aimée : « Tu connais la différence entre toi et un sac à merde ? » (mutisme de B.) « Le sac ! » (rire hystérique de T.) « ça veut dire que tu n'es qu'un tas de merde sans rien autour. » (rire hystérique) « Une merde à l'état pur. » (rire hystérique) « DE LA MERDE ET RIEN D'AUTRE. UN ÉNORME AMAS DE MERDE ET C'EST TOUT. » (rire folle du logis) ; et je dois convenir de ce que B., déjà ronde de nature, avait tendance à s'arrondir avec le temps – une vraie outre. Déjà stupide de naissance, sa vie conjugale semblait l'avoir enfoncée dans un parfait statisme de bêtise bovine. Je dois en tout cas garantir au lecteur, et sur mon honneur, l'authenticité des faits rapportés ici – de *tous* les faits. Je n'invente strictement rien. La teneur de ma fameuse pièce était à portée : je n'avais qu'à m'ouvrir à l'entour pour glaner de quoi écrire des dizaines de pièces révolutionnaires, tant par la forme que par le contenu, comme on n'en a jamais vues ni lues ; oui, ils avaient ces rituels, ces polémiques, ces mœurs, ces vêtements ; mais le lecteur le sait, puisqu'il suit, et à la lettre, la même hygiène de vie ; il ne l'exacerbe pas autant, il atténue les contours de ses manifestations, mais un rapport détaillé et approfondi de sa vie composerait une fresque aussi stupéfiante que celle qu'il lit. Je me souviens d'avoir vu un film d'horreur de troisième catégorie, mais fascinant et très révélateur à mon sens, qui s'intitulait pertinemment « Society », où un garçon de la haute bourgeoisie américaine, évoluant dans un monde digne des séries américaines de la télévision, découvrait que ses parents, ses amis, ses éducateurs et le restant de la ville formaient une société secrète obscène, orgiaque et malfaisante, où chacun donnait le relais à son prochain pour conspirer contre le jeune héros, qui devinait cette société tout au long du film au fur de petits indices et de détails aberrants, et finissait par la surprendre au grand complet dans une partouze sauvage, surnaturelle, où on voyait les chairs fusionner, s'intriquer, se nouer les unes aux autres par torsades et coulées gluantes – et je n'avais devant moi pas d'autre cérémonial, tout ici s'apparentait à cette partouze ou à l'exploitation de C. par F., correspondant non pas à un mimétisme mais à un trafic d'organes également pratiqué par tous les autres : ils ne se contentaient pas de se copier, de s'imiter et de se conformer les uns aux autres mais sacrifiaient leurs chairs et leurs sangs aux impératifs du gang adolescent goth ; jusqu'à ces sécrétions salivaires qui me donnaient de l'ulcère, résonnant à leur tour comme une communion où chacun y allait de sa salive au son de colle touillée pour contribuer à l'onde de malaise qui enserrait et étouffait chacun – et voilà encore une pièce de théâtre géniale et scandaleuse qui se présentait : des bouches, seules sur scène et ne mastiquant rien qu'elles-mêmes, avalant et exsudant leur salive, exhibant ainsi l'onde du malaise social dans sa plus simple expression ; un mètre carré où on placerait quelques bouches qui exprimeraient seules, en mastiquant, avalant et sécrétant leur salive de malaise, tout le malaise de l'époque ; c'est du reste pourquoi nous buvions tous comme des trous : nous voulions étouffer ces bruits de nos bouches et donner aux sons de nos ravalements un alibi, une autre raison que nos malaises trop patents – une pinte de vinasse toutes les trente secondes pour noyer ce bruitage de notre indisposition à être ensemble ; mais l'onde s'intensifiait quoi que nous fissions et vibrait de plus en plus fort, jusqu'à nous assommer ; j'allumais cigarette sur cigarette, pour *tuer le temps*, m'occuper là aussi à quelque chose et fuir le néant de leur compagnie, apaiser un peu cet agacement de tessons qui me grinçait les nerfs et me bourdonnait les tempes dès que je rencontrais mes amis, même les deux ou trois estimables – car il y en avait, mais je préfère ne pas les évoquer dans cette chronique pour ne pas les humilier comme je m'humilie en me dépeignant au sein d'un troupeau abject –, de fait, chaque fois que j'éteignais une cigarette, le léger calme qu'elle m'avait insufflé le temps de la fumer s'évanouissait d'un seul coup et c'était comme si je l'eusse fumée plusieurs siècles avant ; nous tuions donc le temps au sens le plus littéral de l'expression : je mettais en leur présence mon temps en consigne et toute mon intégrité physique avec, pour m'adapter à leur durée de séquelle poussive, une seconde succédant à une autre qui avait succédé à une autre et non seulement à une autre mais à l'ensemble de l'histoire humaine et à l'éternité, anéantis à l'avènement d'un seul moment de leur cru ; de même que j'éteignais mes cigarettes, j'enterrais dans chaque seconde goth toute l'accessibilité de ma pensée et de mes sensations, bref de tout ce qui me constituait ; je passais d'une seconde à l'autre poussivement, douloureusement, comme autant de tragiques déportations – et les cigarettes se relayaient à ma bouche sans qu'aucune ne pût installer un calme qui excédât le temps où je la fumais, ni qu'aucun moment ne pût me restituer le plus infime acquis de ma vie – chaque moment aussi exsangue, aussi désolé, aussi terne et étriqué que le précédent : je me résumais à chaque seconde qui advenait et à elle seule, toutes mes forces se réduisaient à l'effort de tirer sur la cigarette que j'avais aux lèvres et pas davantage ; et tous nous vivions ainsi pilonnés dans cette durée absurde, aberrante et pourtant le lot de tous, comme de disputer une partie d'échecs en ne pouvant jouer que sur une case de l'échiquier ; et si dans ma solitude mon drame était de ne pouvoir accéder à celle que je voulais être, en leur présence c'était pire car je n'avais même plus accès à celle que j'étais – je ne pouvais rassembler toutes les ramures d'émois et pensées Irène Lepic en un seul caillement fulminant comme je le fais à présent, j'étais éternellement séquestrée dans chaque moment indifférent de leurs vies instantanées ; et quand on dit que la société brime l'individu et finit par l'asphyxier, on se garde bien de dire pourquoi et comment ; on cite abondamment les symptômes superficiels pour démontrer cette brimade mais on n'œuvre pas sur la profonde cohérence qui l'articule en-dessous – on ne dit pas que c'est en réduisant l'individu au seul moment qu'il vit qu'on le ponctionne de lui-même, qu'on transvase toute la masse de pensées et d'émois qui le constitue pour la dissiper dans l'atmosphère ou l'épuiser dans le rendement social ; et de l'ensemble Irène Lepic ne restait plus que cette grande asperge pleine de tics, riant nerveusement du rire le plus niais de la soirée, sur le point de s'évanouir sous le rabotage intensif de leurs inepties ; ils dégoisaient chacun de son côté et chacun nous livrait le fin fond de sa pensée, décrivant une ligne qui feignait de rencontrer les autres lignes décrites dans la soirée mais le tout ne formait qu'un ballet de lignes parallèles ou d'asymptotes condamnées à se narguer les unes les autres de près ou de loin, sans jamais se mêler ni se rencontrer ; je regrettai soudain, avec la peine qu'on peut éprouver en pensant en pleine crise d'insomnie à un ami mort, de ne pouvoir tenir de conversation avec aucune des personnes en présence ; je n'avais jamais tenu de conversation avec aucun d'entre eux, même pas avec les rares que j'aimais bien, car la conversation est un art pratiquement disparu, maîtrisé par très peu de personnes encore, et cette disparition signale au même titre que tout ce que j'ai décrit dans ces pages l'effondrement d'un monde, et son terrible effritement en multimilliards de particules qui plus jamais ne communiqueront entre elles. L'art de converser permet de convoquer à tout instant tous les instants de sa vie, et de ne pas se ratatiner aux proportions du moment qu'on est en train de passer : en causant brillamment on peut retrouver jusqu'aux extrêmes nervures de son être, on peut donner un exposé assez fidèle de ce qu'on est ; quand je discutais avec ma tante par exemple, vieille femme passionnante car passionnée, au vécu chargé et à la vaste culture, dotée de beaucoup de grâce et de vivacité, j'avais enfin un sentiment de plénitude que je n'avais avec personne d'autre de ma connaissance – je pouvais me livrer dans une mesure suffisamment large pour que l'image livrée fût proche de ce qu'avait été ma vie ; et je ne pouvais avoir aucune conversation de cette qualité avec aucune des personnes que je voyais là. De plus une conversation n'apporte aucun enrichissement réel : il n'y a pas, lorsque deux personnes discutent, et même si elles le font avec talent, d'échange d'aucune sorte, contrairement à ce qu'on pense d'ordinaire ; dans une discussion les deux personnes qui y prennent part procèdent dans le meilleur des cas à un échange de balles, les deux discours glissent l'un sur l'autre et jamais les personnes ne se rencontrent – je veux dire qu'aucune des deux ne parvient à pénétrer l'autre, à s'y insinuer et à enrouler ses fibres à celles de l'autre ; personne ne peut changer du fait d'une conversation, personne ne peut se laisser corrompre et gâter (c'est-à-dire se greffer à une nouvelle pulsation) par la parole d'un autre ; les atomes de chacun au lieu de s'ouvrir aux infiltrations pour se subvertir et entrer dans de nouveaux pouls et battements, se resserrent sur eux-mêmes et se font imperméables aux influences venues d'autrui ; deux corps en discutant se vaccinent de toutes parts contre les invasions cellulaires du dehors, alors que dans n'importe quelle rencontre tel devrait être le cas : deux porosités organiques qui s'entrepénètrent et s'imprègnent et se corrompent l'une l'autre de pensées ou d'émois neufs – neufs de leurs altérités mutuelles du départ, puis de leurs mêlées avec la substance de l'autre ; et c'est pourquoi malgré mon inaptitude à jouir le coït m'est si essentiel : c'est peut-être la seule façon, tout compte fait, de rencontrer quelqu'un, de se glisser en lui par courants et filées d'atomes vifs ; dans le coït je m'ouvre littéralement, ce n'est plus cette ouverture et cette transparence illusoire de la communication et de la discussion, où je ne sens me pénétrer que du vide, de l'inertie, du non avenu – quand le coït me pénètre de toutes sortes de tumeurs et pulsations, déplaisantes dans la plupart des cas, horribles assez souvent, très rarement agréables, mais au moins suis-je modifiée par le passage d'un polard et de son homme, ce que jamais aucune conversation ne me fait – si ce n'est l'immense appel d'air du vide absolu, la béance sans fond d'un grand souffle oiseux. J'ai d'ailleurs eu tort de parler du sexe comme d'une « façon de » : le sexe n'est pas un moyen – même si c'est bien ainsi qu'il est vécu par tous : moyen de purger sa nervosité pour l'homme, de sceller officiellement le soi-disant amour pour les femmes, bien souvent de mépriser son partenaire, en tout cas de le rabaisser sous prétexte qu'on le connaît plus intimement – telles mes consœurs goths qui ne se faisaient forniquer par C. que pour le vider de sa substance magnétique et pouvoir ensuite parler de lui avec un sourire entendu, moqueur ou maternel; mais tout cela n'a rien à voir avec le sexe qui est au fond une fin en soi – fin de la corruption mutuelle des chairs engagées dans le coït, l'avènement formicant des vraies rencontres dont nous sommes si privés. C'est donc peu dire que dans ma vie tout est sexuel : ma vie est une recherche permanente de la sexualité, une quête éperdue d'influx neufs dans mes sangs, et même si je dois admettre que cette quête aboutit encore trop peu et que dans ma vie le sexe reste à l'état de pulsion diffuse, cancéreuse, qui envahit tout à l'état sourd et bourdonnant mais n'a rien d'un plein accomplissement – de ces cosmos d'étincelles lâchées et qui dansent sous la peau, de ces extases que j'ai pu connaître dans certaines circonstances mais jamais celle du coït lui-même. Tous vivaient pourtant ainsi leur sexualité, une reptation cancéreuse qui se laissait peut-être déferler dans le coït, mais sous forme de catharsis et non d'épanouissement; et partout ailleurs était mise en sourdine – une compression lubrique trop forte, une rétention trop appuyée qui la faisait parfois remonter à la surface, puante et dégénérée, et déborder du corps qui l'enfouissait : A. devant moi se contorsionnant pour séduire un garçon très mignon, à la physionomie enfantine; il essayait de le convaincre qu'il était une belle fille ou du moins qu'il en possédait toutes les vertus, mais il n'était pas comme l'autre A. que j'ai décrit au commencement de ce livre – et dont la transsubstantiation était ou avait été autrement plus convaincante ; malgré tout son apparat féminin, ses tatouages, ses boucles d'oreilles par dizaines, son maquillage très soigné, les porte-jarretelles qu'on pouvait deviner sous sa jupe en velours, il suffisait de l'effleurer pour sentir sa sévère musculature de bon mâle bien viril ; je l'avais un soir surpris en train de se masturber, non d'une masturbation délicate de travesti qui caresse son sexe comme un clitoris, mais du lycéen balourd qui s'astique le poireau en pensant à ses camarades libérées et capiteuses ; son museau proéminent faisait songer aux machos andalous des arènes, à un matador au rabais qui était d'autant plus mâle qu'il se rêvait femelle, sans prendre aucune disposition concrète, organique, pour cette transmutation endogène – pour procéder au patient et souvent pénible travail de fermentation des chairs et de leur corruption, pour se féminiser ; lui aussi se considérait comme le phénix goth, la fine fleur du « mouvement » – qu'il prononçait en accentuant le m à fond, un m qui faisait rétention de toutes les autres lettres et semblait ne pas vouloir les lâcher, s'enkystant en une manière de m circonflexe encore traîné en longueur jusqu'à saper les nerfs voisins et attirer les appétences homicides – et enfin quand le reste du mot était craché comme une purée hors de ce m interminable, tout le monde avait déjà pris en horreur le physique de A., si bien révélé par sa prononciation dégénérée, et tous avaient envie de le supprimer pour se ménager le plexus : il était ridicule et son ridicule n'attirait même pas la tendresse ni la pitié – sauf à considérer un broiement de ses dents trop blanches au marteau-pilon comme une mesure de compassion.

Peut-être était-ce une complaisance morbide qui me poussait à côtoyer à n'en plus finir ce qu'on pourrait nommer les *extrêmes de la banalité*, me vautrer dans la fréquentation de ces extrémistes de l'inane qu'étaient les goths, pour mettre le plus rudement à l'épreuve ce que je pensais posséder de forces et de qualités, et qui suscita cette vision trop pitoyable pour être vraie – et dont l'intérêt résidait tout entier dans son caractère exemplaire : M., la dominatrice en fleurs que j'ai évoquée ailleurs, pissant sur les dalles froides du Caveau, une boîte de nuit située rue des Martyrs, où une soirée avait été organisée ; et de même que j'ai expliqué comment il fallait, dans la toile des nerfs, épisser deux points contradictoires et des plus éloignés pour produire la plus forte émotion, de même on ne peut de nos jours créer une mythologie qu'en en puisant la matière dans les basses-cours du plus trivial et commun ; ce dont le sordide et le ridicule ne feront ricaner que la poignée de têtes attardées qui président à la vie intellectuelle de ce temps, et qui ont fait du livre un moyen d'occultation plutôt que de connaissance, d'abrutissement plutôt que d'éveil de l'esprit, de confirmation plutôt que de remise en question, et de frigidité esthète plutôt que de sensation, ce fait tirait donc sa puissance mythologique de sa banalité dénudée jusqu'à la fibre – comme révélée à elle-même et plantée au centre névralgique de sa cohérence ; un enchaînement logique de faits, d'attitudes et de conditionnements dans la pensée devait infailliblement conduire à M. qui lâchait son jet de pisse odorante dans la boîte de nuit pour mieux asseoir la seule richesse qu'elle possédât, et qu'elle posséderait jamais : son inanité assumée jusqu'au bout, sa carence de facultés notables, cet insoluble vacuum qui l'habitait et dont elle avait pourtant la force de tirer toutes les conclusions : le seul moyen de s'attester dans le monde était d'entretenir son seul bien, et de creuser à fond ce vide en elle pour y faire mieux résonner ses actes lamentables ; de commettre une minuscule folie, devant tous ses amis, pour faire vibrer dans son gouffre intime un énorme écho, encore amplifié par les béances sans fond de son entourage – lui offrant par là l'émoi le plus puissant qu'un corps stupide peut produire et éprouver. La composition d'une ambiance inepte exigeait de tous des actes de plus en plus ineptes, ne connaissant plus d'extrême à leur fuite en avant, à mesure du temps qui passait et démodait leur mouvance à vue d'œil, car ils ne voulaient pas démordre de leur statut de goths excentriques ; quel qu'en fût le prix, ils préféraient un statisme inepte à une avancée raisonnée ; M., goth de longue date, avait jusque-là refusé de se reconvertir de quelque façon que ce fût, et elle avançait conséquemment en première ligne, n'hésitant pas, toutes les fois qu'il fallait, à apporter les plus frappantes contributions pour épaissir encore l'atmosphère instiguée par ses amis et connaissances, et faire perdurer un mouvement musical et vestimentaire mort-né ; on le savait mort, mais on ne voulait pas admettre qu'il se putréfiait ; on l'embaumait pour en empêcher la putrescence et dès que celle-ci se déclarait malgré tout, on le vêtait lourdement pour le dissimuler aux regards des jeunes arrivants, et s'illusionner soi-même en intensifiant l'écho de son vide jusqu'aux mesures d'un immense vrombissement ; dans le groupe chacun renvoyait à l'autre un reflet accentué de son indigence, pour atteindre ce seuil limite de conformisme hagard, sous la pression duquel chacun se devait de renchérir sur l'indigence du voisin – et voilà bien ce qui m'avait attirée : cette émotion terrible qu'éprouvaient mes vertus à contempler leur désastre, comme à fixer le vide et éprouver l'extase du vertige ; j'allais donc vers les goths pour vérifier l'une de mes plus importantes intuitions : que c'était en acoquinant les plus vives oppositions que je pouvais produire les plus intenses sensations, et je jouissais de voir face à moi ce qui me les prodiguait sans réserve ; je n'étais plus face à cette indigence l'opposition intelligente, Irène opposée au restant du vivier comme je me plaisais à le penser pour me rassurer, mais la fusion extatique opérée entre ces deux points diamétralement opposés et ennemis. La consommation de bière avait joué, je pense, un rôle moins considérable qu'on ne pourrait le croire dans l'acte de M. ; il y avait au contraire beaucoup de préméditation dans son geste, et jamais folie ne fut si prévisible et concertée que celle qu'elle commit, s'inscrivant de plein droit dans le cours des recherches statistiques qu'inlassablement je menais à part moi sur le milieu, et qui m'avaient fait prévoir depuis longtemps plusieurs des actions de mes amis ; pour M. comme pour les autres, il s'agissait de tout faire pour laisser une trace, forcément minime et évanescente, mais une trace, dans l'indifférence goth macérée d'humeur noire ; en quelque sorte d'imprégner l'imprégnation. En se convertissant goth on croit sans doute se différencier du restant de l'humanité, on se met à fréquenter le milieu et c'est bientôt pour s'y indifférencier plus encore qu'au lycée ou à l'armée; on a alors recours aux plus accessibles planches de salut pour s'en sortir, et qui consistent à aller toujours plus loin dans l'insensé et l'indigent pour se démarquer, mais comme tout le monde fait pareil et que chaque heure apporte son outrepassement, cette émulation même favorise un nouveau conformisme aussi écrasant que les précédents – et paradigme entre mille d'un seul conformisme à quoi ils n'échapperont jamais, comme inscrit dans leurs gènes et les faisant par toutes les folies qu'ils commettent décrire d'innombrables cercles affolés qui reviendront pourtant toujours au même point. Je n'ai pas dans ma vie exactement choisi de rencontrer des goths, mais je ne puis nier avoir pris, en toute conscience, la grave décision de rester auprès d'eux après m'y être frottée par hasard une première fois, et de prolonger longtemps cette fréquentation, en endossant l'uniforme noir et en m'initiant à leurs sabbats musicaux et autres coutumes codées : pareille à M. sous ce rapport, c'est avec préméditation que j'avais choisi de me crétiniser, à cette différence près que nous n'étions pas parties des mêmes bases pour arriver à deux résultats superficiellement semblables : elle n'avait pas eu grand-chose à faire pour se crétiniser, quand j'avais dû m'infliger une rotation à 180°; elle trouvait dans le milieu une traduction exacte de sa nature native, quand je m'étais exilée du mien pour m'immerger dans cette indigence diffuse, en quête non d'un abri ni d'un repos mais d'une hallucination qui avait contaminé mon corps et tournait à la dangereuse métamorphose; une perversion de mes sens et de mon entendement que je croyais goûter comme on goûte une drogue, et qui avait en fait les propriétés d'une substance transmutatrice, dont la consommation me faisait franchir des limites après quoi je ne pouvais plus faire marche arrière, et recouvrer les états où je me trouvais avant; quand l'intelligence se propose ainsi de se mêler à la bêtise, le résultat s'avère très surprenant – je parle ici de l'intelligence qui s'infuse une pinte d'imbécillité ou qui fraye dans son élément, non du contraire; je ne peux rendre compte que de mon expérience et j'aimerais bien qu'un jour, un crétin soit en mesure de rendre publics les fruits de son immixtion chimique avec l'élément intelligent –; on sait que tout milieu social est par essence crétin, tablant toujours sur la lâcheté et l'indulgence de chacun, puis sur l'abdication pure et simple de ses qualités, pour s'édifier sur le plus petit dénominateur commun des esprits, et fonctionnant par engrenures canailles, renvois d'ascenseur, aveuglements commandés, étouffement des saines rancœurs ; mais de plus chez les goths ces traits s'accentuaient jusqu'à l'évidence pathologique, partout sur leur passage flottaient les relents épais de l'indigence et de l'hypocrisie, de sorte que toute manifestation intelligente se voyait proscrite et que tout reproche, raillerie ou insulte ne pouvait s'exprimer qu'en aparté et dans le dos des personnes mises en cause – on assistait parfois à d'invraisemblables scènes où des personnes qui se vouaient mutuellement une estime homicide discutaient au vu de tous d'un ton léger et rieur, comme empaffées au calumet de la paix ; mais ce n'étaient que les caractéristiques normales de tout le fonctionnement social, qui se manifestaient là de manière exacerbée, pour mon plus grand intérêt : et en dépeignant maintenant le milieu goth je façonne une petite crèche de la société et de ses réalités, j'ouvre l'habitacle d'influences qui y jouent et les rends à l'évidence ; j'ai opté pour les goths car, tant qu'à me commettre dans une société à titre expérimental, autant choisir celle qui élevait la fausseté, la bêtise et l'ignominie à leur diapason, à un degré de perfection tout à fait sublime, plutôt que dans une autre communauté d'individus plus modérés dans l'exhibition des rouages de l'humanité. Les goths étaient trop immergés dans leur torpeur d'autosuggestion pour voiler quoi que ce fût du mécanisme de leur tourbe ; leurs attitudes hypnotiquement stupides provenaient de ce qu'ils n'avaient à tout moment autour d'eux rien d'autre que de la stupidité, et de même que dans un camp naturiste on ne craint plus de montrer son con ou sa queue, de même le milieu goth avait oublié toute pudeur quant aux parties honteuses de leurs intelligences et personnalités ; ainsi leur imbécillité avait-elle à mes yeux le mérite d'être montrée partout du doigt : la populace dédouanait sa propre ignominie imbécile en pointant celle de mes amis hallucinés, en moquant tel goth qui lui passait devant, elle niait son ridicule toute honte bue en persécutant les ridicules culminants de mes compères ; en butte à mille sarcasmes quotidiens qui se confondaient en un seul opprobre, tenant à la fois de l'instinct vital et de la catharsis mystique, chargée de blanchir l'imbécillité mondiale en l'incarnant dans une seule figure reconnaissable de paria, sur qui tous pourraient et j'ose dire *devraient* se venger ; une position de martyr plébiscitée par tous par commodité, et donc assez inique, mais au maintien de laquelle je participe moi-même, et non sans délice, en rédigeant ce livre. Les goths eux-mêmes, du moins pour la plupart, ne sont pas débiles au point d'être aveugles ; s'il est vrai qu'ils se sentent plus ou moins valorisés par cette répulsion concertée que leur témoigne le premier venu, il n'en est presque pas un qui ne soit à la longue hanté de regrets, à se demander ce qu'il fait là, pourquoi participe-t-il à ce carnaval inepte, pourquoi tient-il si volontiers ce rôle de gibier de potence, pourquoi recherche-t-il les émotions les plus malsaines et pourquoi le déçoivent-elles tant – bref pourquoi est-il ce qu'il est ; il ne répond pas à cette question et se vautre davantage dans le purin goth et anesthésie un peu plus ses forces pensantes, pour ne jamais y répondre et ne pas avoir à rendre compte, vis-à-vis de lui-même, du désastre de sa vie. Quand je les rencontrais, et c'était quotidien, il se formait autour de moi comme une brume d'ahurissement, aux forts relents de sang croupi et de cirrhose médullaire, un gaz qu'on sentait très ourdi et pénétrant, et qui m'oignait d'abord d'une buée un peu putride puis m'infiltrait la tête petit à petit, jusqu'à ces coutures cassantes qui dessinaient ma cervelle et, pour être incapable de les briser et de me crétiniser tout de go, opérait par sourds vibrements et effritait ces ramures en lenteur jusqu'à ce qu'elles disparussent en poudre volatile. Tous les autres étaient victimes du même traitement, mais c'était de bon cœur qu'ils laissaient s'estomper leurs fibres cervicales une à une, ils se prêtaient avec joie à ce processus crétinisant, quand il me poussait à une réaction salutaire : je tirais profit de ces érosions insufflées dans ma tête pour suppléer les fibres mortes de mon cerveau, mortes non parce qu'inertes (au contraire on a pu voir qu'elles pulsaient beaucoup), mais parce que conçues par d'autres et donc figées et pétrifiées par des éléments extérieurs à moi ; elles s'effritaient de toute façon et j'étais contrainte de les suppléer à tout instant, pour ne pas me crétiniser définitivement, par des fibres de nature toute différente, des filaments non plus solides, artériels, mais fuyants comme de l'alizé pensant, dont la mobilité essayait d'échapper à toute conception figée, et qui devenaient ainsi insensibles aux émanations lobotomisantes de mon entourage, seulement applicables sur des ramures fixes ; j'attire ici l'attention du lecteur sur la maîtrise et la lucidité sans cesse croissantes avec lesquelles je m'aventurais dans ces régions hostiles à l'esprit ; j'explorais ma folie toujours plus à fond, pour rejoindre une série de courants et de flux qui soumettaient tout le monde autour de moi et moi avec, sauf qu'en me plongeant dans ces processus et en poussant leur connaissance à fond je pouvais atténuer leur pouvoir sur moi et par moments le supprimer tout à fait, comme je détruisais les fibres solides de ma cervelle ; j'avais l'air plus folle que les autres mais j'étais effectivement de moins en moins soumise à cette folie, car je savais mieux que les autres de quoi elle retournait ; quand les autres la dissimulaient et l'oubliaient, se laissant ainsi plus totalement dominer par elle, je m'employais à l'exciser au grand jour pour la connaître et en démonter les rouages ; et de même que le milieu goth était la mise en évidence des rouages qui dirigeaient l'humanité, ma folie était la mise à l'étal d'une folie agissant mondialement, je plongeais en elle comme personne ne le fit jamais, car je devais la comprendre pour pouvoir amoindrir ses effets sur moi et à terme la détruire ; cette plongée comportait de grands risques, parmi lesquels, dans les premiers temps, des symptômes aggravés de ma folie, mais c'était là le seul moyen de me débarrasser de son joug, quand tous les autres, en l'oubliant et en la cachant, s'éloignaient d'elle et par là tendaient à bloc les cordons avec quoi elle les manipulait, et renforçaient son pouvoir sur eux à proportion de cette tension (tant on perd son élasticité en s'étirant au maximum) – resserrant l'étreinte de ses cordons sur eux comme ils cherchaient à s'en éloigner, comme le chien sa laisse, et les menant à ces étranglements de nerfs, de pensées et de physionomies dont la rue était si remplie ; ils renforçaient l'emprise de cette folie à proportion de leur amnésie et de leurs tentatives de dissimulation, quand au contraire en me rapprochant de ma folie j'étais de plus en plus consciente de la force qu'elle exerçait sur moi et, tout en semblant davantage atteinte que les autres, j'obligeais ma folie à jeter ses derniers feux et à produire ses plus violents symptômes, puisqu'elle se savait menacée par ma connaissance et que je serai bientôt en mesure de la démonter entièrement. Pour ce qui était de la fréquentation des goths, et de l'essorage cérébelleux qu'exerçait leur atmosphère sur moi, je compris qu'il fallait passer par cette phase d'abêtissement pour avoir ensuite accès à l'intelligence réelle, à savoir dégagée des conceptions précuites grâce à quoi le monde peut évider à la longue les plus douées des têtes ; en cherchant à me contagionner de leur paresse et de leur débilité, les goths m'encourageaient bien plutôt à lutter contre tous les caillements et les parasites de ma tête et enfin m'atteler à mon projet, qui n'était rien d'autre que ce travail fond du comble de mon intelligence, de la recherche d'une intelligence libre et presque informe, mais toujours harmonieuse comme la plus exquise musique dans son mouvement. C'est surtout maintenant que je trace ces mots que je me rends compte de la parfaite cohérence de ma démarche ; ils ne surgissent pas ainsi que des inventions bonnes à plaider ma cause *post festum*, mais comme la mise en lumière du dispositif filigrané qui a mené mon aventure, par le simple fait de relater une très courte période de ma vie.

Tout le cérémonial goth – je nous voyais quitter le Caveau et descendre la rue des Martyrs, M. la pisseuse, V. le travesti Ramsès II, A. le bellâtre empâté, tous les yeux renfoncés par l'épuisement, la boisson et la surcharge de khôl – était à plus d'un titre la réplique théâtrale d'un monde surgi de l'art dit pré-raphaélite, dont mes compères mimaient, sans en avoir conscience, la désuétude, le *kitsch* sinistre et la splendide inanité, parodiant un monde déjà fortement parodique en soi, le déterrant du siècle passé pour le restaurer en plein Paris, par leurs seuls déplacements, les friselis de leurs parures troubles, dessins mal animés et comme rongés aux mites, générant pour finir tout un vertige de dédoublements semblables dans mon esprit, la remontée de centaines d'univers naissant pêle-mêle par un jeu de références dont j'étais seule consciente – quand pour les recréer dans un tel chaos et avec une telle célérité les goths devaient l'ignorer –, univers superposés et mêlés par vastes places, chacun moquant l'autre et le mimant dans un grouillement diffus de retours, anamorphoses, corruptions, répliques presque fidèles et imitations bouffonnes, une sorte de grand jeu de miroirs déformants, et dont les tains se liquéfiaient partiellement pour encore perturber ces images ; notre cortège nécromant marcha ainsi jusqu'à la place Blanche où nous prîmes position, sur la grande bouche de chaleur du rond-point, son air tiède venant remuer nos manteaux, imperméables, étoffes de soie ou de velours, et animant dans nos allures les allures de fantômes que déjà nous copiions tous. Y. vint me relancer pour avoir à nouveau l'une de ces conversations dont la qualité, pensait-elle, ne pouvait être atteinte qu'avec moi ; mais c'était pour d'autant moins tenir compte de ce que je disais, voire pour mieux me passer sous silence en présence d'autrui – son insistance avait d'ailleurs quelque chose de suavement vindicatif, qui ne me trompa pas ; son niveau d'intelligence que j'ai qualifié, faute d'un mot plus précis, d'intermédiaire, lui permettait d'estimer la supériorité du mien, mais elle se souciait peu de pénétrer en profondeur le sens de mes paroles, et était plus encline à les classer dans l'excentricité et la bizarrerie que dans la pertinence et l'exactitude, lors même que c'était bien dans ces deux dernières catégories que mes paroles se rangeaient de droit ; le bon sens étalé partout n'étant que la folie et l'effroi qui rend tout le monde malheureux, c'est le rare bon sens, qui sait ce qu'il dit et comment le dire, qui est taxé de folie ou d'anomalie quand il survient, puisqu'il ne peut rallier l'immense majorité de suffrages bêtes et endormis ; j'étais la seule à détenir une certaine vérité, ne pouvant se révéler qu'au compte-gouttes dans mes paroles mondaines, et lustrant ces dernières d'un mystère, d'une irradiation oraculaire, mais moins oraculaire et aberrante que les inepties qu'ils débitaient à longueur de temps, et avec eux toute la démence humaine de l'époque ; Y. jouait donc là avec moi le jeu convenu de toute personne de sa sorte, je veux dire les personnes assez intelligentes pour flotter au-dessus du bourbier commun sans jamais s'élever à l'excellence critique de la vraie pensée, et qui lui faisait tenir avec moi le rôle d'une émissaire du sens commun : elle feignait, déléguée par le restant du bon peuple, de reconnaître mon intelligence, parce que la reconnaissance de l'intelligence dans la société n'est jamais qu'une feinte permettant de *passer outre* le caractère pertinent et souvent irréfutable de ce qu'on dit ; les personnes comme Y., loin d'être bête mais intellectuellement paresseuse et apeurée, prennent acte de l'intelligence réelle pour n'en jamais tenir compte dans les faits ou dans les simples pensées ; elles enregistrent vos propos en y accolant l'étiquette d'intelligence et ainsi la condamnent à une position périphérique, et la font graviter autour du « bon sens » et de l'esprit moyen, quand en toute logique l'intelligence devrait être le pilier central d'une société, autour de quoi les esprits moins riches se mettraient en orbite – et en l'occurence c'était bien moi qui étais mise en orbite, c'était ma lucidité et mon exigence de tous les instants qui étaient condamnées, et moi avec, à une position excentrique sans appel. Y. ne prenait effectivement acte de mes paroles que comme autant d'intéressantes hypothèses ou opinions, et non pas comme ce qu'elles étaient : des observations aussi impartiales et lucides que possible, immédiatement applicables dans les faits et avec fruit, car tout ce que je disais et à plus forte raison tout ce que je pensais, pouvait être utile et passionnant, susceptible d'améliorer sensiblement ce que chacun vivait, au rebours de leurs dires et pensées de permanente confirmation et d'éternel surplace emmitouflé. Je devais en vertu même de mon importance satelliter autour de leur insignifiance centrale, leur grégarité immobile proclamée nœud d'irréductible gravité; j'étais méconnue, repoussée, passée sous silence pour avoir raison, alors que le fait de s'enliser dans leur tort leur conférait les places cardiaques de toutes les mondanités; mais aussi je dois dire que ma tendance, assez répandue par ailleurs, à justifier mes goûts *a posteriori* par des arguments bien frappés, prouvait qu'il n'existait aucun critère préexistant à ces préférences; et que ces critères je les concevais toujours après coup pour prouver à autrui la précellence de ce que j'aimais, et l'exactitude de mes analyses; mais comme je l'ai expliqué il ne peut plus y avoir de centre qui préside à tout ce qu'on pense et dit, et ce n'est qu'en se retroussant au plus creux de sa nife organique, en observant un temps de recueillement au plus creux de sa pulsion intime, qu'on peut émettre des propos vraiment sincères, donc aussi réels et objectifs que possible; c'est parce que je savais que mes goûts n'obéissaient à rien de tangible ni de rationnel et qu'ils étaient peu dignes de la confiance de ceux qui fondent leurs chétifs raisonnements sur des modes de pensée déjà établis, c'est pour cela que mes propos et observations étaient les seuls d'un peu viables et certains; dans un monde effectivement atomisé, et où la création de milliards de centres interchangeables est le mensonge qui rend tout le monde fou et malheureux, il faut donner à la pensée un fonctionnement qui réponde à cette suppression de centre fixe; comme pour l'écriture, l'émission publique de ma pensée était là pour faire affleurer, ramure par ramure, le réseau complexe qui la générait, et dont la nature perpétuellement mouvante et palpitante était la seule cohérence encore concevable; je fis en sorte que tous mes efforts et toutes mes paroles se tendissent vers le même point, choisi arbitrairement selon le moment ou les circonstances, et revinssent à lui a posteriori, non pour tout concentrer en ce point mais pour le transmettre partout sur les trajets qu'il décrivait, implanter partout ce point sur son passage même et en imposer l'omniprésence, jusqu'à ce qu'il soit partout et qu'il ne soit lui-même plus reconnaissable comme point fixe, mais comme filée fourmillante de tout l'espace pensant. Cette pulsion obsessionnelle qui me motivait n'était donc pas d'une nature à appauvrir mes pensées et mes actes, en les nouant étroitement en un centre unique, mais bien à les enrichir et à les faire proliférer d'un feu incalculable ; qu'on songe aux germes tirés d'une seule plante jamais vue, dont on pointillerait le sol pour faire naître des dizaines de plantes jumelles puis des centaines et des milliers, si bien qu'on ne peut plus distinguer la plante originale dont l'excellence des autres témoigne pourtant ; qu'on se réfère enfin à tous les grands esprits de l'histoire, qui ne sont pas de ces « intellectuels » qui jonglent comme des singes virtuoses avec un grand nombre d'idées, mais qui n'ont jamais eu qu'une idée de laquelle ils ont déduit des Babels et des cosmos d'esprit qui, eux, contiennent naturellement toutes les idées ou presque ; ils n'ont pas une vision pathologique du monde, comme beaucoup d'autorités veulent le faire croire, mais une vision universelle de leur pathologie singulière – car ils voient bien que tout être humain est affublé d'une ou plusieurs pathologies, et que la solution n'est pas de les dissimuler, de les taire ou de les déguiser comme tout le monde le fait, mais bien de tirer profit de sa pathologie propre et de la travailler à fond, d'exercer sur elle une puissance de monomanie sans relâche, pour tout tirer de ce travail et supprimer sa propre pathologie en la dépassant, en l'éclaircissant sous toutes les coutures et en analysant ses moindres détails et symptômes, non pas pour la réduire à un seul point générateur mais pour la couvrir de ses propres excroissances et générations et l'*excentrer* dans tous les points de son développement sans fin. En jetant mon dévolu sur le seul cas clinique d'Irène Lepic, j'avais enfin une chance de tirer au clair des vérités d'une richesse et d'une profondeur introuvables autrement ; et ce mouvement n'en finirait plus. Cette rigueur que je trahissais à tout instant dans mes actes et paroles mondaines, quoique par bribes et infimes extraits, au lieu de me conférer une autorité centrale dans la société, comme il eût été bien normal, me repoussait vers ses rebords flous, à l'état d'effluve sentinelle observant l'inanité centrale innervant tout et d'autant plus si l'on se rapprochait du centre, épargnant seulement ceux qui, comme moi, se voyaient réduits à graviter au loin, mais se convulsaient de ne pouvoir féconder ce point cardiaque de la société, puis détruire ce centre en s'en emparant, et lancer partout ailleurs un processus de suppression indistincte de tout centre. Là où, comme tout le monde, j'aurais dû me résigner à cet état de fait, je m'obstinais à vouloir le renverser sans condition ; encore que je visse clairement que les goths, en déléguant Y. pour surveiller les développements excessifs de ma pensée, avaient formé une sorte de cordon sanitaire autour de moi, encore assez bienveillant tant que je ne livrais pas l'essentiel de mes réflexions, mais que j'eusse vite converti en tribunal d'exception si j'avais prononcé une seule phrase clairement en accord avec ma pensée ; pour ne rien dire du peloton d'exécution qui se fût constitué au premier de mes actes vraiment libre et dégagé de leurs influences imbéciles. J'ai montré que ce parcours de mon esprit allait de pair et se confondait même souvent avec la quête d'une liberté aussi inconditionnelle que possible ; et c'était pour faire échouer ces deux entreprises qu'ils étaient si aux abois, leurs statures à nouveau liquéfiées en un courant de purin circulaire prêt à m'immerger à la première imprudence de ma part – leur procession n'étant si lente ou si inerte que pour mieux engluer mes gestes dans l'immédiat, et amortir mes paroles dans l'épaisseur des ondes qu'ils diffusaient ; ils ne me plaçaient dans ce centre illusoire que pour mieux s'adonner à leur jeu de massacre en temps voulu et me tenir à carreau pour le moment, m'empêcher de me mouvoir à loisir et ainsi déplacer ces creusets où pouvaient se risquer mes nerfs et s'épanouir mon esprit – et enfin accéder à cette vitesse de croisière cyclone où les faits et gestes qu'on commet sont d'autant plus libres qu'on n'a plus à penser à leurs conséquences, et qu'on peut donc agir en toute impunité. Ils me surveillaient de très près et il faut se méfier de ces inerties nerveuses, bandées jusqu'à limite d'éclatement, en rut de fondre sur soi au premier signe discordant – ces cas de figure où l'infamie l'emporte d'un coup, et de morte se révèle vivante, comme l'étron sanglant met bas son ténia ; et ce n'est pas parce que le port d'armes est si honteusement interdit dans ce pays qu'on ne verra pas un beau jour gésir l'Irène sur une bouche de chaleur fétide, une douzaine de bastos dans la poitrine ; je n'hésite pas à dire que l'intelligence se ferait exterminer si ses malheureux dépositaires ne se défendaient comme ils pouvaient, en avançant cachés ou en employant la technique ver du fruit, comme j'avais tâché de le faire, par inculi d'esprit dans l'hébétude goth, sans grand résultat. Malheureux ? Je n'ai pas encore répondu à la question posée dans ce livre ; et je n'y répondrai pas encore tout de suite. Qu'on lise la suite de ces pages et, dès la fin, qu'on reprenne depuis le début. On verra que la clarté de ma réponse ne pâtit pas de ses nombreux détaillements et des quelques analyses forcément tortueuses qui l'apprêtent ; il m'aura fallu envisager l'esprit comme jamais on ne le fit, comme une *fonction*, un mécanisme souvent calculable, comme la digestion ou les pulsions sexuelles ; il peut y avoir beaucoup de *tracés* de l'esprit, on peut en dresser les plans, et dans ces plans les flux, les processus et les courants sont *tout*, et peuvent être clairement dessinés ; certes, excentrée au centre de la place Blanche, et bien qu'ayant depuis longtemps tracé les grandes lignes de ma cartographie intellectuelle, je n'avais pas répondu à ma question essentielle et m'empêtrais encore dans mon intelligence malheureuse – dans toutes ces suggestions de remèdes à mon mal qui se bousculaient dans ma tête et parfois se contredisaient, dans d'immondes hécatombes de méninges cannibales ; mais repoussée comme je l'étais au cœur même de la réprobation, j'avais à réfléchir encore et encore aux moyens de me sortir de là puisque j'avais refusé de me laisser crétiniser par le fond, et à ce titre le contexte goth, échantillon parfaitement concentré du crétinisme mondial, me permettait de mener très loin mes recherches et de les renouveler à peu près tout le temps, et signifierait qu'en cas de réussite perpétrée là j'aurais toute licence de propager partout ailleurs ma victoire. Assise à l'orientale sur la bouche de chaleur du rond-point, sentant mijoter leur manège de corrosion, cette fosse d'enlisement rond où toute tête n'avait qu'à se plonger pour fondre comme du sucre – frémissement nerveux d'une boue qui n'attendait qu'un signe de ma part pour me tordre par les côtes et m'immerger sans retour, dissoudre ce qui osait refléter sa splendide inanité. « C'est fou ce qu'on a l'air cons quand même », prononçai-je en toute simplicité et pour ne pas prêter le flanc à ceux qui, plus tard, en rapportant mon crime, eussent argué de ma prétention et de mon langage trop insondable pour justifier – si besoin était ! – mon exécution sommaire. Je tombai ainsi dans un piège dénoncé au commencement de ce livre : croire que pour agir avec efficacité contre l'ineptie l'on doit faire siennes ses armes mêmes, car je me disais qu'en se montrant formellement aussi discrètes que la surveillance, mes attaques devaient s'abaisser à son niveau pour donner à mes piques une portée directe et immédiate ; je craignais qu'en employant mon langage naturel je n'eusse jeté en pâture l'une de ces pièces à conviction dont ils étaient si friands ; mais je m'abusais : mon mot, en feignant l'indifférence, se noya dans leur indifférence encore plus feinte ; ne pouvant se résoudre à me crucifier, ils refluèrent dans un même courant de dense merdier vers le métro et s'y résorbèrent d'un coup, m'excluant encore plus loin dans ces zones périphériques que je maudissais d'autant plus que je m'étais crue toute proche de m'ancrer solide noyau – de noyauter leur indigence en fédérant leurs hostilités ; et voilà que je n'étais même pas digne de ça. Mais il s'avéra du même coup qu'ils étaient presque incapables de mettre leurs sourdes menaces à exécution, et en lançant une provocation j'avais fait s'effondrer le château de cartes de leur conspiration ; certes, ils avaient pris la fuite et me laissaient en plan, repoussant l'affrontement à une prochaine fois ; mais la prochaine fois je mesurerais les circonstances à leur juste valeur et opterais pour celles qui ne leur laisseraient plus d'échappatoire ; et que s'enclenche le combat jusqu'à finir en carnage, soit de leur côté, soit du mien. Mais il me faudrait me ressaisir une dernière fois et ne pas me laisser refluer loin de leur cœur ; j'avais été cette fois-là plutôt rangée du même côté que cette pauvre N. – « le choléra » – qui dansait face à moi sur des airs entendus cinq ou dix ans plus tôt ; N. dont j'avais encore préparé la seringue ce soir-là, une dilution d'héroïne faisandée dans le corps cylindrique, comme le pressurage des veines et des nerfs de N. dans la seringue, et qu'elle s'injectait pour ne plus se nourrir que d'elle-même ; un véritable condensé de sa vie organique fourré par ronces juteuses dans le corps cylindrique, et pressurées jusqu'à ce que la pointe de l'aiguille suppurât cette rosée magnifique, dont la nuance blanchâtre était celle des petits trous dont les bras de N. étaient pointillés, une liqueur d'amour pur que traduisaient ses yeux de danseuse étoile, dont j'étais le seul public ébahi ; j'essayai du reste de danser avec elle, mais elle ne me voyait plus.

D'où venait lors ce rejet unanime dont souffrait la pensée partout où j'allais ? Cette suspicion, cet incroyable manque de respect, pour ne pas dire cette inimitié sanglante, qu'on lui témoignait à chaque tournant ? C'est que de tous les signes d'effondrement du monde qu'on pouvait constater, celui de l'intelligence et de son fonctionnement d'apocalypse était encore le plus effrayant ; car jadis le but de la pensée était de se construire linéairement, de mener les raisonnements de façon scolaire et balisée, pour toujours les ponctuer de conclusions bien arrêtées – la pensée alors se développant sur des fondations solides, celles des civilisations correspondantes ; mais ces fondations se pulvérisèrent avec l'effondrement du monde en milliers de petits mondes voisins, en mille valeurs qu'on peut voir se croiser et se rencontrer et feindre parfois quelques échanges, tout en ayant effectivement des vies autarciques d'autisme suffisant, si bien que la pensée lucide ne peut plus aujourd'hui faire sienne aucune de ces prothèses de valeurs personnalisées et ne peut plus évoluer que sur les sables mouvants d'un univers d'esprit globalement aberrant, les remous de mercure où l'intelligence se trouve de nos jours jetée, mutilée des belles charpentes dialectiques d'antan – ne pouvant plus se développer que sur une entité informe, sans cesse glissante et dérobée, et devant donc constamment se ressaisir, se régénérer, changer de consistance ou de régime, se transmuer parfois, pour ne pas sombrer dans l'ébullition glaireuse qui lui tient désormais lieu de fondement. Mais loin de pousser à une démission de l'esprit comme on le voit dans les travaux intellectuels contemporains, la conjoncture présente devrait pousser à une exigence et à un effort décuplés des têtes pensantes car, étant privées du moindre appui, de la moindre structure à quoi enrouler leurs mouvements, elles ne doivent plus compter que sur elles-mêmes et accomplir un travail beaucoup plus considérable que celui des têtes pensantes ancestrales. Mais lâchées seules dans ce cosmos d'esprit, toutes déclarent forfait ; veules et paresseuses, elles ne consentent pas à fournir l'effort permanent, sans la moindre relâche possible, exigé par cette conjoncture inquiétante ; vouloir penser aujourd'hui, c'est avoir le cran d'engager son intelligence dans un harrassant mouvement perpétuel : dès qu'on émet un raisonnement et qu'on en tire une première conclusion, on sent une succion de la pensée vers une nouvelle recherche, nous empêchant de camper sur la dernière réflexion, celle-ci se voit à peine formée que détruite ou plutôt ressuscitée dans une nouvelle prospection, incapable de se pétrifier doctement, au contraire des pensées de jadis où c'était surtout la fixation qui était recherchée et non la recherche elle-même ; et c'est bien cette inanité contemporaine de la pensée statique, cette incapacité physique de toute pensée réelle à se figer, qui effraie et dégoûte toutes les têtes de notre temps, et les fait renoncer à penser sérieusement ; aucune pensée ne peut encore être péremptoire et définitive, elle doit toujours et comme malgré elle évoluer, mais c'est bien ce travail de sape instinctif de la pensée sur elle-même qui la maintient en vie et l'empêchera de s'encroûter en crasse d'arrogante suffisance comme les penseurs chenus d'autres siècles – la pensée doit aller éperdument de l'avant, non par devoir moral mais par exigence biologique, elle est ventousée par le vide de son environnement, happée par cette dérobée perpétuelle du cosmos pensant, où tout n'est que chausse-trapes, boues sans fond, trous noirs, faux murs où l'on bascule à son corps défendant ; c'est cette suspension mobile dans le vacuum présent de la pensée qui enjoint à celle-ci de poursuivre son avancée sous peine de s'anéantir, car la fixité intellectuelle ne correspond plus, comme il n'y a pas si longtemps, à une certitude réfléchie, mais au crétinisme simple – ou à un début de coulée à pic dans ce néant de principes, préceptes, concepts à présent tous obsolètes et indigents ; une coulée mortelle. Se confronter aujourd'hui à un travail de l'esprit, c'est essayer de tirer des prouesses d'un corps désossé, jadis droit et athlétique, aux proportions harmonieuses, et dont il ne reste plus qu'un amas de graisse, de peaux flasques affaissées, de muscles en bouillie, de rigoles de sang circulant sans trajet précis – un corps dont toute vertèbre a bel et bien été retirée. Penser ne peut plus mener à rien, on doit seulement aller encore de l'avant en pensant, sans s'attendre à trouver une quelconque récompense au bout ; et de toute manière il ne peut plus y avoir de bout ni de fin ni de conclusion, pas plus qu'il n'y a encore de bases ni de prémisses ni de principes, sauf à prêter allégeance à des certitudes qui ne peuvent plus équivaloir qu'à des inepties. Beaucoup échouent à penser dans ces conditions sans précédents, car il va de soi que la soudaine immersion dans ce chaos fluide de l'esprit a de quoi faire paniquer, chercher des mirages d'assurance à quoi se raccrocher – des pensées séduisantes par leur sûreté, et de bon sens en apparence : on voit par exemple tel esprit doué tomber dans le piège d'une pensée débitant consciemment tout un déluge de fausses certitudes, une pensée consciente de son absurdité et qui, forte de cette conscience, se permet de dire à peu près n'importe quoi, sous couvert d'ironie, de burlesque ou de démarche artistique ; elle s'exprime en logorrhée suicidaire où la rigueur intellectuelle et le souci de vérité (qui n'est certes plus une entité fixe et inexpugnable, mais la captation mouvante de la vie dans son fonctionnement effréné) sont sacrifiés au profit des pires lieux communs : on croit pouvoir redire cent fois telle banalité sous prétexte qu'on la sait telle et qu'on montre qu'on le sait, on tient un discours paniqué par l'absence de limites qui caractérise à présent la pensée, et on ne peut s'en consoler qu'en s'enivrant chaque seconde de cet incessant débit de conneries et en émettant chaque seconde une fausse certitude qui rassure du simple fait qu'on peut l'émettre et colmater la béance sans limites de l'espace pensant; parce qu'elle se sait condamnée à une incertitude permanente et sans recours, cette tête croit se sauver de la dépression en s'assourdissant elle-même de bêtises et d'absurdités, pour oublier ce vacuum sans fond ni parois dans quoi elle doit évoluer; lors même que j'ai su prendre mon parti de cette béance, pour émulsionner un sens inouï du mouvement perpétuel et de l'absence de structure qui caractérise le travail de l'esprit; je sais que si je cessais de penser, malgré l'incertitude permanente dont est désormais frappée cette activité, et menacée de vertiges par tous les côtés, ce serait ma mort, mais je ne me résoudrai pas pour autant à la facilité du non-sens pour continuer à vivre; c'est de ces tractions, mouvances, dissolutions, tornades, happages, glissements forcés qui interdisent à ma pensée de jamais s'arrêter et trouver le repos, que je dois tirer profit pour un travail de l'esprit sans plus d'alpha ni d'oméga, et par là plus libre que jamais – trouver ainsi une nouvelle hygiène de pensée qui réponde à la nouvelle donne mondiale, et en disant nouvelle donne je ne fais pas allusion à une nouvelle distribution des cartes, à une nouvelle approche des mécanismes de la vie et de la société, pas plus qu'à une énième inversion de ses valeurs et présupposés, mais pour ainsi dire à une nouvelle biologie de la donne, où les cartes changeraient à chaque seconde de figures et ne nous proposeraient pas de nouvelle règle du jeu, mais mille règles enchevêtrées et mises en œuvre simultanément, qu'on ne peut même pas trier, discerner les unes des autres, mais dont on doit faire usage en bloc et le plus harmonieusement possible, dans un tourbillon de pensée ludique qui ne s'arrêtera jamais.

L'intelligence, beaucoup plus que la bêtise bonne vivante, est très encline à élaborer des hypothèses et des conjectures sans nombre quant à ce qui va advenir; en conséquence, lorsque arrivent les faits supputés, ils suivent invariablement un déroulement en décalage par rapport à ces projections de l'intelligence : même si les grandes lignes correspondent, et même si par miracle la plupart des détails coïncident aussi, il suffit d'un élément infime qui ne respecte pas le plan qu'on avait tracé par-devers soi, pour que tout soit gâché. La pensée a donc une très forte propension à se projeter dans une multitude de réalités parallèles, où les virtualités, les espoirs, les phantasmes voudraient faire office d'événements solides, sans y arriver ; l'attitude introvertie n'est donc pas le contraire de l'extravertie mais le pourrissement de celle-ci, une décomposition de l'esprit effrité en plusieurs réalités ; j'ai parlé plus haut de l'intelligence de la stupidité, mais on pourrait aussi évoquer les mille stupidités de l'intelligence, toutes les manigances que l'esprit persécuté et culpabilisé peut inventer pour se punir lui-même : on a honte de penser, on a honte d'avoir honte et ainsi de suite, on veut s'en sortir mais on ne le peut pas, empêtré dans cette logique d'intelligence malheureuse, condamné à une longue période où on ne pourra penser sans être puni, par soi-même ou peut-être par les autres, on ne sait trop – et le fait de songer à ce long purgatoire qu'on devra traverser entortille encore l'esprit dans des méandres plus complexes, et l'étrangle plus fort de leurs resserrements et convulsions. Ce n'est en tout cas pas en décidant abstraitement qu'on deviendra moins renfermé ou introspectif qu'on y réussira. Pour ma part j'ai compris que ce n'était pas à proprement parler moi qui devais changer, je n'avais pas à m'ajuster à votre degré exclusif de réalité et à m'y aplatir, mais plutôt convertir la lucide stratification de mon esprit dans la réalité, car enfin je sais bien que ce n'est pas mon intelligence qui s'étage et se trompe en s'étageant, mais que c'est la réalité qui se compose de myriades de réalités, et si par mon intelligence et ma lucidité je me vois seule condamnée à percevoir cet étagement, je ne peux rien faire contre ; à moins de me fermer les yeux et de me boucher les oreilles, ma pensée ne peut faire autrement qu'exhumer toutes les nappes phréatiques qui se bousculent et s'étagent et se corrompent mutuellement sous la réalité imposée – parfois des suggestions de réalités sous-jacentes que je commence à traire de mon entendement et qui n'en finissent plus d'éclore à mes yeux, même si je veux les freiner ; et souvent je ne peux plus interrompre ce débit sauvage, ces déluges de mondes bien réels, grouillantes termitières dérobées au sens commun – il suffit d'ailleurs que je jette un regard sur mes voisins pour comprendre que mon exceptionnelle acuité de perception et d'analyse ne pourrait de leur côté que passer pour une pathologie hallucinatoire, ou peut-être une minauderie d'adolescente qui voudrait qu'on lui prête plus d'attention – tous aussi aveugles et malades les uns que les autres, mais le statut universel de cette maladie, de cet aveuglement plébiscité, me rive au pilori et me fait passer, moi, pour la malade et l'hallucinée ; et voilà encore pourquoi je souffre de ma pensée comme d'une maladie : sa position minoritaire, son exécution sommaire par les milliards de séides du crétinisme démocrate, ne peuvent plus la parer d'aucun prestige, dignité ou reluisance – sinon ceux qu'elle contient en elle-même, à l'état germinatif qu'elle doit développer seule sans secours d'aucune part ; et comme j'ai raison contre tous les autres, je n'ai pas à stratifier la réalité elle-même puisqu'elle l'est déjà ; mais à modifier les perceptions autour de moi, contagionner quelques pensées et dans leurs points les plus centraux, corrompre ces têtes closes en y procédant à quelques percées et incisions, y infiltrer de ces sucs pensants dont ma cervelle est si macérée, les ébranler fond du comble et les faire vrombir en rond, que tremblent les limites étroites où ils se tiennent afin que, dans les plus larges remous de ces tremblements, ils ne puissent plus faire autrement que de se frotter aux couches de réalités qu'enfouit et étouffe la seule réalité permise. J'étais assise à une terrasse de café, repensant à N. qui avait vomi plus ou moins spontanément sur le divan de C., avec qui elle avait eu comme tout le monde une idylle, en même temps que deux ou trois autres candidates à l'abaissement chic ; elle se vengeait ainsi de sa déception en incrustant le saint divan de son suc organique, de même qu'un de mes amis se vengea de ses parents en barbouillant de sa cervelle explosée au fusil de chasse les murs de leur salon cossu avec goût, décor du cauchemar qu'il subissait jour après jour – et voilà qu'il s'était d'un coup emparé du décor, mais aussi de l'atmosphère et de l'air qu'on y respirait, car rien ne résiste à l'odeur caustique de cervelle sanglante. De la terrasse du café, je pouvais me livrer fiévreusement à un tour d'horizon de l'humanité, qui résonna comme une condamnation, une incitation à rejoindre mon ami en envahissant le monde environnant de la plus concrète et définitive des façons ; comment, m'interrogeais-je, faire accéder les gens de cette sorte (et de balayer du regard la clientèle du café où je siégeais), et qui se font cette sorte d'idée de l'existence, comment les faire accéder à... et à quoi, après tout ? À cet effritement atroce de l'esprit ? À ce pourrissement flou dont souffraient mes contours ? À la porosité de l'intelligence forcée de recevoir et de s'imprégner de tous les flux et courants de l'ambiance, qu'ils soient fétides ou glaçants, brûlants ou corrosifs – et rendant du même coup ma chair plus corruptible qu'aucune chair ne fut jamais, ne pouvant passer une sainte seconde sans subir un nouveau violent pourrissement ? Qui capte dans son placenta spécial tout élément de la nature, et le fait croître en lui et proliférer comme un paquet d'ovaires en rut ? Qui doit avaler toute la réalité telle qu'elle est, en tournedos indigeste – et l'atome petit en cancer pointillé, le savoir en gangrène bouillante de pensée qui empiète sur le moindre repli du corps ? Ne valait-il pas mieux qu'à mon tour j'optasse de sang-froid pour la bêtise, cette cloison étanche aux variations, réduisant tout et tout le monde à sa version autorisée – une pensée ainsi conçue qu'elle n'a pas besoin de traduire un simple mot en torsades de phrases voraces, ni une simple image en invasion d'univers démentiels ? Ne valait-il pas mieux me recroqueviller comme mes amis dans un ahurissement perpétuel, et paître en paix avec eux ?

Je marchais sur le pont de l'Alma, la bouche rendue pâteuse par l'excès de tabac ; depuis longtemps l'habitude de fumer ne produisait plus en moi cet effet de fission qui, notamment au saut du lit, fait imploser un pet d'électricité dans les alvéoles, et réveille dans le torse tout un vivier de particules furieuses, et ignorées jusque-là ; c'est un remue-ménage pulvérulent qui travaille gorge et poumons et fait un instant croire à l'avènement d'une révolution corporelle, tant il se déchaîne en tous sens et se montre prêt à excéder les limites du corps assigné. Mais cette excitation ne dura pas et avec le temps laissait à mes poumons, malgré les plus profondes bouffées, une consistance d'éponge mouillée au vinaigre rouge, car de même que le moment révolutionnaire, au sens social du terme, semble offrir à ses débuts une immense voie de sortie à ceux qui y ont part, pour ne proposer en fin de compte qu'un chas d'aiguille en guise de possibilités, compressé par la nécessité consensuelle qu'imposent les exigences trop nombreuses et différentes pour poursuivre l'insurrection, de même la sécheresse un peu vitreuse par quoi se soldait mon accoutumance au tabac résultait de la trop grande variété de déflagrations simultanées, chacune trop faible, et trop faiblement stimulée par la cigarette, pour pouvoir durer et m'offrir une expérience aussi poussée que j'étais en droit d'espérer ; je ne sais d'ailleurs s'il y avait un lien de cause à effet entre ce phénomène de rancissement intime et la perception que j'avais des choses en ce moment, mais il me parut que la beauté de Paris, si évidente à l'accoutumée, s'était désagrégée à vue d'œil : une beauté qui, d'organique et froidement pulsatoire, s'était réduite à ce type de beauté certes appréciable pour les décorateurs et les faiseurs de nippes, chez qui le beau n'est qu'un assemblage de détails coquets et dont l'éventuelle originalité doit impérativement revêtir l'aspect d'un poncif dernier cri pour plaire ; ces gens s'emploient à trouver chaque jour un nouveau canon de splendeur universelle qui fera partout autorité jusqu'au lendemain – critère provisoire hors duquel, pour quelques heures, aucune beauté ne sera concevable, système qui sera le temps d'un rot seul garant de l'élégance ou du plaisir sociable. Les idées d'un faiseur de réclames ou de vêtements doivent toujours être mort-nées pour être de quelque valeur socialement, leurs trouvailles doivent dès leur naissance se pétrifier en critères pour se rentabiliser ; leur monde est celui de la *référence*, qui prend chaque jour des formes plus changeantes pour mieux imposer son éternité ; et pour avoir une chance de faire croire à sa valeur, elle doit quotidiennement changer son critère de jugement, sans quoi on aurait trop le temps de scruter ses repères et de s'aviser de sa définitive inanité ; le tour de passe-passe s'opère ainsi selon des modalités toujours plus aveuglantes, pour qu'on n'ait pas à voir de près son *truc* central, consternant d'indigente simplicité ; c'est pourquoi Paris, saturé de regards obsédés par le relief, les lignes, la netteté, sans rien entendre à la *respiration* d'un endroit, les trémolos fiévreux qui le fermentent et semblent en passe de le faire gicler à nos yeux, ressemble désormais à un joli livre de découpages paysagistes, à un blason chaque jour redoré de couleurs plus éclatantes, mais plus à une ville vivante au sens où je l'entends ; chaque matin on décorait ma ville différemment, mais cet incessant renouveau équivalait à mon sens à une pétrification sans cesse accrue, à un caillement toujours plus dense qui figeait les artères de Paris et les spoliait de leur pulsation et de leur respiration. Si un objet m'émeut, c'est qu'il me trouble, au sens où l'on trouble un précipité en y versant un liquide inconnu, et mon émoi ne peut donc naître d'un objet dont les lignes seraient définies d'avance et même si ces définitions sont modifiées très souvent ; cet objet doit au contraire rester irréductible aux critères qui voudraient en faire un modèle rigide et incontestable – car la beauté est l'ennemie du photogénique, contrairement à ce que voulaient me faire croire les restaurateurs parisiens : un homme me plaît par sa voix, les subtiles variations de sa physionomie comme il s'adresse à moi, son rythme cardiaque qui contamine le mien de ses pulsations, l'espèce de résine gazeuse qui se dégage de toute sa stature et semble vouloir s'intriquer à moi, etc. ; non par une perfection plastique qui obéirait à des lois sélectionnées par une poignée d'esthéticiens débiles ; quand je suis amoureuse, l'homme que j'aime est objectivement le plus beau parce que je ne trouverai son souffle, sa gestuelle, sa voix et ses intonations nulle part ailleurs qu'en lui ; un parfum dernier cri dont on badigeonnera un mannequin animé et très beau ne m'émeuvra pas, parce qu'il n'est pas sécrété par l'homme lui-même, mais si ce parfum se mêle à un relent de tabac ou de sueur il pourra troubler et faire bander parce qu'il est le fruit d'une pulsation, d'une sudation ou d'une corruption introuvables ailleurs qu'en cet homme-là – et j'en reviens par là au trouble chimique, car si la substance d'un corps donné est unique, le mélange de deux précipités corporels fera naître une liqueur absolument nouvelle, et cette émulsion inouïe on peut l'appeler amour. La beauté de mon aimé est sa dilution avec ma propre beauté, et la réaction chimique qu'elle produit répond aux critères les moins définissables – qui peuvent exister d'ailleurs mais qui perdront tout leur pouvoir, et l'amour de s'éteindre avec, dès que quelqu'un les aura définis. Au reste je me sentais ce soir-là comme quelqu'un qui n'est subitement plus amoureux ; ce déclic soudain qui déclenche comme une métastase sous laquelle l'amour disparaît en quelques instants ; on se sent exsangue, désespéré, mais c'est cette vacance, cette anémie des sensations, qui va nous exalter plus que tout, attendu qu'on n'a plus rien à perdre, réduit à une béance de vertige, et qu'on sait qu'on pourra désormais se jeter à corps perdu dans ce vertige et dans toutes les expériences qui nous rendront de ces émois dont on est si soudainement tari. J'en étais à ce point limite où ce qui, au sens fort du verbe, me faisait *vibrer*, était devenu inopérant : j'allumais cigarette sur cigarette, tout en sachant bien que ces anciens procédés étaient désormais périmés ; les volutes inhalées mouraient en moi comme du pétard mouillé, ne me calmaient même pas tandis que j'en inhalais la fumée avec force – un gavage gazeux qui m'enfonçait plus encore dans ma chlorose rentrée ; je me raccrochais à ce qui ne fonctionnait plus, ces vieilles habitudes qui font le bonheur des autres, dans l'attente assez confiante de mieux. Me vint à l'esprit une curieuse évidence : pourquoi m'étais-je dans ma vie sans cesse contredite, en recherchant, d'une part, à ce que mon corps se dépiautât de tous ses repères un à un, et d'autre part, en m'affligeant de ce qu'aucune de mes avancées dans ma dissolution organique ne me conduisît jamais à un repère, à une certitude arrêtée ? Pourquoi me souciais-je encore, de façon perverse et jamais avouée comme telle, de la fixité de mon corps ? Sans échappatoire possible je me vis confrontée au chaos irréversible de ce corps, je voyais son magma s'étendre et bouillir dans des mesures toujours plus affolantes – et je reconnus que son asthénie présente ne pouvait être imputable qu'à quelques peurs de mon cru, à quelques dernières velléités de chochotte effarouchée : depuis quelque temps j'étais sourdement insatisfaite du désordre où se délitaient os, cervelle et organes ; c'était encore un chaos sous condition, et il m'en fallait plus, au point où j'en étais je ne pouvais plus reculer, mais je me refusais encore à me donner les moyens d'aller plus loin ; sans cesse j'avais avancé dans la recherche d'un état incalculable mais jamais encore je n'avais donné à mon soma les pleins pouvoirs pour y arriver, j'avais toujours procédé polyphasiquement, et à chaque fois je n'allais qu'à une étape suivante sans bondir d'un coup dans le chaos complet ; il me restait donc à mener mon aventure à terme – mais pourquoi à terme, pourquoi raisonnais-je encore en ces termes, pourquoi toute chose devait-elle et comme malgré moi, malgré tous les efforts que je faisais pour vivre hors limites et penser l'impensable, avoir un terme ? C'est que comme tout le monde et depuis le début j'avais été torturée par l'idée qu'on puisse *épuiser* la réalité, alors que rien n'est plus impossible et infaisable – d'où mes paradoxes : j'avais opté pour une aventure qui par définition ne pouvait être menée à terme et me proposerait sans cesse une nouvelle découverte, un nouvel émoi incroyable, une pensée risquant plus loin les limites de ma pensée, et je ne m'en étais pas moins toujours attendue à une conclusion heureuse à mon aventure, alors que, comme je l'avais établi abstraitement, sans le traduire en faits, c'était mon aventure même et non son but qui devait être heureuse : je savais bien, car la vie me l'avait assez prouvé, qu'aucune matière vivante ne peut se fixer ni s'immobiliser, quoi qu'on mette en œuvre pour l'y contraindre ; elle est comme habitée par un processus dynamique qui l'oblige aux variations, corruptions, métamorphoses – et aussi aux plongées, montées, traversées sans le moindre répit ; on ne peut jamais épuiser la réalité, et à commencer par sa réalité propre, on s'en donne l'illusion en se mariant, en enfantant, mais sans cesse de nouveaux surgissements de réalités viennent détruire cette certitude de réalité unique et définitive, ce bonheur fixe qu'on a gâché sa vie à vouloir se ménager, en bon cabot battu jusqu'au sang. Je songeai à l'époque où je m'étais, chaque matin, suivant les conseils d'amies, regardée dans la glace pour me rendre heureuse : il fallait, selon ces quelques chères, fixer très intensément ses propres yeux, jusqu'à tomber dans une semi-hypnose, en répétant obsessionnellement : « tu es heureuse, tu souriras toute la journée » ; et mon sourire se brisait et s'éparpillait en tourbillons de bouse sanglante et de charpies organiques, je riais pour me ressaisir et mon rire explosait en hurlements de sorcières immolées, j'intensifiais encore le traitement et c'étaient des carnages d'Irène qui affleuraient par milliers, des milliers de visages dont la succession, au début, comptait quelques faces ressemblant assez à l'Irène qu'on connaît, mais qui devenaient vite de hideuses caricatures puis méconnaissables tout à fait, tant ces visages se voyaient lacérés de toutes parts, dépecés au stylet vibratile, rôtis au radium brûlant, grésillés au sulfure liquide. Mais enfin pourquoi donc est-ce que je refusais, car en les vivant mal je les refusais, ces merveilles de matière que mon corps faisait jaillir à flot incessant ? Pourquoi acceptais-je la version admise partout de l'horreur de ces charniers que la réalité recelait si abondamment, quand ils possédaient la splendeur des plus raffinées floralies, et me faisaient vivre une vie digne des plus grandes pièces de Sophocle ou Shakespeare ? Pourquoi me cacher que mes compères goths étaient bien plus beaux tels que je les connaissais, en immenses merdiers purulents, et non pas tels qu'ils voulaient se faire passer, en adolescents un peu bizarres mais qui savaient bien s'amuser ? Leur invraisemblable crétinisme ne m'offrait-il pas chaque jour un savoir plus approfondi que celui de n'importe quel penseur appointé, et ne donnait-il pas à mes réflexions une force et une intensité méconnues partout ailleurs ? Je dus me rendre à l'évidence : j'étais la dépositaire d'un pouvoir fabuleux, capable de susciter des féeries sans fin, et je m'étais privée d'en jouir et de m'en délecter à la lie – lie du nonos vineux qu'on suçote et qu'on racle à fond de paroi, du bout de sa langue de jouisseuse effrénée ; je pouvais à tout instant faire de ma vie, et pour moi-même, une tragédie majestueuse ou un superbe opéra, et j'avais toujours souffert et culpabilisé à cause de ce pouvoir, je m'étais flagellée pour avoir détenu une puissance de prodige. Je m'étais assise pont de l'Alma, j'allais peut-être à la folie, les yeux ouverts, avec une lucidité et un plaisir effrayants, mais il me fallait encore penser aux moyens d'y arriver dans des conditions plus jouissives et plus pensantes encore, car j'avais déjà perdu trop de temps et d'énergie – et enfin ce qu'on désigne sous les termes plutôt flous de mort ou de folie, qu'étaient-ce sauf quelques-unes des innombrables transactions génétiques qu'un soma peut opérer pour se défaire de sa complexion routinière rigide, et qui s'accorde de nouvelles contingences cellulaires après des décennies de surplace emmitouflé ? Cette agonie rentrée qu'un œil vif eût été capable de déceler sur mon visage, je peux dire qu'enfin je la maîtrisais, qu'elle était mon bien le plus précieux ; je connaissais, au moins en partie, ce que pouvaient être la mort ou la folie, puisque après tout ce genre de phénomènes avait été mon pain quotidien – ces esquisses de formations nouvelles qui mitonnent dans le for, et qui éclatent pourvu qu'on y injecte l'émoi expédient, ou s'épandent en méandres magnétiques si l'on y adjoint la pensée qui convient ; on confond d'ailleurs souvent l'intelligence supérieure avec la folie, ou avec une prétendue pulsion de mort, un certain goût pour l'autodestruction, car les zones de connaissance d'un esprit supérieur, donc les zones où cet esprit se meut à son aise, avec la plus grande lucidité et le plus sûr contrôle, correspondent pour l'ineptie aux zones de l'incompréhensible et de l'incontrôlable : là où j'avance en pleine connaissance de cause, et où je sais pourquoi mon corps ou mon esprit réagissent de telle ou telle manière, les autres verront une démarche suicidaire, car tous sont dans l'ignorance de ces états diffractés, violemment tamisés, en poudrière jamais épuisée, auxquels s'adonneront, par pur goût du plaisir, un corps et un esprit savants. La folie effraie tout le monde, sauf le fou – j'appelle fou celui qui a lucidement voulu sa folie, non pas ceux, trop nombreux, qui se sont vus transférés par hasard dans de nouvelles contingences physiques, sans le vouloir ni s'y préparer, et qui l'ont en toute logique vécu comme un cauchemar ; qu'on n'aille pas non plus confondre avec la folie telle que je l'ai définie dans les parties plus mondaines de ce livre. Ces contingences que personne n'ose ausculter, muni de son propre corps comme instrument fouilleur, j'affirme les attendre avec gourmandise, passion, et une sorte d'énorme appétence lubrique, comme on attend d'immenses gâteries. Ces histoires de recouvrement entre folie et savoir résonneront peut-être niaisement chez certains, comme une chierie romantique ou néo-rimbaldienne ; ce sera à tort, et pour ne pas admettre qu'ils peuvent faire d'eux-mêmes un emploi aussi riche que celui que je fais de moi, et dès maintenant : le lecteur pourrait dès maintenant mettre à exécution ce que je dis, mais il s'en abstiendra et m'accusera de tout et de n'importe quoi – mais j'aurai avancé assez de faits à l'appui de mes thèses, pour qu'on puisse de bonne foi m'accuser de mysticisme ou de poétisation ; qu'on relise les pages qui ont précédé et qu'on voie comment je module mon temps à volonté, quoique j'aie volontairement choisi de rappeler comment je vivais ce pouvoir négativement, en affres insoutenables ; et je montrerai comment je dispose de l'espace selon mes convenances, car souvent, quand je m'aventurais dans les rues, dans l'intention de traverser Paris, et d'aller d'un point précis à un autre, je n'y arrivais pas : chaque rue se décuplait en plusieurs petites allées qui, empruntées, menaient à une nouvelle ramification de ruelles qui me perdait encore dans la ville. Ce qui aux yeux d'un psychiatre eût apparu comme une perte de la conscience de l'espace, était au contraire la conquête (encore inconsciente et malheureuse) de mon espace, le fait que j'imposais à l'espace urbain mes propres notions ; la ville m'apparaissait à chaque randonnée comme un labyrinthe mouvant, proliférant, comme atteint d'un cancer où le piéton, en se perdant et en s'empêtrant à mesure de son avancée, ajoute une nouvelle extension d'organe tuméfié ; j'ai cherché une fois à aller de Porte d'Orléans à Porte de Clignancourt à pied, munie d'un plan de Paris, dans l'espoir de vaincre cette folie arachnéenne de ville qui n'en finit jamais ; mais que je voulusse traverser tel grand boulevard et j'étais coulissée vers des artères étroites, et qui allaient s'étrécissant comme je cherchais à m'en sortir – chaque rue empruntée s'étirait à perte de vue, non en horizon s'élargissant mais en petites nervures de tentacules, m'aspirant vers des milliers de culs-de-sac aussi larges qu'un chas. Ce que je pris alors pour une défaite à recouvrer le sens commun, était le premier acte d'un triomphe qui me ferait gagner mon propre sens et ma propre façon de disposer de l'espace et du temps.

J'en étais ainsi à ma énième cigarette, mortifiant dans la fumée les crépitements de mon torse au lieu de les raviver ; et en somme je ne fus pas trop grincheuse quand je vis un troupeau de goths munis de très nombreuses bouteilles venir vers moi ; il faut dire que leurs circuits arpentaient Paris avec tant de régularité, de précision et d'amplitude, qu'une brebis égarée avait peu de chance de ne pas être interceptée, à long ou moyen terme, par l'une ou l'autre de ces bandes sentinelles. Et pourquoi le nier ? J'avais un malin *plaisir* à fréquenter assidûment l'indigence et la vulgarité, j'y trouvais en fait un intérêt bien plus profond, et approfondi, que si je m'étais limitée à la fréquentation de milieux intellectuellement honorables ; si je n'avais employé mon intelligence qu'à la fréquentation des gens intelligents, à l'étude d'objets intelligents ou à la lecture de livres intelligents, je deviendrais ce qu'on appelle à juste titre une intellectuelle, ce camisolage de l'esprit ; s'il y a bien quelque chose de pire que la simple bêtise, c'est l'intelligence passive, car cette dernière, du fait de sa capacité supérieure d'approfondissement et de développement, peut se conformer avec plus de perfection à ce qu'on peut en exiger, et s'enchâsser plus étroitement dans les limites du corps de manufacture ; elle peut offrir à la société une image plus peaufinée de personne mondialement admise, que ne pourrait le faire la stupidité ; cette intelligence, aussi considérable qu'elle puisse être, a une démarche constamment somnambulique qui refait dans un état d'hypnose des trajets déjà décrits avant elle, et de plus en plus balisés : si tant de personnes intelligentes sont si complexées, maladives, inhibées, angoissées, j'ose dire que c'est bien fait car l'intelligence n'est trop souvent qu'un moyen de reproduire au mieux toutes les tares que le monde produit à la chaîne et truffe dans les corps vivants – et l'intelligence de s'incarner dans ces corps comme un ongle réprimé et faire de l'esprit ce furoncle échauffé, souffrant au plus vif des tares dont tout un chacun est atteint ; cette intelligence contemplative et mimétique, au lieu de penser à ce qu'elle peut et doit faire, et donc à se libérer, se soucie toujours de ce qu'elle ne peut pas faire et n'osera jamais, restreignant par là sa marge de manœuvre jusqu'à l'asphyxie : ce qu'on appelle avec une connotation justement méprisante un intellectuel dans notre société est quelqu'un qui ruine son esprit, ses attitudes, son corps, ses nerfs, son emploi du temps, en les limitant à un unique compartiment socialement promu – on le louera pour cela et il feindra d'en être heureux, mais il sentira bien, et aussi physiquement que possible, que ces ascensions ne lui sont d'aucun profit ; en se pliant aux consignes il s'interdit de faire un usage actif et diversifié de sa tête, mais la fige et l'alourdit en laissant d'autres têtes, parfois les plus méritoires et les plus reconnues dans l'histoire, dicter toutes les orientations que prendra la pensée pour aller paître et péleriner. Un intellectuel admire les poussées risquées par autrui dans l'inconnu, il s'y ralliera en théorie et s'en déclarera solidaire, mais se gardera bien d'y aventurer sa propre tête à son tour ; d'où sa prédilection pour le commentaire, la critique littéraire ou la dissertation : d'une part ces disciplines ont le mérite de s'appuyer sur des objets préexistants, ménageant à la pensée de solides appuis sur quoi s'enrouler comme la liane au tronc, la dispensant ainsi de toute implication directe, de tout travail réel de l'esprit ; d'autre part toutes ces disciplines fournissent toujours des modes d'emploi très précis à leurs usagers, conçus par les plus hautes éminences, auxquelles on peut se fier aveuglément et bouche bée, pour avancer en somnanbule jamais responsable de ses actes et raisonnements. Ainsi l'université a-t-elle fini par devenir le mausolée de l'esprit, la société se chargeant d'embaumer tout le reste; sous couvert d'étudier, l'effort intellectuel placé sous cette autorité ne doit tendre qu'à la *répétition* d'efforts déjà accomplis, répétition qui de plus vide ces efforts de leurs contenus pensants et de leur émotion, l'intelligence n'ayant plus qu'à se gargariser d'elle-même sous l'impulsion d'immondes doyens et d'enseignants mal payés – cela pour ne pas se confronter à la réalité, pleine d'occasions à saisir sur le vif, d'émois imprévisibles, de circonstances où la pensée est tout entière à inventer; et aussi parce que cette réalité excessivement niaise et débile effraie et fait reculer ces oies blanches de l'esprit circonscrit. Les étapes de ce livre en font foi, même si je doute que cette chronique, si elle est un jour publiée, puisse porter un coup direct et fatal à la bêtise elle-même, comme je le souhaitais en commençant sa rédaction; mais j'aurai au moins montré comment l'intelligence doit se *retouiller* à la stupidité et se mettre à pulser de sa pulsation pour être vivante, active, prodigieuse. Je n'ai de ma vie jamais eu besoin d'un ghetto intellectuel pour aviver l'exercice de ma pensée, mais d'espaces résolument étrangers à l'intelligence et même ennemis de celle-ci, lui faisant courir des dangers intellectuels d'abord, mais aussi des dangers physiques et concrets, car c'est bien là qu'elle peut pleinement exister, palpiter; elle ne doit pas avancer en terrain conquis si elle veut vivre, elle ne doit pas être un code de conduite, une manière de bréviaire pour la vie – ce qu'elle fut pour moi pendant longtemps, comme moment nécessaire de sa reconquête –, imposant une série de règles qui présideraient à tous les actes et comportements du présumé intelligent – je ne veux plus observer une certaine tenue que la reconnaissance, par autrui, de mon intelligence, m'imposerait : il me faut au contraire trahir mon intelligence à tout instant pour l'avérer plus sûrement, j'ai besoin de me frotter de près à l'ineptie, telle une plaie au silex ponceur, pour maintenir ma pensée à flot, et par exemple la ressourcer dans le magma de l'adolescence noire qui m'entourait. Si les gens soi-disant intelligents sont si souvent coincés, comme on le dit si bien, c'est qu'ils croient faire honneur à leur intelligence en la protégeant des souillures de la stupidité; ils auraient l'impression de se parjurer en entrant en contact avec l'ineptie et toutes ses engeances; mais moi j'affirme qu'on exerce sa tête beaucoup plus sûrement en lisant un magazine stupide qu'un chef-d'œuvre, en entrant dans la clique des goths parisiens plutôt qu'en assistant aux colloques de telle faculté; et au lieu de cultiver mon intelligence en me livrant à de stériles études, j'ai fait activement travailler ma tête en recherchant la plus lamentable des compagnies, et en me taraudant toujours plus profondément pour en retirer un résultat dont ce livre porte assez témoignage. La vie d'un corps donné, pour survivre et se renouveler, ne doit pas et ne peut pas évoluer en vase clos mais côtoyer les corps, les atmosphères, les objets les plus étrangers et hostiles, elle doit contracter les substances qui l'éprouveront le plus violemment et montreront ainsi d'évidence ce qu'elle vaut : et de même en est-il pour la pensée : je plains toutes ces têtes en hibernation, élevées au formol des facultés et des débats culturels, qui ne connaîtront jamais la griserie d'une atmosphère hostile à l'esprit, les incursions chimiques de l'indigence qui forcent l'esprit à réagir et à s'ébrouer violemment, pour enfin montrer sans tricherie ce dont il est capable. Cette envie de me fracasser le crâne qui s'emparait de moi toutes les fois que je voyais mes amis, c'était la première réaction d'une tête éduquée comme toutes les autres à penser et à vivre passivement, et qui se voit mise en demeure d'agir et de s'inventer elle-même pied à pied, sans secours d'aucune sorte et même agressée de toutes parts; mais que ce fussent des ténias spasmogènes ou des guirlandes enchantées qui habitaient ma tête, peu importait puisqu'elle était soudain agitée de vie violente et de pensées enfin actives; tous les enfers successifs qu'occasionnaient mes rencontres avec les goths étaient autant d'univers et de cosmos générés par moi seule, et qu'il ne tenait qu'à moi de transmuer en paradis ou en bacchanales fabuleuses – et je vis que mes affres aussi avaient été autant de cosmos produits par moi, et dont le caractère horrifique ne provenait que de ma peur et de ma honte à jouir de ces cosmos, à savoir de moi-même. Je m'aperçus à la faveur de cette méditation pont de l'Alma que c'était de cette violente pulsion me poussant à me frotter aux entités les plus infectes et étrangères à ma nature présumée que provenait ce sentiment de culpabilité qui me traquait partout et que j'ai explicitement tu dans ces pages, mais qu'on aura bien su deviner : car enfin je ne pouvais pas ignorer que par mes fréquentations, mes amours, mes loisirs, je trahissais ouvertement Irène Lepic, génie présumé ; mais cette trahison, je n'en doutais plus, était la condition imprescriptible de la survie de mon esprit, dégagée de toute notion de morale ou de génie ; de plus ces percées dans les humeurs hostiles d'entour m'avaient procuré des plaisirs que j'ai longtemps refoulés et recyclés en enfers terribles, par ce puritanisme que j'ai dit, par orgueil d'admettre que c'était l'ineptie qui me faisait jouir et penser à plein régime, beaucoup plus que l'intelligence recensée. Dans ma vie et surtout dans ma vie la plus récente, je me suis beaucoup moins régénérée dans le « génie » et les productions d'art génial que dans les activités débiles d'une adolescence bafouant les postures et procédés qui eussent normalement convenu à ce que j'étais – et qui m'eussent ainsi mortifiée dans leur vocation impérieuse et incontournable a priori : ce que dans la vie courante l'on nomme intelligence, et dont je doute de plus en plus, a trop tendance, comme la stupidité, à se forger des repères et des codes d'éthique ; et comme elle y réussit bien plus brillamment que la stupidité, elle s'y écroue aussi plus durablement et souffre beaucoup plus de cette gangue épaisse de repères et de codes qu'elle s'est constituée, puisqu'elle a un pouvoir de prise, une lourdeur et une épaisseur que jamais l'imbécile ne pourra élaborer. Au lieu de se trahir et de se profaner elle-même à tout instant, l'intelligence devient vite trop enfouie sous ce plâtre d'éthique raffinée pour envisager un pénible travail de destruction et d'affranchissement – pénible au début, mais de plus en plus plaisant à mesure de son développement, jusqu'à ces séquelles d'extases dont on apprécie de notables exemples ; je n'avais pas besoin de traverser des jungles ou des voies lactées pour étendre mes capacités de pensées et de sensations, et ce n'était pas dans les distances géographiques que j'allais chercher la différence, l'inconnu, le péril, et les plaisirs qu'ils contenaient : je faisais avec ce que j'avais sous la main et qui, dans son apparente misère, son simplisme caricatural, et donc sa forte hostilité à mon égard, m'offrait des richesses et des plaisirs que je suis loin d'avoir épuisés – car non pas *contenus* par cet univers inepte lui-même, pas plus que par mon intelligence, mais par la *mixtion* des deux, produisant une matière inconnue dont j'avais tout à découvrir et où je pouvais barboter à volonté : je riais de bon cœur en buvant leur mauvais vin et en fumant leurs joints de mulets, car je m'acérais par là jusqu'à l'extrême pointe de mon expérience, l'épine la plus affûtée de cette arête crissante dont je me triture nerfs et pensées avec tant de volupté ; et de même qu'un chef ou un gourou doit jouir d'excommunier à tour de bras les disciples qui ont fait sa gloire, de même je dissolvais avec ravissement les derniers critères qui, quelques heures auparavant, avaient encore défini une personnalité bien connue sous le nom d'Irène Lepic, et qui serait bientôt portée disparue. Pour tous ces jeunes goths dont j'étais entourée, qui accédaient à une manière de *salut* par l'infini de leur bêtise, leur tribu tenait lieu de cour des miracles, mais ils ne pouvaient se douter à quel point moi, Irène, derrière ma façade froide et distante et complexée, je me ressourçais à leur contact déplorable, dans quels cyclones nerveux me plongeaient leurs présences, quelles interminables mosaïques de pensées dessinait leur pression d'abrutissement, et enfin quel prodigieux éveil produisait en moi leur permanente catalepsie ; depuis tant d'années j'avais tellement désiré avérer ma pensée, sans savoir exactement pour quelle raison ni pour quoi dire, que jamais encore je n'avais réussi à en esquisser l'exécution ; je rêvais d'accomplir une œuvre sans être en mesure d'en coucher le moindre mot ; je rêvais d'un statut extraordinaire pour Irène Lepic, et je ne voyais que mon extraordinaire rabaissement en leur compagnie : c'est que j'avais trouvé *refuge* dans les accointances goths : je n'avais jamais rien réussi de ce que j'avais voulu, je n'avais donc plus rien à perdre ni à gagner dans le vivier goth, et c'était ce qui me convenait : un marasme de perspectives et de possibilités, un aplanissement systématique de la pensée et de la sensation, qui m'obligeait à ressourcer celles-ci dans des forces que je devais générer seule et sans aide d'aucun côté. C'était donc l'absolu désert de leur petit monde qui m'aspirait : je ne voulais pas d'un cercle social où j'aurais eu quelque chose à ratisser, une consolation, une solution de remplacement ; je voulais la fécondité avérée de mon esprit, ou rien, et cette fécondité devait rejeter toute prothèse et tout appui qui, en feignant d'aider sa propulsion, l'eût en fait châtrée de tout ce qui la constituait proprement. Je rêvais d'une éclatante réussite « artistique », sans pouvoir définir en quoi pouvait bien consister cet art, et j'échouais à chaque fois que je m'y essayais ; c'est que plus on est excité de faire quelque chose et moins on le fera bien – je tablais trop complaisamment ma vie entière sur la seule réussite d'une œuvre, pour avoir la moindre chance d'accomplir l'une ou l'autre : il y avait dans ce sacrifice de moi comme un chantage que je croyais exercer sur le monde, ne doutant pas qu'on préférerait me concéder une œuvre plutôt que de me laisser crever, puisque je ne laissais pas le choix à cette entité, qu'on pouvait nommer le monde ou l'humanité, ou peut-être dieu – et là était bien le point : ce que j'appréhendais comme un cosmos ou un marécage d'atomes aux abois n'était rien qu'une parfaite indifférence, une absence inscrutable qui m'oppressait d'autant plus, de façon aussi préméditée et fatale qu'une sanglante omertà. Mais désormais je me foutais bien de mon œuvre à accomplir et seul mon bien-être était à l'ordre du jour : ce soir-là pont de l'Alma, je crus ainsi faire mon deuil de mes prétentions intellectuelles en me vautrant corps et âmes dans le bourbier de mes compères goths, en désertant mon expérience singulière, que je n'étais désormais pas loin de taxer de minauderie adolescente, prenant prétexte d'émois spéciaux pour placer une soupape entre moi et la vie au premier degré ; je me proposai donc pour une fois de recoller entièrement à cette strate exclusive d'existence, et enfin faire figure de fille heureuse d'être ce qu'elle était dans le monde tel qu'il allait. Mais j'aurais dû me douter que c'était plutôt à partir de là, où je n'avais plus foi en moi et n'avais plus rien à miser sur le monde, ni à m'adonner à mes calculs mesquins de grand-mère qui veille au grain, que j'allais enfin avoir le pouvoir de me parachever, vivre et parler sans contrainte et lever le voile sur quelques vérités qu'à mon sens tous les autres avaient tues ; je me laissai ce soir-là tellement aller que les derniers retranchements et subterfuges de mon impuissance à exister disparurent entièrement, justement parce que je n'avais plus prise sur le processus et pas davantage conscience de ce qui m'arrivait ; le contrôle et la conscience aiguë que j'avais eus jusque-là de mon expérience, et qui avaient été les principaux moteurs de mon avancée effrénée, eussent à présent été des freins à l'accomplissement de ma saga : j'étais partie prenante de leur fête sinistre, sans restriction d'aucune sorte, car là était le déclic que j'attendais depuis toujours, et en participant à la mascarade je pouvais commander seule une tragédie d'ampleur shakespearienne, mais réellement vécue et non plus déportée sur une scène ou dans l'étroite restriction d'une pensée : R. et B. se livraient devant moi à un concours de pets, qui me persuada de la profonde infériorité du mâle en ce domaine : une fille, c'est bien notoire, ne pète jamais en public ; mais seule ou dans l'intimité de ses plus proches amies, elle s'en donnera à cœur joie et fera montre de ressources extraterrestres. Je peux dire de science certaine que, si les pets masculins l'emportent en puanteur sur les féminins, ceux-ci sont plus bruyants et plus prolongés, peut-être en raison de la fréquente capillarité des raies fessières masculines, amortissant les pets dans les rangs de poils plus ou moins fournis, quand les renvois des femmes ont le privilège de racler à même la peau, et ont donc plus libre cours, ainsi qu'une résonance plus longue : R. et B., malgré tous leurs efforts, n'eussent jamais pu, comme moi et une amie dont je tairai l'initiale, s'élever à une virtuosité telle qu'on puisse élaborer quelques lignes rythmiques d'une parfaite régularité, voire, pour les plus talentueuses, quelques charmantes mélodies – je ne pus m'empêcher de démontrer en pratique la supériorité de la femme dans cette discipline et la détonation que je lâchai d'un air impassible frappa tant l'assistance, R. et B. en particulier, que leur compétition tourna court ; un silence pesant scella mon exploit pour quelques secondes, avant qu'un rire collectif, concerté par les fréquences de malaise télépathe, vienne aimablement blanchir mon écart de conduite – mais leurs rires mêmes résonnèrent comme des pets, de ces flatulences qu'on arrache au sphincter graisseux en y remuant l'écouvillon ; et je me ravissais de ces rires méphitiques, comme le gamin qui goûte en élixir divin la crasse de ses ongles de pieds, j'orchestrais par ma perception trouble et mon entendement déréglé une symphonie complexe, appuyée sur leurs seuls rires ou sur leurs pets. Je puis dire que la sympathie qu'ils me témoignaient ainsi n'était pas qu'artificielle, mimée par le seul besoin de rompre la glace ; j'irai même jusqu'à qualifier de chaleureuse l'ambiance qui régnait ce soir-là, et ce n'était pas qu'une impression de ma cervelle exceptionnellement enjouée ; il y avait sans conteste autre chose, une euphorie de l'effluve frémissant aux narines : comme la totalité du genre humain, les goths, entre deux vomissements, ne pouvaient se satisfaire qu'en ayant, quotidiennement ou mensuellement ou annuellement, un but sur quoi se focaliser et par quoi dédouaner leur ennui, un plan précis à suivre ou un programme détaillé à respecter, pour justifier par une abstraction générale la misère de leurs moments particuliers ; trop à l'étroit dans le moment qu'ils vivent, ils espèrent élargir leur horizon en reportant la perspective à d'autres moments, qui se révéleront bien sûr aussi exigus que le moment dont ils cherchent à s'extraire, mais qui transposent toujours ailleurs le but par quoi se justifie l'existence, et qui leur permettent de se lover dans leur sempiternelle morosité, et de la justifier a priori ; un temps qui laisse se profiler, dans les rêveries, un autre temps qui serait moins débité en séquelles minuscules que le temps qu'ils vivent couramment, et moins harassant de torpeur et d'ennui que chaque instant qu'ils ont à frayer pour rester en vie ; le bonheur est pour tout le monde une série de repères ainsi bien agencés, qui rodent et dirigent les journées avec la plus grande minutie, et maintiennent ainsi la tyrannie d'un temps dont chaque maille exclut effectivement toutes les autres par son avènement calamiteux – au point qu'on ne peut plus rien vivre de ce temps mais se tuer à le picorer miette à miette sans en saisir jamais une seule du bout de son bec ; et leur satisfaction, purement mécanique et réfugiée dans l'abstraction, jamais jouie en tant que telle, ne dépend que du degré de conformité à ce qu'ils se sont juré de faire dans l'heure, la journée ou l'année : plus les faits dévient de leurs lignes de projets, moins leur contentement sera grand, et même si ce contentement n'est jamais que celui, couard et nébuleux, de la machine heureuse d'être assez bien rodée pour pouvoir accomplir à la lettre son programme de routine sénile. En fin de compte et malgré que tous soient si rigoureux dans le découpage de leur temps, si prévoyants dans l'accomplissement de leurs travaux ou la jouissance de leurs loisirs, tous sont mornes et dépressifs car ils espèrent un *acquis* de cet empilage de moments dont la cohérence n'est qu'illusoire et consiste justement à empêcher toute cohérence réelle, toute harmonie d'un temps rendu à sa fluidité – à leur retirer toute cette durée en l'émiettant au stylet acéré jusqu'à ce que chaque particule soit invisible et invivable : excités dans l'abstrait par chaque moment et déçus à perpétuité, ainsi mes amis goths ce soir-là, pas encore dépités mais ravis de prolonger un peu l'allure festoyante de leur rassemblement, et trop aux aguets de ce qu'amènera le moment suivant pour ne pas finir aussi déçus et attristés que d'habitude, et finalement coupés de tout ce qu'ils voudraient vivre et qu'ils subissent couchés et compressés dans chaque parcelle illusionniste de leurs jours. Les circonstances extérieures, qui ne le sont qu'en raison de l'attention excessive qu'on leur porte, et de l'infusion saccadée de ce temps d'horloge parlante (comme si la voix qui nous débite l'horaire au téléphone enconnait toute la vie de sa pulsation et lui imprimait pour toujours sa cadence de robot), circonstances toujours vécues comme détachées de soi, en permanent reflux qui refuse à tout instant de faire corps avec le vivant, ne peuvent répondre que très rarement, sinon jamais, à ce qu'on en attend : leur enchaînement ne se décalque jamais sur le plan qu'on a confectionné dans l'intérêt de son petit soi, et déçoit toujours ; une vie disloquée où la profusion fluide des événements, le surgissement informe de la vie, et l'écoulement incalculable du temps, s'opposent toujours à la façon mécanique dont on voudrait programmer la vie, à cette technique de débiter au plus petit l'espace, l'existence et le temps – une friction entre la vie et ce qu'on voudrait en faire, entre son séisme et la velléité qu'on a de l'ordonner, produisant ces horribles démangeaisons rentrées, qu'on aimerait gratter jusqu'aux moelles et sarcler de soi en les vomissant ou en les chiant à jet continu. Une fête, dans ces conditions, n'est jamais qu'une course-poursuite, à cadences de larve, où l'amusement feint d'un instant espère toujours une traduction en fête réelle dans l'instant suivant – le bourbier tournant de plomb vil en rivière d'or massif ; et on peut après coup qualifier cette fête de réussie et sympathique, on sait à part soi qu'à aucun moment ça n'a été le cas, que personne n'y a jamais pris part réellement, et que ces accumulations de joies parodiques n'ont été que les préludes d'une fête qui n'a jamais eu lieu. Les meilleures rencontres ne sont pas des rendez-vous, un chef-d'œuvre annoncé comme tel ne nous touchera jamais, une débauche prévue à l'avance court-circuitera toute jouissance intensive ; et ce qu'on nomme à juste titre le coup de foudre ne pourrait donner quelque chose de jouissif que s'il était immédiatement et totalement réciproque – s'il répondait donc à des lois qui doivent tout au soma et rien à la durée, ce qui n'est presque jamais le cas : quand il faudrait employer son corps et son esprit pour eux-mêmes et en eux-mêmes exclusivement, de manière à les vivre pleinement et à leur soumettre toute durée, on les place sous la tutelle de conditions dont on ne saura jamais rien, d'un temps qu'on ne pourra jamais éprouver que par infimes granulons vite effrités. Forte de ce savoir, je devais déceler ce qui suscitait la bonne humeur exacerbée de mes amis, et qui ne se résumait certes pas à mon unique personne ; quels repères momentanés les galvanisaient ainsi, quelle perspective leur faisait miroiter un bonheur à venir, et qui comme toujours ne viendrait pas – tandis que mes propres dernières références se voyaient presque abolies (qu'on remarque à ce propos, et sans admirer, comme ma pensée, sans cesser de gagner en cohérence à chaque mot que j'inscris, se déploie avec très peu de repères et sans aucun point de référence, et devant vous commence à ondoyer) : d'ores et déjà je savais que, là où ils seraient dégrisés dans quelques heures, affalés à cuver leur vinasse, leurs pilules et les sécrétions rouilleuses de leurs cerveaux, mon émoi suivrait son cours ascendant, pour coïncider avec cette simple et magnifique flottaison que je viens de dire, et dont je découvre que tout, en moi, est issu : je procède par retrait des membranes et couches de gangue pour libérer cette informe liqueur; et autour de moi, êtres et objets n'étaient plus que les épluchures d'une mue qui ne libérait pas quelque nouveau corps aussi circonscrit que les autres et métabolisé, mais toutes les liqueurs, flueurs et frémissements qui me constituent et me font vivre au plein sens du verbe : leur joie dépendait de leur fête, lors même que j'intégrais leur fête dans ma joie. S. ponctua ma réflexion et lui apporta une confirmation suffisante en suggérant qu'il était peut-être temps de gober les buvards; du LSD ne pouvait certes pas gâcher ma soirée, tout juste me permettre d'imprimer de nouvelles orientations à mes fluxions sérum, et je me débrouillai pour obtenir un semi-buvard gratuitement; nous avalâmes tous ensemble nos buvards respectifs, comme un grand toast porté au futur radieux; je trinquai avec eux, mais non pas à un quelconque avenir : plutôt à la fin très prochaine d'Irène Lepic, arrêtée de longue date avant de trouver son juste mode d'opération, et qui marquerait la fin de tout arrêt, le commencement d'une vie pleinement délectée. Nous nous levâmes après quelques minutes de silencieuse communion; l'air se rafraîchissait, et nous nous mîmes à marcher, un peu au radar; G. me côtoyait avec quelques vues nettement orientées, et sans trop de délais entreprit quelques manœuvres de câlins et enlacements; derrière la brume épaisse formée par son haleine mezcal-vomi, et qui le langeait tout entier, je discernai des mots exaltant ma hauteur et ma prestance de déesse. Cher G. ! Il n'allait pas être déçu, ou alors ne l'être que trop : je le fis basculer avec moi sur le trottoir et, plaçant ma main à l'endroit adéquat, lui proposai de tirer un coup sur-le-champ ; malgré son état d'ébriété avancée, il eut une expression quelque peu interdite ; il balbutia et eut un mouvement de recul rampant ; les autres, dont l'attention en vivier de purin pulsant se rameuta à nouveau autour de moi, pour me barbeler circulairement, ajoutèrent que j'étais folle ; deux paires de bras virils me remirent sur pied, m'obligeant à hisser G. par le zob avec moi – je crois qu'il hurla, mais dans la folie chimique qui baignait nos fêtes et nos déambulations, mon acte prêta à rire et fut oublié en moins de cinq minutes : j'avais pour une fois eu ma part dans la composition de l'ambiance lamentable que les goths savaient si bien fomenter, mais cette légère dilution ne me parut plus une perte, puisque je n'avais plus rien à perdre et que je pouvais faire de moi l'emploi que je voulais, que j'avais le pouvoir de me prostituer à volonté et de me laisser emporter par tous les courants qui pouvaient passer à mes environs. La fête se morcelait en fragments de plus en plus ténus – en particules de soufre consumées en un clin d'œil et vite disparues, comme si elles n'avaient jamais existé ; chaque moment, et tous les moments qui pouvaient s'y produire, l'infinie subdivision temporelle que chaque moment contenait, étaient engloutis dans l'amnésie générale des goths pour qui, comme pour tous les jeunes rebelles attitrés de notre société, la joie festive était de feindre de vivre en plein dans la seconde présente, et de faire abstraction de tout le reste – mais c'était bien la seconde présente qui était encore plus abstraite que le restant, on savait vaguement qu'elle avait eu lieu sans pouvoir après coup dire ce qui au juste y avait eu lieu ; et cette incapacité de vivre leur temps se transmuait pour moi en une pleine jouissance de ce temps, dont je goûtais la consistance mercurielle, rendue informe par l'incapacité de mon entourage à lui donner forme, mais qui m'était prodigieusement tangible et délectable. Nous chantions à tue-tête les morceaux d'anthologie de notre patrimoine musical, tels que « Black Planet », « Stigmata martyr »,

« Spiritual Cramp », voire tout l'album de référence « Only a Theater of Pain » ; et ce chant sinistre et enlisé était en parfaite harmonie avec le si peu de mouvement qu'il y avait dans leurs gesticulations panoramiques ; ils marchaient sur les mains, dansaient la danse de Saint-Guy, pétaient, buvaient en bavant la moitié des alcools et les faisaient chuinter fort, se faisaient la cour les uns aux autres par combinaisons complexes et rapides, mais tout cela ne donnait l'impression que d'une série d'images mises bout à bout, d'un film projeté à toute vibure sur l'écran mais dont on sentait bien qu'il n'était qu'un rafistolage de négatifs retrouvés, photographies prises une à une avec une cadence d'enfer, mais qui jamais ne donnaient l'impression d'un film continu : ils n'existaient pas. Il était stupéfiant à quel point ils n'existaient pas. Je dois bien avouer que ce qui m'avait au premier jour séduite dans cette clique, et qui répondait beaucoup aux attitudes de ma puberté, était cet axiome tacite mais présent à tout instant et en toute place dans le circuit goth, postulant que si le reste du monde paraissait plus heureux qu'on ne l'était, il ne fallait pas chercher à le rejoindre mais exacerber son propre malheur, et prouver qu'au fond l'on est dans ce malheur bien plus heureux que les proclamés heureux ; de cette aberration négatrice découlait la somptuosité creuse du cérémonial goth, cette résorption de valeurs opposées dans quelques postures vides de sens, et chargées d'une beauté et d'une puissance absolument nouvelles – une tournure de pensée qui ne pouvait que plaire à mon adolescence, à mon intelligence et à ma sensibilité trop considérables pour la capacité d'accueil du monde, et qu'à mon tour je niais et magnifiais par quelques attitudes et quelques accoutrements : pactiser avec la mort, m'étais-je dit quand j'avais commencé à les fréquenter, même de façon aussi artificielle et grand-guignolesque, n'était peut-être pas la pire façon d'appréhender l'horreur de l'existence, puisqu'en imprégnant toutes les apparences, toutes les formalités, tous les détails, tous les décors domestiques, de l'idée de la mort, on finirait par l'oublier, comme on oublie toujours ce qui est omniprésent – en tout cas je m'en étais persuadée quand mes seins pointèrent et que mes menstrues commencèrent à se manifester : il m'était apparu, et en première instance c'était à bon droit, que par nos accoutrements et nos attitudes goths nous renvoyions au reste du monde son vrai reflet : la mort surplombant effectivement toute la vie qu'il nous était donné de voir et l'inondant de partout, on ne pouvait douter de ce que la vie fût l'interstice fragile et évanescent d'une solidité et d'une pérennité à toute épreuve qu'on nommait mort, le seul parti à quoi l'on pût se ranger avec assurance. Pour qui, comme moi, briguait naïvement le long terme, la mort possédait toutes les séductions. Mais comme il était prévisible, cette option que mon adolescence crut prendre sur la vie usuelle s'était révélée trompeuse et factice, dans la mesure où j'espérais en quelque sorte *vivre dans la mort*, m'y installer pour ne plus ressentir ce que je vivais avec distance, et qu'avec les goths c'était le contraire qui advenait : la révolte de mes compères n'avait pour vocation que de *reporter l'échéance*, et leur refus de la vie courante n'avait rien d'une volonté de se réapproprier la vraie vie ; elle était bien plutôt une longue mise en hibernation, dont ils ne se réveilleraient jamais ; leur révolte n'avait rien de ce processus physique que j'ai tenté d'exprimer, mais était une révolte purement formelle, postiche et circonstanciée, semblable à celle de ces étudiants japonais frais émoulus, à qui l'on accorde une année sabbatique pendant laquelle ils peuvent faire ce que bon leur semble, employer librement leur temps, consommer les substances de leur choix, donner pleine licence à leurs goûts vestimentaires les plus douteux : s'adonnant donc à une rébellion d'intérim, dont l'évidente ineptie avait au moins, chez les nippons, le mérite de s'avouer, quand elle restait le secret de polichinelle des goths, jamais assez honnêtes envers eux-mêmes pour reconnaître la nature fiduciaire et pour tout dire *menteuse* de leur révolte. (Si mes remarques ont une tournure morale, de par les adjectifs que j'emploie pour réfuter certaines valeurs, elles sont toujours pesées par rapport à la vie, au plaisir et à l'intensité de vivre ; je n'émets de jugement qu'après avoir observé les effets concrets qu'ont certaines attitudes, certaines pensées, certaines valeurs, sur le plan de la vie elle-même, et non d'une morale ou d'une philosophie autonomes.) Quant à ma propre déperdition, s'il est indéniable que ses grandes lignes rencontraient en surface celles des vacances goths, comme elles eussent pu rencontrer celles de n'importe quelle mouvance d'adolescents rebelles, elle était tellement entière et nécessaire, happée par des spirales qui ne pouvaient que me mener aux plus reculées profondeurs, propulsée par mon obsession de tout mener au bout de sa logique, qu'elle ne trouvait plus de fond et qu'elle n'arrivait plus à conclure aucun processus logique, qu'elle pulsait dans des nifes inaccessibles au sens commun de la rébellion même, restée comme les goths coincée dans quelques automatismes de surface aussi confortables et aussi funestes que tout le reste ; ce n'est même pas que je m'étais engagée dans des directions opposées à celles des autres : j'avais conscience d'une dimension, je vivais dans un élément insoupçonné des autres, et inconcevable à leurs têtes gâtées. Je savais avec pertinence que le matricule Irène disparaîtrait corps et biens de la société, tandis que mes camarades s'y verraient placés tôt, logés à l'enseigne du confort, des assurances et de la saloperie simple ; la divergence n'était du reste pas loin d'éclater au grand jour.

On comprend que je ne réfute les conceptions et modes d'existence du clan goth qu'à titre de tout-à-l'égout des conceptions et modes d'existence les plus communs et répandus : ce ne sont pas quelques adolescents tout de noir vêtus que je tiens à démolir, mais bien vous ; et en plongeant dans cette fosse à teignes et cancrelats de la société, je veux tester ma propre résistance à leurs exsudats corrosifs, pour en ressortir luisante de gloire ; je participais à leur fête en comprenant que ma grandeur n'avait jamais été avortée par leurs présences, mais mise à l'épreuve et enfin pleinement avérée grâce à elles. Si je dis « contrairement aux goths... », il faut entendre « contrairement à vous... » et se figurer l'immersion du corps Irène Lepic dans la mare à fiente chlorique de toute la société. Contrairement aux goths, je ne considérais pas que tout était vain à cause de la mort, et qu'il valait mieux se débaucher pendant quelques années avant de se ménager une vie plus sûre, encore jalonnée des quelques plaisirs que pouvait lui offrir ce bas monde ; c'est bien plutôt parce qu'il y a la mort qu'il m'est si utile de ruiner ma vie sans délai, non pas au hasard et instinctivement, mais selon une méthode qui éprouve tous ses risques et enregistre tous ses résultats de déperdition, pour savoir comment aller plus loin de la meilleure façon ; je retournais le pari pascalien en le concentrant sur une entité presque divine que je m'étais constituée seule, et qui n'était autre que moi. S'il m'est si utile d'écrire, ce n'est pas pour m'assurer une certaine pérennité qui me sauverait de la mort, une postérité littéraire que tout, au train où vont les choses, tend à ridiculiser, mais parce qu'au moment où j'écris, et où la notion Irène Lepic vole en éclats et répand sa douce buée, j'arrive à donner à mes émois et à mes pensées la consistance qu'ils méritent, une ébouillante de plasma où l'on ne demande qu'à se calciner ; en écrivant telle victoire évolutive de ma pensée ou de mon émoi, je les greffe à mon corps et l'enrichis d'une nouvelle pulsation, d'une nouvelle élongation de ma pensée, où je pourrai puiser à volonté toutes les fois que je voudrai ; cette pensée, ce plexus et les émois qu'il a drainés, dureront car ils se meuvent désormais à tout instant avec moi et en moi, dans un système prothétique où les prothèses se génèrent elles-mêmes et prolifèrent jusqu'à rendre impossible tout appui unique et précis, un système sans cesse développé pour affranchir mon temps organique de ses organes en tant qu'outils séparateurs et séparés ; si j'ai été si fréquemment repoussée par la notion temporelle de votre constitution, ce n'était pas pour suivre les traces du vieux Proust, ni en vertu de quelque pose intellectuelle que ce soit, mais dans la conscience acérée que vous faisiez passer ce temps pour un temps *évolutif*, dont l'avancée peut nous apporter des améliorations si on sait le gérer comme il faut ; mais de toute évidence et dans les faits, ce temps est tout le contraire, puisque encore inféodé aux notions d'espace et de territoire – c'est-à-dire qu'un corps humain est tenu de se mouvoir dans le temps comme il se meut dans l'espace : là où vous voudriez faire croire qu'un quelconque progrès intervient d'un âge à un autre, et que telle époque correspond au cumul des leçons enseignées au fil du temps, il n'y a en réalité qu'un changement de lieu et d'emplacement, et les corps ne font que bouger d'une seconde à une autre, d'une minute à une autre, d'une année à une autre, en somme ils ne font que quitter un lopin de temps pour un autre, et se soumettent aux pressurages de l'instant de même qu'on se soumet sans réserve aux conditions où l'on se trouve placé spatialement : la nuit où, à la faveur d'un mélange chimique mal senti, j'échouai dans un corps sénescent, le violent malaise que j'éprouvai était dû à cette sévère confrontation avec le temps tel que vécu par vous tous ; à savoir qu'il s'avéra à moi qu'un vieillard, contrairement à ce qu'en dit la version autorisée, n'avait rien d'un corps ayant traversé le temps de manière évolutive, constructive, pour en retirer la sapience profonde et se lester de tout un léviathan d'expériences et d'émois : un vieillard est un corps qui toute sa vie durant n'a cessé de *déménager* d'un moment à un autre, chaque phase de ce temps succédant à l'autre et l'anéantissant par là au lieu de la prolonger, et s'évanouissant à peine la phase suivante arrivée – et au lieu de happer toute sa vie dans un seul caillement fulminant comme je le fais maintenant, votre temps la débite en tranches puis en fines lamelles puis en rien du tout ; le vieillard, découvrai-je, ne parle et ne pense qu'en vieillard délabré, non en profond réceptacle de savoir et d'émois comme on voudrait le faire croire – comme on peut voir que beaucoup de vieillards deviennent de plus en plus silencieux à l'approche de la mort, jusqu'au mutisme complet : ce n'est pas le signe d'une sagesse dûment acquise mais du fait qu'ils ne veulent pas admettre publiquement leur désastre et désespérer les jeunes générations qui y voient un gisement inépuisable d'aventures inouïes, et qu'ils ne veulent pas convenir de leur indigence qui aura laissé fuir toute leur vie comme ils la vivaient sans jamais rien leur en laisser. D'autres vieillards parlent et parlent à n'en plus finir : l'odeur de leur faillite leur monte à la tête et ils en gouaillent à la démence, pour ensevelir cet écho de vide puant qui les hante et résonne de plus en plus fort, du soir au matin et du matin au soir – et tout le raisonnement peut être étendu à l'adulte responsable ou à l'adolescent dépressif : chacun se prévaut d'avoir raison contre le reste du monde, non en vertu d'une large expérience personnelle qui engloberait son état présent, mais en vertu de cet état même, de ce serrement étroit dans l'état présent qui l'empêche de rien voir d'autre, cette minuscule coordonnée d'espace et de temps qui exclut toutes les autres. Que le lecteur plonge en lui-même honnêtement : il ne voit pas un corps épanoui et enrichi des multiples joies et expériences de la vie, mais l'avorton décrépit qu'on aura ballotté d'un moment à l'autre et d'un endroit à l'autre sans jamais le laisser retirer quoi que ce soit d'aucun lieu ni d'aucun moment ; il aura essayé d'amasser des richesses, de la culture ou des exploits sexuels, et il n'en reste rien ; tout en lui est spoliation, vacance, infecte atrophie ; tout en lui sent le ratage et la frigidité de qui n'a jamais joui de son temps, à savoir de lui ; bien sûr il pourra trouver toutes les justifications pour cette soumission au moment localisé, se targuant même parfois d'une sorte de grandeur immanente à sa captivité dans l'instant présent, ou d'une philosophie de l'instant qui lui conférerait la sagesse ultime. Mais il suffit de le regarder pour comprendre que le bât blesse de tous côtés. Tous esclaves d'une minuscule coordonnée spatio-temporelle aussi béante qu'un chas – et c'est en rendant ces coordonnées qui nous déterminent aléatoires et perpétuellement changeantes qu'on suscitera le plus de vie en soi, qu'on se donnera accès à la plus vaste gamme de pensées et de sensations ; quand bien même mon épopée se solderait par un désastre, en raison de l'hostilité hystérique qu'auront mis en branle les autres pour me faire échouer, j'aurai du moins démontré à quelques-uns qu'on peut faire de sa vie et de son corps un usage autre que celui qu'on veut bien nous permettre – et ce n'aura rien eu d'une profession théorique, une harangue du haut de ma machine à écrire ; il s'agit d'une épreuve concrète, expérimentée sur moi-même en chacun de ses points. J'aurai payé d'exemple, et fourni *physiquement* les preuves de ce que j'avance. En écrivant je ne cherche pas tant à faire l'inventaire de mes pensées et sensations ; je n'ai pas besoin de me pencher sur la valeur de ce que j'écris et de me jauger moi-même complaisamment ; l'acte même d'écrire, quand ma tête s'extravase et se solidifie en mots un peu trop figés, mais que quelques esprits sauront ressusciter, relancer en mille courants de recherche violente, est la garantie d'un très long terme pour la vie de ma pensée ; c'est bien à mesure de ces pyorrhées que mes pensées et émois se réaliseront, non en vertu de leur valeur sur papier mais de leur mise à exécution, par moi d'abord puis par d'autres – cet acte est donc en soi une sorte nouvelle de pérennité, le battement d'un temps si étiré, dilué, qu'il fait corps avec tous les points vifs de mon existence, et se remet à frémir en racahon bulleux sous l'infusion des quelques esprits pertinents qui me liront ; toute une diffraction sauvage d'existence pointillée, et chacun de ces points grésille à la disposition de chaque nerf et de chaque esprit qui voudra s'en saisir et en faire usage à l'instant ; en disant existence, je devrais employer le pluriel, tout ceci débordant largement du simple élément Irène Lepic – ceci dit sans narcissisme, mégalomanie ni emphase mystique : plutôt un autisme des nerfs et neurones masturbés jusqu'à extraction de leur suc brûlant, ne pulsant que dans leur propre intérêt, pour leur seul plaisir. Ce n'est pas non plus ce masochisme dont on m'accuse à tout bout de champ, sauf à admettre cette définition très singulière du masochisme : le refus des paramètres qu'autrui a établis à mon intention, la preuve en pratique que ce qui est censé m'être physiquement ou intellectuellement nuisible peut se révéler extatique à l'usage, et que cette destruction de la santé d'Irène Lepic n'est pas une souffrance mais l'accès à mille états tournoyants, qui convergent ou divergent ou se percutent pour créer des milliers d'autres états ; que ce masochisme correspond donc à une activité d'inlassable expérimentation, voulant recouvrir ces régions mêmes que les autres définiront comme mortelles ou à hauts risques – évidemment et d'un point de vue plus commun je ne peux pas ignorer que, tant qu'il y aura des hommes, ce qui risque de ne pas durer si longtemps, ma pensée se renouvellera aussi formellement et jouira de postérité au sens le plus vulgaire du terme, s'aliénant sans doute au passage dans les creusets de têtes trop étrangères, mais aussi se régénérant dans cet étoilement cellulaire sans repos que j'ai défini ailleurs dans ce livre, et que le lecteur peut à présent voir frémir devant lui, non seulement à mesure des têtes lectrices et de leur adéquation à mes propres tourbillons, mais à proportion du travail personnel accompli par ces têtes elles-mêmes, hors de toute référence évidente à mon propre travail ; mais toujours innervées de son sang brûlant tandis qu'elles avancent et découvrent et broient les digues au plus fort de leur rendement : à partir du moment où ces têtes prennent acte de ma pensée, elles ne peuvent plus penser sans qu'elle soit présente en elles, à l'état vasculaire et tournant – à moins de commettre sur elles-mêmes quelques graves mutilations ; ma pensée ne fera sinon que s'enrichir de ces appropriations bestiales et sans ordre qui s'exerceront sur elle ; et réciproquement. Tous se plaisent à justifier l'absurdité de la vie par celle de la mort, lors même que s'il n'y avait pas la mort, c'est là qu'on se demanderait à quoi bon vivre – et écrire : la mort est bien ce qui donne sens à ma vie, la sauve de l'absurdité et la rend vivante au sens fort du terme ; c'est un phénomène salvateur puisque je ne veux pas d'une immortalité qui me fixerait dans une forme plus ou moins inaltérable et qui serait à mon sens pire que la pire des morts – ce qu'on nomme mort étant précisément ce qui sauve mon corps de la fixité et de la pétrification : en pourrissant mes chairs et en les modifiant à tout instant, le processus mortel me sauve et me fait vivre à plein régime ; tous espèrent s'immortaliser dans le minable instant qu'ils vivent et font le contraire puisque incapables de profiter de leur temps et de son écoulement, alors qu'en goûtant ce processus de mort qui me travaille constamment, je goûte le passage de mon temps et je profite de ma vie à chaque seconde, sans vouloir la faire cailler comme mes compères goths ou le restant de l'humanité ; la vie n'est pas cet instinct de conservation qui vous tient tous en délire, et il m'a bien fallu constater, dans ma vie la plus concrète et quotidienne, combien on faisait des existences des morts avant terme, en embaumant à tout instant ces corps sous l'onguent d'une vie présente, en le présentant sous un jour inaltérable quand il est constamment remué de changements par-devers – mais on peut s'échiner à se maintenir éternellement sous la même apparence, on n'y parvient pas car la vie sourd et éclate envers toutes les ruses de l'homme pour la congeler et l'arrêter : en voyant d'horribles infections bouillir dans le for de mes amis, sans pouvoir m'arracher à cette contemplation, je *jouissais* en fait de voir la vie avoir raison des efforts dépensés pour l'étouffer, et la faire cailler en solides grumeaux : ce qu'on nomme « atteintes du temps », « maladies » ou « déliquescence » ne sont que les sursauts de la vie qui veut sauver le corps de toute conservation mortelle – et ce qu'on apparente systématiquement à la mort est toujours l'insurrection de la vie, et inversement : les maladies, dépressions, manies, que je voyais dans mes amis prouvaient à quel point la vie était imparable, et ne permettait à personne de se figer définitivement, obligeant chacun à faire avec tous les processus changeants qui nous palpitent viandes et cerveaux; la plupart s'en tiraient très mal car jamais n'admettaient la vie en tant que telle, éduqués dans l'aberration d'un temps tronqué et d'un corps figé dans le présent et qui se voudraient éternellement égaux à cet instant; mais sans cesse un nouvel instant fait irruption et avec lui de nouveaux changements corporels qui, s'ils avaient pleine licence d'évoluer, conduiraient à mille nouveaux corps, et sont pourtant réprimés dans la moiteur d'un corps unique, pour enfin moisir en angoisses, en souffrances, en puériles ambitions, et en d'interminables rongements qui apportent chaque jour un démenti plus cinglant à cette piteuse obsession de conservation : dans ce temps inepte adopté sans réserve par toute la population, chacun voit bien le désastre physique et mental qui le sanctionne mais tous s'obstinent à vivre sous le joug de ce temps émietté en secondes qui ne font jamais chaînon, car on ne leur a jamais appris rien d'autre : on cherche à se trouver, à définir ses goûts et ses vocations, à dessiner sa personnalité, et ainsi restreindre au maximum ses possibilités d'exister ; on veut excuser l'absurdité de la vie par l'absurdité de la mort, mais c'est cette mort elle-même, ce décès cercueil qui ponctue les existences qui nous sont assignées, qui est une aberration à tout point de vue : scientifiquement parlant, il va de soi que la mort au sens usuel du terme n'est qu'une superstition puisqu'*aucun être ne pourra jamais la recommencer en lui expérimentalement pour la prouver* ; la mort est par définition l'improuvable, un phénomène qu'aucun être ne pourra jamais vérifier en lui-même. Et pour moi, qui ne peux plus d'aucune manière donner foi à l'Irène où l'on a voulu m'astreindre, comment la mort pourrait-elle avoir le moindre sens, sinon celui d'un recyclage salutaire, et qui a partie liée avec ma vie de tous les instants ? Ce sont ceux qui n'ont jamais eu affaire à aucun autre soma que leur soma éduqué, ces maelströms d'états qui émulsionnent le corps évident, ces battements d'embryons par milliards dans la seule viande d'état civil, ce sont eux qui se laissent berner par la mort, ce ragot de sous-conciergerie. Mais je n'avalerai plus leurs couleuvres ; j'ai la possibilité d'être heureuse, je serai heureuse ; je sais qu'Irène Lepic et par elle toute l'humanité n'ont plus la moindre emprise sur moi, et je peux donc ouvrir la vanne de mes mille milliards d'états diffractés – coup d'archet qui libérera encore d'autres myriades de putrescences tournantes, accouchements, distorsions, exfoliations, menstrues, incroyables lubricités, etc.

B. ne me quittait plus d'une semelle, et essayait encore de me charmer en faisant jouer toutes les nuances de sa passionnante conversation, en me demandant, avec un sourire de niaiserie bestiale, ce que je pensais du sexe ; on s'étonnera peut-être, en plus d'un lieu, de l'invraisemblable degré d'ineptie auquel parvenaient à s'élever mes amis, mais *il faut le croire* ; je répondis à la question de B. le plus sincèrement possible, en exprimant mon regret que tout ce qui se présentait comme humain dût s'accrocher à une identité sexuelle plus ou moins circonscrite, et aux quelques piteux phantasmes qui lui correspondent, pour jouir : ils doivent avoir une idée précise et bien arrêtée de leur placement par rapport aux autres pour pouvoir s'intégrer aux ébats. Pour dire les choses plus simplement, ils veulent tous savoir à l'avance ce qui sera excitant, quand c'est en l'ignorant et en se laissant surprendre par l'excitation qu'on pourra jouir au plus fort degré ; à l'appui de ma thèse, je racontai à B. le rêve que j'avais fait la veille et où, en faisant l'amour avec E., passion de ma vie et inquisiteur de mes rêves, j'avais de mon vagin senti jaillir un gland assez imposant puis toute une pine, avec sa paire de couilles bien proportionnées : mon sexe ne se renversait pas à proprement parler en sexe masculin, selon le fameux processus du gant retourné ; il contenait véridiquement un sexe neuf et suggérait une possibilité infinie de sexes inédits, une éruption sans fin de gestations excitées, surgissant en pâte de viande vivante hors du hachoir Irène, par excrétions d'étrons cardiaques et de lézard lacéré sans que jamais elle ne cesse de vibrer et jouir : depuis longtemps déjà je sentais une dégénérescence couver dans mon sexe, plus aggravée encore qu'ailleurs dans ma complexion, et voilà qu'elle éclatait au grand jour, s'étendait comme un cancer incarné en bête vivante et me ravissait en s'accélérant ; le fait de seulement pulser était la gustation de cette putrescence, ma tempe en battant était comme une langue qui se retourne sous le palais de délectation. Ce crétin de B. semblait émoustillé par mes propos, s'imaginant sans doute que j'allais l'empaler au vibromasseur avant la fin de la soirée, se pliant donc lui aussi à une identité sexuelle bien précise, dans la tendance qui se voulait déviante et interlope, effectivement aussi limitée et carcérale que le coït-coït du brave couple bourgeois ; je lui expliquai, bien qu'à l'évidence il ne m'écoutât pas, que si chez les goths la sexualité était si moribonde, c'est qu'eux aussi et plus que les autres ils se pliaient à des codes de conduite dont ils ne devaient jamais dévier, compressés dans leurs goûts pseudo-sordides et stupidement esthétisants, plasticiens, au lieu de trifouiller ce que je nommai, faute d'un mot plus approprié au langage parlé, *leur vie organique* ; l'esthétique, la plastique, expliquai-je à la grande indignation de B., sont des niaiseries, des mesures de protection chochottes prises par la surface des choses, interdisant d'aller remuer au spéculum tranchant les charniers organiques dont chaque corps est richement prégnant ; en voyant n'importe quelle personne dans la rue, je suis immédiatement frappée par son *puritanisme*, par la morosité et la torpeur où se complaisent tous ces corps, par ces chairs qui ne sont plus qu'étouffoirs de milliers d'états partouzants, d'éruptions et d'entrelacs spasmogènes où nerfs et viscères pourraient commander les plus folles bacchanales, et produire chaque instant un miracle neuf, mais qui demeurent univoques et inopérantes, capables d'à peine une fonction à la fois, à l'état du spermatozoïde peureux et atermoyé devant l'ovaire bouillonnant et prêt à tout – à l'état de corps fermés à tout surgissement d'état vivant, nerfs formol qui endorment et amenuisent émois et sensations jusqu'à complète dissolution. Je revis toutes les manigances sociales à quoi l'existence m'avait confrontée, et je ne pouvais plus tant me plaindre de leur nuisance à mon encontre, que plaindre leur effet dévastateur sur les autres, et notamment ceux qui m'entouraient : ces méandres de psychologie, ces ententes glauques et mesquines, ces spéculations à n'en plus finir, ces espoirs qui se dévorent en s'entortillant de l'avant, ces complots n'ayant plus pour fin qu'eux-mêmes, les détruisant *eux* beaucoup plus qu'ils ne m'avaient nui à moi, en transposant leurs émois et pensées propres dans une sphère de pure rêverie, et chaque instant de leur vie n'était pas vécu mais représenté – et pas même représenté mais répété en vue d'une future représentation qui ne venait jamais, un monde où l'interrogation remplaçait l'action, où la prévention coupait court à l'accomplissement, où la projection tenait lieu de fait ; on reproduisait ailleurs le monde qu'on aurait dû vivre en soi, pour contempler ce monde dans un état d'hébétude et de frigidité sans recours – tous hagards et fourbus de consacrer l'emploi de leur temps et de leur existence à reporter cette existence et ne jamais goûter charnellement ce temps. Pour en revenir à la sexualité en vivier goth, on peut dire qu'en la matière la sexualité est à la fois cause et symptôme du mal qui les ronge, et ronge pareillement tous les fondements de la société : on va mal parce qu'on baise mal, et on baise mal parce qu'on va mal, mais jamais on ne se résout à quitter cette dépression fil du rasoir, ce grincement au stylet rouge qui raye à même le tympan : l'humanité croit se guérir par ses coucheries quand elle ne fait qu'y embourber plus profond son mal et son hébétude à exister – et au lieu de vérifier par le sexe que sa vie organique est plus riche, plus passionnante et plus significative que tous les faits socio-historiques qui séquestrent les attentions, on place son éros, et les tourbillons de son soma avec, sous la coupe des vies communautaires, de l'histoire présente, des choix carriéristes, psychologiques ou astrologiques de l'existence ; ce qui sur la longueur diurne fait tenir le brave prolétaire c'est l'image de la paire de corps enlacés sous la couette à la nuit noire, petit coït-coït accompli sous l'épaisseur de ténèbre sourde avant de s'endormir – et c'est en quoi le sexe s'est fait première arme d'engourdissement par mécanisation du corps-esprit, par accoutumance passive liquéfiant les êtres jusqu'à ce qu'amas de glaire s'ensuive dans le lit – et les coups de zob ne sont plus que les remous d'une faillite glaireuse et épuisée, qui se donne encore par quelques remuements l'illusion d'une vie ; on noie le vertige de ses virtualités physiques dans la ponctualité du devoir conjugal, et toutes les forces d'un homme, tous les replis pulsants de son organisme doivent s'évacuer dans l'éjaculi. Quand un homme me décharge dedans, je sens toute la parfonte d'organes qui s'opère sous sa peau et conduit toute sa chair en fusion vers le trou du gland, d'où jaillit ce très mince concentré de toute la masse physique qu'il aurait pu développer autrement, en baisant dix fois plus longuement, dans des carnages d'intimités bien plus riches et superbes que la fausse jouissance qu'il crache en moi pour donner à son petit besoin satisfaction. Plus personne ne croit en dieu et c'est heureux, mais tous croient au sexe malgré les cuisantes déceptions que leur en apporte la pratique ; on répète les mêmes figures à l'infini et c'est toujours le même corps qu'on relance au boxon, qu'on ressert à toutes les sauces sans que le mets lui-même change jamais, pour qu'enfin à l'image des coïts ou des orgies échangistes la vie ne soit plus qu'un papier à musique à l'intangible mélodie ; on se persuade d'y croire encore, comme on croit à son soi trop égal à lui-même depuis des lustres pour être encore vivant. On se dit : j'aime la bouffe, la baise, la vie quoi ; alors qu'on ne pratique plus qu'une discipline apprise par cœur et périmée sur le bout des doigts. Je mis fin à mon exposé et laissai B. engager une partie de golf avec ses yeux exorbités ; je couvais une petite angine, j'avais un peu de mal à déglutir et me réjouis aussi de ce changement-là, de ce petit dé de chair enrayée et saillante d'infection, prête à se débloquer par une propulsion intime déjà instillée par cloques blanchâtres sous ma gorge ; l'envie même de me tirer une balle qui me prenait à chaque fois que j'avais une angine, je l'appréhendais comme l'annonce d'une nouvelle transfiguration, un rituel peut-être religieux, mais dont j'étais la seule fin et le seul objet ; je contenais la ferveur de l'adoration et la splendeur de l'idole, j'étais l'encens et l'icône, la pompe rituelle et la communion qu'elle suscitait ; je réunissais en moi et les dispositions liturgiques, et la fin à quoi elles visaient, la prière et le miracle qui s'en ensuivit – sans que le tout ne s'annule par sa pleine résorption en moi.

Je rejoignis le reste du groupe et ses éructations vineuses, émises comme une sorte d'appel au secours irrespirable ; souvent chez les êtres humains, et cela se vérifiait chez tous les goths, la douleur est un chantage plus ou moins inconscient qu'on voudrait exercer sur le monde, qu'on répand par libations puantes à ses yeux : on veut exercer une pression sur autrui pour en obtenir ce qu'on veut, on compresse le prochain en particulier comme organe d'une entité qui serait le monde, et que par là on espère culpabiliser et rançonner, mais on se trompe ; le monde ou le clampin singulier n'ont rien d'entités un tant soit peu vivantes et sensibles, l'atmosphère restera à jamais étanche à la douleur qu'elle est pourtant seule à produire, mais que jamais elle n'endossera en retour pour nous soulager. Que tout le mécanisme social ne sert jamais qu'à perpétuer l'espèce dans ce qu'elle a de plus bas et de plus oiseux, tout le monde finit par le savoir à un moment ou à un autre ; et qu'il est parfaitement indifférent, mais effectivement nuisible à la vie de chacun, il est presque impossible de ne pas s'en rendre compte ; mais de réaliser pleinement et, plus important, de *réagir* à cette prise de conscience et de la traduire en actes, à savoir qu'une seule chose importe, se perpétuer soi-même sous mille formes en sabotant son instinct de conservation, voilà qui est plus rare et plus tardif. Beaucoup sont incapables de prendre la moindre mesure concrète ; d'autres enfantent et se donnent l'illusion de reproduire leur corps et de l'enrichir en en concevant un autre, qui lui reste pourtant totalement étranger et se révèle même le plus souvent irréductible ennemi : on dit « ma chair et mon sang », on nie l'altérité de ce corps enfanté mais celui-ci se venge toujours d'une façon ou d'une autre, impose son autarcie aux dépens du délire possessif de ses parents ; d'autres encore choisissent de « créer » en se persuadant que la trace qu'ils laisseront artistiquement sera une meilleure garantie de leur survie ; mais de mon côté je compris vite que le monde et les activités qu'il proposait (accoucher, écrire) n'étaient en aucune manière conçus pour me servir moi, mais mon insertion dans leur machinerie impeccable – un piège où l'on se met à jouer des rouages de la société avec plus ou moins de talent, jusqu'à s'apercevoir qu'on a soi-même dégénéré en rouage et qu'on ne peut plus vivre sans ces engrenures serrées qui nous relient au restant de la société. Là où ma lucidité accéda à une rare intensité, c'est que tout ceci je l'ai trouvé parfaitement *aberrant*, quand tous les autres s'en accommodaient et le tenaient pour naturel – il ne s'agit pas d'une révélation momentanée, de quelque chose à quoi j'aurais songé en passant, mais d'une épidémie intime qui me rongea la tête longtemps, attendu que mon corps tout entier n'était plus qu'un cerveau dévoré de tumeurs et de supplices surfins : je me levais le matin en sentant toute la horde des bactéries fomentées par l'ambiance m'assiéger ; je compris ainsi, sans avoir le choix et en assumant cette compréhension par force dans mes chairs, comme une horrible pulsation dans tous mes atomes avivés, que je n'étais rien de ce qu'on m'en disait, que l'on se désiste trop tôt du maelström de ses cellules propres, pour vivoter dans la faillite et la dépossession jusqu'à ce que mort s'ensuive, pour que j'en fasse autant et m'ordonne en Irène univoque ; et encore fallait-il pousser ce choix jusqu'à ses dernières conséquences, car je savais que votre reddition physique était sans recours possible, que quelqu'un d'établi dans le seul corps échu ne pouvait plus faire marche arrière, et que donc le moindre compromis (la moindre engrenure encastrée dans autrui) risquait de gâcher toute l'aventure où je m'étais risquée. Ayant donc mis mon grouillement hors d'atteinte de vos manœuvres de ravalement, je pouvais me replonger en pleine connaissance de cause dans votre société : puisqu'elle n'était pas conçue pour que j'en jouisse (quand tel devrait rationnellement être le cas), j'entrepris de jouir à ses dépens : je m'amuserais à vos frais et vous ne pourriez rien faire pour contrer ce parasitisme inouï ; voilà ce que j'avais à l'esprit dans le métro qui nous menait vers la station Blanche, quelques séismes propulsés en chaîne dans ma chair par mon début d'angine, et autour de moi le spectacle d'une dizaine de goths bafouillant à qui mieux-mieux ; leurs vêtements de velours, soie, cuir, vinyl, latex, comme des uniformes leur conférant en bloc une sorte de beauté indifférente ; ou comme des corps plus rigides encore que les corps usuels, où ils parvenaient pourtant à se greffer bien compacts ; ou enfin comme un baume de l'Égypte antique, conçu pour immortaliser le corps et faisant tout le contraire en l'écrouant sous une forme presque inaltérable et donc éternellement morte – housses d'onguent ou de viande qui serraient leurs membres de près et les estompaient, les confondaient les uns aux autres. J'en prenais de la graine : là où leur credo, qu'ils eussent bien été en peine de formuler (ce refus de formuler en termes précis ce qu'on pense tient autant de l'incapacité que du calcul – de l'intelligence instinctive de l'imbécillité), était de s'écerveler consciencieusement puis de carrément s'évider la tête à grandes truellées, pour que dans ce vide creusé leurs egos minables pussent mieux résonner, je sus que je devais, après avoir pris un parti déviant de ce processus pour motiver mon propre développement cérébral, exploiter à des fins toutes différentes ces vacuums qui les engloutissaient jour après jour, les aider à se rendre exsangues pour les pénétrer moi-même plus profondément, et pour y résonner plus fort et plus longtemps – les êtres comme caisse de résonance à l'hécatombe. J'avais à élier l'entourage, l'environnement et jusqu'aux atmosphères cosmiques pour pouvoir m'y épanouir à plein vibrement, profiter du monde en le détruisant et en le mutilant à chaque seconde, pour l'aimer avec le plus d'intensité, de même que Titus Andronicus n'aima jamais sa fille autant qu'en la voyant déflorée, sanglante, les bras réduits à deux moignons, et la langue tranchée. Tout individu devrait de la sorte faire la part de ce qui sert son intérêt, et de ce qui ne sert qu'à son contraire – cette survie de l'espèce qui ne survivra pas aussi facilement tant que je serai là. J'avais vu la veille un reportage télévisé qui rendait compte, affolé, des exactions commises par des êtres appliquant à merveille ce plan d'invasion et de *reconquête* que j'ai mis tout ce livre à exposer : on dénommait ces héros les « casseurs », les fauteurs de troubles qui faisaient une bonne manifestation « dégénérer », qui brisaient les vitrines et pillaient les boutiques sans se soucier de la raison du défilé ; on jetait l'opprobre sur leur conduite vandale, en regrettant que leur action prît le pas sur la nature même de la manifestation du jour, où les éléments pacifiques étaient l'écrasante majorité – il fallait par là comprendre que le casseur isolé avait un génie et une puissance qu'un millier d'étudiants réunis n'auraient jamais ; et dans ce reportage au ton outré, on avait systématiquement évité de poser la question centrale : pourquoi quelques dizaines d'individus réussissaient-ils, l'espace d'une manifestation, à exister plus intensément et plus somptueusement que toute la foule bien intentionnée ? Là où étudiants et lycéens manifestaient dans le calme et la paix du bon chien-chien, braillant leurs slogans ineptes et agitant leurs banderoles ridicules, exprimant toute honte bue l'atroce mesquinerie de leurs revendications, s'insérant en bourbier serré dans un seul corps militant, stupide et enrayé, mendiant et abruti, un corps qui ne faisait que prendre le relais de leurs milliers de corps préconçus, un peu bouffis dans l'élan de leurs protestations, mais tout de suite ratatinés par la présence des casseurs qui témoignaient de leur côté d'une santé et d'une vie sans condition, et pointaient donc l'avarice mortifère des étudiants qui mettaient en sourdine des cyclones incroyablement variés de possibilités ; qui ne faisaient rien pour agir sur eux-mêmes ou sur ce qui les entourait, quand les casseurs portaient atteinte au corps même de l'imposture sociale – à cette entité organique qu'on leur imposait et qu'ils subissaient partout ; ils pouvaient enfin, l'espace de quelques instants, se venger sans frein et se bâtir eux-mêmes comme il ne leur était légalement pas permis – et je regrettai qu'ils n'eussent pas étendu leurs saccages aux essaims d'étudiants, en perpétrant les pires carnages sur leurs corps morts-vivants, et en répandant leurs tripes fumantes comme une immense tapisserie d'honneur sur tout Paris, seul moyen encore viable de soutirer à cette engeance stupide un peu de vie. J'eusse volontiers pris part à ces bacchanales si j'avais eu vent de tels agissements, mais mon action solitaire n'était pas moins efficace : exhumer mon soma des états qu'on sélectionnait à son intention puis, confrontée aux têtards concrets de la société, ronger celle-ci pied à pied partout où elle viendrait me relancer – et la ronger signifiait ouvrir les fissures par où glisser ma contagion, semer dans le monde des germes de putrescence pour le sauver de la fixation, et d'abord me sauver du pilori Irène Lepic : il faut parasiter le monde, et je fais par là d'abord allusion au parasitisme le plus concret, dîner chez qui n'ose vous refuser un dîner, dormir chez qui n'ose vous laisser gésir dans le caniveau, car c'est dans l'ordre : piller au monde les plaisirs et intérêts qu'on veut de lui sans rien concéder en échange, ne pas tolérer un instant de plus ce qui aux yeux des autres passe pour fait accompli : l'univers d'étoffe sangsue où l'on n'aurait qu'à s'emmitoufler au poil pour être heureux, c'est-à-dire pompé de cap en pied. Je jaugeai place Blanche les allongements et titubations de mes compères goths et me promis de ne rien faire pour instaurer une bonne ambiance dans la soirée, intitulée « Le Bal des Vampires », mais de tout faire pour développer mes émois et plaisirs jusqu'au bout – dilacérer mes compères de sanglants sillons pour y mener plus librement mes filées. Je n'avais plus qu'à me laisser aller, à donner plein cours à ma propagation. Je pris avec F. le chemin de la boîte où se déroulait la fête ; et au passage le semai, trop ivre pour me suivre à une cadence normale ; j'aperçus une des rares personnes dont je ferai l'éloge dans ces pages superficiellement fielleuses : S. le second, que j'avais appris à connaître en profondeur depuis la soirée où, à très bon droit, il avait déversé des torrents d'invectives sur mon amie D. : il était l'une des très rares personnes, non seulement dans la nébuleuse goth mais, tout bien considéré, dans la nébuleuse humaine en entier, avec qui on pouvait soutenir une vraie conversation, avoir de vrais échanges d'idées, et s'amuser sans l'arrière-goût saumâtre et crispé de tous nos amusements en bonne compagnie ; m'avait impressionnée chez lui cet exceptionnel alliage d'une intelligence réelle, d'une culture étendue, et d'un charisme, d'une drôlerie débridée, d'un sens de la fête généralement absent de ceux qui sont dotés de facultés intellectuelles équivalentes ; il me fascina par cette rosace de vertus contradictoires que sa présence faisait surgir et scintiller – cette capacité d'épisser en lui deux extrêmes qu'on aimerait irréconciliables : la faculté de penser et l'aptitude à s'amuser. Pédé convaincu, et plein du puritanisme inhérent à cette conviction – on ne comptait plus ses sarcasmes dégoûtés relatifs aux béances des femmes « hémorragieuses », sa promptitude à se boucher le nez dès qu'une fille un peu soûle menaçait de dévoiler son intimité, ses métaphores poissonnières quant aux attributs organiques féminins, et son répertoire inépuisable de boutades sur les tampons hygiéniques ; mais aussi on pouvait relever chez lui un trait de caractère par ailleurs assez courant chez les personnes de ma génération un tant soit peu intelligentes et cultivées – une propension à quoi il cédait à répétition, dans toutes les discussions que j'eus avec lui : l'ironie systématique qui gorgeait chaque moment de son discours, une ironie maladive, par moments assez effrayante, qu'il appliquait à tout ce qu'il disait, comme sous le coup d'une condamnation à se moquer lui-même d'instant en instant – à sous-tendre d'un ricanement sans fin tout son discours, et le faire ainsi sombrer. C'est qu'un être pensant de notre époque ne peut pas ne pas sentir peser, sur tout ce qu'il peut dire, le poids de la culture passée, l'incalculable masse de ce qui s'est dit et écrit dans l'histoire et qui, dès qu'on se risque à construire des phrases, les envahit et fait pyorrhée dans la bouche, enkystant chacun des mots proférés, l'accusant de ne pas nous être propre, d'être volé à cette culture et à ce lourd passé qu'on n'ignore pas, et qui nous écrase – chaque mot enflé de mille infusions purulentes, les giclées gluantes d'une sanie qui est la putrescence de ce mot mille fois usité; et l'agencement des mots mêmes n'est pas à l'abri, se voit en permanence traqué par la mémoire de ses parcours et évolutions : on prononce une phrase et on la sent tout de suite infectée par tous ses usages précédents et se gonfler jusqu'au point d'éclater dans la bouche; on doit alors s'en distancier, par mesure vitale de salubrité intellectuelle, et on l'éloigne dans un ton de blaserie railleuse, pour bien marquer qu'on ne l'assume déjà plus. S. avait une conscience trop aiguë de toute la fange de poncifs (ou d'anti-poncifs) et de clichés (ou d'anti-clichés) où s'enlisaient ses paroles (des mots qui n'avaient rien de caricatural en leur temps, mais qui le devenaient sous ces usages de troisième main), et il ne pouvait donc s'empêcher, avec une sorte de frénésie crispée, de parler en raillant à tout instant sa parole, en insérant à son discours sa propre critique, en prévision des railleries qui risquaient de s'éveiller chez un auditeur attentif, l'éventualité de ce dernier restant tout de même assez improbable; mais même cette mince possibilité lui était de trop et l'obligeait à sanctionner lui-même ses paroles, avant qu'autrui ou que l'atmosphère ne s'en chargeât; l'époque où S. et moi étions nés, et la conscience que nous avions de nous y trouver, avaient des effets différents sur chacun de nous mais également dévastateurs : on connaît mon cas, mais on doit se lover dans le corps de S. et sentir cette taraude à vis soufreuse, cette persécution d'ulcère ravalé, ces inquisiteurs de conscience trop vive qui l'accusaient à tout bout de champ de tenir des propos déjà tenus, pensés, transcrits de par le passé ; qu'on se figure aussi l'émission sensible, palpable, de chacun de ses mots, à peine éclos que traqué par cette conscience intelligente et cultivée, lui intimant presque de renier toutes les phrases qu'il prononçait. Cette tendance morbide à ne jamais parler que sur un ton railleur, de ponctuer chaque phrase par une remarque qui la disqualifiait, ou de l'enrober sous la voix de fausset qui correspondait au propos, restait tout de même, quand S. était sobre, un symptôme d'intelligence et de lucidité, comme je viens de le montrer ; mais elle se dégradait vite en lamentable rabâchage quand il se mettait à boire – l'alcool mettant à nu le seul aspect maladif et quasi suicidaire de cette manie sarcastique, à l'exclusion de tous les autres ; la drôlerie, l'intelligence en disparaissaient ; et en l'occurence S. avait entamé une soûlerie épique et s'était laissé choir à mes pieds, assis à l'orientale, bafouillant d'un ton de saynète macabre les quelques expressions parodiques qui revenaient le plus souvent dans son discours lucide : « il dit tout haut ce que tout le monde pense tout bas », « c'est très intime et personnel, mais en même temps ça rejoint l'universel », « martyr d'une génération sacrifiée », « un intellectuel de gauche », « un anarchiste de droite », « maniaco-dépressif à tendance suicidaire », et j'en oublie. Mais toutes ces expressions étaient livrées telles quelles, sans l'apprêt d'une conversation où il aurait pu les amener habilement, comme victimes d'une mue inversée, où le splendide papillon plein de couleurs s'atrophiait en larve malade et à l'agonie ; persécuté dans ses périodes de sobriété par tout l'atavisme culturel qu'un simple crétin ne pouvait pas soupçonner, en état d'ivresse S. se voyait acculé à une sénilité précoce par les tics verbaux mêmes qu'il était censé moquer comme il les employait, mais qui ne l'absolvaient même plus de l'inepte et du cliché et qui devenaient à leur tour, si on peut dire, des clichés de clichés, ou des parodies parodiques, encore plus pitoyables que les simples lieux communs qui constellent les propos du plus crétin ; je ne mettais en doute ni son intelligence ni sa culture mais il était loin d'avoir rompu la gangue croûteuse accumulée sur sa tête par la société : cet émerveillement des œuvres qu'on découvre et qu'on savoure sincèrement au début, dont on s'enveloppe comme autant de sources d'émois et de pensées et qui finissent par s'encroûter en épaisse couche de culture accusatrice, douloureuse, et de plus en plus pesante ; S. n'avait pas pensé aux moyens de tenir un discours qui, sous une forme non totalement affranchie des formes anciennes, pouvait tout de même exprimer des idées neuves, car fondées sur des sensations singulières et dont l'intensité interdit d'avoir recours à des phrases déjà formées pour les exprimer ; des sensations qui peuvent avoir quelques traits de ressemblance avec des émois vécus et retranscrits auparavant, mais qui, développés et approfondis, vécus avec plus de violence, étudiés sous une lumière neuve et plus vive, poussés à un nouveau retranchement de leur logique, se rapprochent de leur vérité et deviennent proprement inouïs, sans réel précédent ; et en disant « le monde est affreux » ou « j'éprouve des extases », je savais dire des banalités mais je savais aussi qu'elles renvoyaient à des faits et à des vérités qui n'avaient rien de banal ; et que je devais dès lors trouver le langage qui donnerait pleinement accès à cette nouveauté. J'aurai en tout cas tout fait pour convaincre le lecteur de la stricte authenticité de l'expérience que j'évoque ; qu'il ne puisse, à moins de la plus répugnante mauvaise foi, la mettre sur le compte de procédés littéraires plus ou moins ingénieux. Si j'avais dû *tuer* pour prouver la fidélité de cette chronique à la rigoureuse réalité, je l'aurais fait sans hésitation. J'évoluais dans moi-même comme dans une parfaite fluidité, mes pensées et émois semblables à un système musical plein de fugues et qui suggère une musique en perpétuelle expansion – ainsi le grésillement de mes nerfs et les développements de ma pensée ; S. devant moi essayait de se dépêtrer de pensées de plus en plus lourdes et adhésives, de plus en plus solides et cataplasmiformes, et ployait sous cette gangue d'intelligence inapte à se mouvoir seule et sans appuis – rampant presque de culture si mal digérée et d'émois vidés de leur force ; il sentit du reste sûrement la pitié, le dégoût – peut-être l'horreur – qu'il m'inspirait, car en me regardant un dépôt de lucidité sembla remuer dans ses yeux, et il détourna le regard vers le sol, honteux et seul comme un bagnard. Je décidai de le laisser là, et entrai dans les caves du Chapelais ; je payai mon billet et consignai ma veste au vestiaire ; à travers le long couloir médiéval qui menait à la piste de danse, gisaient par dizaines des goths saturés de pilules douteuses et de mauvais vin. Ils n'étaient pas si différents du restant de la jeunesse mondiale qu'ils voulaient le faire croire ; j'affirme inversement qu'ils en étaient la quintessence, car ils poussaient à l'extrême les tendances caractéristiques de leur génération : une inertie recherchée, j'ose dire scientifique, une sourde insistance dans l'apathie, composée avec soin et savoir, et qu'on retrouve dans toutes les réunions adolescentes d'aujourd'hui – seulement les goths allaient un peu plus loin : ces corps étendus devant moi, calfeutrés dans une dégénérescence de miel nauséeux, avaient dans cette discipline de l'inertie quelque chose d'une messe somptueuse, pratiquement avouée en tant que telle : il suffisait de se fier au décor et à l'apparat bon marché qu'ils y mettaient, sans compter les accessoires comme les colliers ésotériques, les croix inversées, les bagues de mythologie et autres bijoux sectateurs ; leur rassemblement procédait donc d'un très savant rituel, destiné à mortifier les sens et l'intelligence, et laissant présager, dans le spectacle qu'il offrait, l'avènement de quelque commotion ultime, l'implosion d'un coma en grande pompe ; dans cette cérémonie d'où tout mouvement ou simple élan étaient exclus, sauf sur le mode très alenti et feutré, ils ne croyaient plus qu'en ce qui les habitait le mieux, et qui était la seule réalité, la seule force dont ils disposaient : ce néant en sursis, dont on peut encore avancer l'échéance en communiant par la fusion des somas dans un seul brouet d'inertie – une libation glaireuse mollement frémissante par endroits et par moments, mais totalement exempte de vie et de brusquerie ; je la contemplais avec plaisir, non plus par pulsion refoulée de m'y fondre à mon tour, comme auparavant, mais en comprenant que la matière corporelle que les goths faisaient d'eux-mêmes correspondait pleinement à l'élément dont avait besoin ma pensée pour bien évoluer – et en effet qu'avais-je fait d'autre, tout au long de mes rencontres avec eux, que d'apprendre à barboter en eux, à profiter de leurs déliquescences pour aller retirer d'eux ce que je voulais ? Ils se liquéfiaient et s'indifférenciaient, et nous y trouvions tous notre compte, je veux dire moi comme eux – car les goths ne sont pas si malheureux qu'on pourrait le croire : malgré leur mélancolie affichée, leurs bitures maladives, leurs postures obstinément sinistres, on eût été bien en peine d'y trouver un seul vrai dépressif, au sens clinique du terme, encore moins un vrai suicidaire : alors que les tentatives de suicide se comptaient par centaines dans le milieu, on ne pouvait faire état d'aucun suicide abouti, ni d'aucun dont les séquelles eussent été de quelque gravité – et aucun suicide n'aboutirait jamais. Il n'est pas douteux que l'affiliation à la mouvance goth en avait sauvé beaucoup de la dépression nerveuse ou du suicide, car les goths trouvaient dans leur nébuleuse une région enchantée où toutes les tendances asociales devenaient des codes de la sociabilité, à condition de s'y figer ; leurs parures et maquillages outranciers, leur façon aberrante de consommer drogues et alcools, leur musique, tout cela créait un manège ayant pour fonction de conjurer la mort, imposant, dans tous les détails et dans toutes les apparences, son omniprésence ; en redistribuant leurs angoisses morbides dans leurs vêtements, habitudes et comportements, les jeunes goths vidaient la mort de son sens et la réduisaient à une farce qui, sans encore prêter à rire (sauf pour qui la jaugeait de l'extérieur), relâchait son étreinte d'un cran – car l'adolescence, cet abcès social, est persécutée par la mort pas à pas, de façon voulue et organisée ; souvent l'adolescent passe effectivement à trépas, en se suicidant ou en passant à l'âge adulte ; mais tant qu'on est adolescent et qu'on veut vivre, la meilleure réaction à avoir contre les menées de la mort est de la répercuter, de renvoyer ses appels dans l'ambiance avec une intensité décuplée, en semant partout ce reflet de la mort, son image évidée – ce que faisaient mes compères goths – puis en agressant tout à la ronde et en signifiant bien clairement qu'on est à couteaux tirés avec tout ce qui veut votre mort, donc avec le monde entier – ce que ne faisaient pas mes compères goths :

ils reflétaient la mort sans la *renvoyer* à sa source émettrice, sous forme solide et nuisible, comme un missile ou un kriss empoisonné ; ils absorbaient en bonnes éponges l'image de la mort mais ne rendaient au monde qu'une image passive de la mort, non une conversion belliqueuse de la mort persécutrice ; d'où la beauté uniquement plastique, stylistique, des goths, devenus naturellement exsangues puisqu'en se ponctionnant de leur morbidité, en l'insufflant à leur cadre de vie, à leurs bruits de fond et à leurs vêtements, ils étaient le reflet de la mort dans ce qu'elle a de plus bouffon et rassurant, mais ne la recrachaient pas comme on recrache un venin puissant aux yeux de l'adjudant-chef pour se venger des sévices subis ; les goths dérangeaient dans une mesure infime le train-train quotidien mais n'étaient plus mus par aucune velléité agressive contre la société ; s'appropriant la mort ils ne s'étaient pas proposé d'en faire un usage dangereux et de la retourner contre ses émetteurs, mais se contentaient d'annuler la menace qu'elle représentait à leur endroit ; j'avais espéré une vraie révolte et m'étais heurtée à un nid de vermine inerte et impossible à attiser : les goths avaient bassement consenti à intégrer la société, sous cette unique condition : pouvoir être goths pour quelques années, et on leur accordait assez volontiers ce droit de transition ; et en s'intronisant goths ils ne faisaient que se survivre, sans jamais attenter à leurs jours, juste sanction de leur ineptie – et ils expiraient en effet très vite devant moi, en suivant telles études ou en intégrant tel emploi, à deux ou trois exceptions près : des délinquants de droit commun qui purgeaient en prison des escroqueries ou des agressions à main armée, et à qui je ne peux pas dénier une noblesse certaine ; mais tous les autres dépérissaient bel et bien et se voyaient prématurément morts et abolis. Lorsqu'un adolescent est embourbé dans la vie présente et commence à y étouffer, à sentir ses cellules se crisper une à une, puis qu'il sort dans la rue vêtu normalement, sans trahir aucune excentricité dans son comportement, et qu'il se heurte à l'indifférence affairée des passants, il se suicidera (ou se rebellera) beaucoup plus sûrement que s'il se promène tout vêtu de soie noire, bardé de chaînes et bracelets, fardé comme une pute sur le tard, car il aura de la sorte brisé l'indifférence des passants et, en attirant évidemment leurs attentions, cristallisera l'inimitié qu'ils lui portent par nature ; il convertira l'hostilité fuyante, gazeuse, que fomente le monde, en une hostilité concrète, caillée dans des regards, des moqueries et même parfois des agressions – je me souviens d'un ami en combinaison de vinyl moulant, qui se fit tabasser sous mes yeux par quelques homophobes, et j'avoue mon euphorie d'avoir senti brusquement le zéphyr de la haine sociale cailler brusquement et tomber en coups et blessures sur mon ami, cette exaltation de qui voit ses intuitions et ses thèses confirmées en un instant. Mais ce n'était encore qu'un leurre, en se produisant chaque jour sur le parvis du cirque goth, avec un talent d'acteurs certes excellent, les goths ne faisaient que jouer le jeu qu'on attendait d'eux : on sait que le monde mise beaucoup sur le narcissisme abruti de chacun, sur la complaisance que chacun met, en multipliant les provocations, à assurer sa prochaine rédemption ; et ces postures scandaleuses de mes amis n'étaient que les premiers moments d'un processus qui allait conduire à la complète résorption de ceux qui s'y adonnaient ; les premières engrenures se mettent en branle et répandent leur poussière rouilleuse alentour, mais l'engrenage s'accélère et fonctionne enfin à plein régime, débarrassé des réticences adolescentes qui font grincer le dispositif et menaceraient presque parfois de le faire craquer ; les goths, en croyant remporter une première victoire sur la vie quotidienne, ne s'avisent pas d'aller plus loin et font de cette victoire leur première concession, s'en tiennent à cet acquis minuscule car flattés par la première reconnaissance d'une société qui finira par les réinsérer complètement. Être goth était une sorte d'initiale dégustation qui flattait les palais et plongeait dans une boulimie de société qui ne les quitterait plus : en étant ainsi négativement reconnus, ils se demandent bientôt comment ils ont pu un temps mener une vie en dehors de toute société – et ne conçoivent plus d'exister sans la reconnaissance des autres ; non plus des goths seulement, mais de toute la faune de l'œkoumène. Ils ont au fond toujours eu *honte* de leur refus de la société, et excusent ce refus par le carnaval goth, faisant de la révolte une minauderie, de la revendication une mendicité, de la violence une pantomime, de la haine une rancœur intéressée ; et finalement sont ravis de réintégrer le cours normal de l'existence, en commençant par se faire ainsi remarquer, inconscients de l'horreur qui les attend au bout de l'engrenage – et les poses gothiques n'étaient ainsi que l'exemple exacerbé de toutes les fausses extravagances, ordonnées par le monde, qui se manifestent au cours de l'adolescence, et dont plus personne ne s'émeut vraiment, car on sait désormais comment cantonner ces rébellions dans une inoffensive parodie. J'essayai malgré tout de traverser le couloir, cette morgue d'opérette, et fis quelques pas, quand un garçon inconnu surgit à quatre pattes de l'ombre bleutée et vomit sur mes bottes en daim. Peut-être était-ce une déclaration d'amour à la mode gothique, à quoi je répondis par un sincère coup de pied dans les dents. Mon soupirant rengaina sa bouche d'ombre en aboyant. Je poursuivis mon avancée difficile, me prenant les pieds dans les entrelacs de corps qui, comme sous l'effet d'un ancien onguent, avaient entamé leur processus de parfonte, s'unifiant en une gélatine couleur noir putrescent – mais inodore et très discrète par ailleurs ; je songeai que, quelques mois plus tôt, j'eusse sans doute envié cette paix, ces corps langés d'un placenta de leur propre sécrétion, une membrane pellucide de plus en plus épaisse, étouffant les chairs sous son poids maternel, et les dissolvant par lentes infiltrations ; fort heureusement je n'en étais plus là et, si j'avais eu l'esprit religieux, j'eusse volontiers considéré leurs postures comme un sacrifice collectif commis à mon seul profit – car *j'exploitais* ces comas de pensées et ces suicides névralgiques de mon entourage, ils m'étaient nécessaires pour explorer mes propres émois et pensées, et les mettre le mieux à l'épreuve. Une voix familière m'interpella, d'un rire aigre et très saccadé – manière de ricanement morse identifiable entre mille : « Hin. Hin hin. T'es trop chelou toi. Hin hin hin. Hin. Tu me tues. Hin. Ah tu m'as tué. HIN. HIN HIN HIN HIN. » C'était F., l'idiot du village, sorte de bouffon permanent pour toutes les majestés autoproclamées de la cour goth ; il se déclarait nihiliste, et j'avais un temps cru reconnaître en lui un alter ego, une sorte de projection masculine de moi-même, pour me rendre vite compte de l'aberration d'une telle supposition : comme tous les nihilistes qui osent tirer toutes les conclusions de leur nihilisme et le mettre en pratique, l'assumant physiquement de la tête au pieds, F. avait fini, après son parcours négateur, après avoir fait siens tous les refus recensés du globe, par replonger dans certains des pièges les plus criants qu'il avait dénigrés, sans même être conscient de ces régressions : en principe ennemi de toute croyance, de toute religiosité, le nihiliste extrémiste échoue en fin de parcours dans des attitudes qui ont tout d'une vieille bigoterie rance, du vieux sage puant sous les moisissures des prétextes et obligations, craquelant d'aridité, labouré par les contraintes qu'il s'est lui-même imposées ; déçu par les valeurs illusoires du monde, comme un gamin à qui l'on casserait son jouet, le nihiliste se met en devoir de tout nier, jusqu'au plus indéniable : lui-même ; et c'est ici que la négation peut prendre un tour proprement mystique et religieux, et replonger dans les pièges qu'elle a d'abord dénoncés, à savoir que le nihiliste a à se *prouver* à lui-même la force de sa négation, son allégeance parfaite à son nihilisme – d'où son réel fanatisme : pour lui la chair est triste, la musique lamentable, les livres impuissants, le monde laid, car il n'a plus le choix : il a fait de sa vie un sacerdoce inversé qui l'investit jusqu'à interdire le moindre écart aux devoirs qu'il s'impose ; un sacerdoce à quoi il sait seulement qu'il doit se plier en toute circonstance et sans condition. Il ne craint pas de faire piteuse figure aux yeux d'autrui, pourvu qu'en son for il soit assuré de n'avoir pas trahi son idéal proprement mystique ; tout instant doit lui démontrer qu'il a raison, il entretient sa sacristie négatrice sans plus avoir la moindre marge de liberté – et j'avais cru me reconnaître dans la négation de F., mais je m'aperçus vite que là où elle l'avait cloué à son point de départ sans plus lui offrir aucun plaisir de nier, ma négation était ce qui m'avait permis d'avancer et de vivre au mieux, en profitant lubriquement des victimes que je laissais autour de moi en niant – car le dernier piège de la négation est bien qu'elle devienne une conclusion, alors qu'elle est mieux une dynamique et une pulsation qui pousse à reculer sans cesse le point où l'on se trouve provisoirement, pour réunir tous ces points en un seul brasier rotatif dès qu'on en a les moyens ; en somme sa négation avait eu la forme d'un cercle revenu au point même d'où il était parti, et dont il ne restait que ce point, alors que ma négation était une asymptote m'oscillant d'un point à l'autre, hasardant de toujours nouvelles coordonnées et me ballottant de l'une à l'autre avant de me faire les embrasser pleinement sans qu'elle s'arrête pour autant d'évoluer, de s'élaborer en moi, tissant tous ses points les uns aux autres en une étoffe qui correspond au réseau de mes nerfs et palpite avec eux ; comme chez S. je voyais en F. une faillite complète de la pensée, c'est-à-dire de la confrontation des têtes présentes avec la nouvelle dynamique de la pensée, qui a vu ses anciens appuis virer du solide au liquide, si bien qu'elle ne peut plus se baser sur rien et qu'elle s'enfonce perpétuellement : on pense à reculons, par soustractions et non plus par additions, chaque pensée ramène à celle qui l'a générée qui ramène à celle qui l'a générée, etc. ; et on ne peut plus camper sur une position sûre et arrêtée, une pensée certaine et définitive – à moins d'user d'artifices couards comme F. ou S., et se retrouver malgré tout dans un malheur et une détresse qu'ignoreront ceux qui sauront jouer en envisageant franchement la nouvelle biologie et la nouvelle dynamique de l'esprit, pour en tirer le meilleur parti. F. ricanait à tout bout de champ car, sous l'emprise révélatrice du LSD, tout le faisait rire, d'un rire de pathologie comme l'ironie de S., puisque acculé à sa nature profonde, rivé à son nihilisme statique par la liqueur lysergique. F. trouvait tout risible car d'après sa déontologie infuse tout *devait* l'être ; la première fois que je l'ai rencontré, il n'avait fait que boire quelques pintes de vin blanc, et déjà on voyait bien que l'alcool n'avait sur lui aucun pouvoir de décompression, l'obligeant au contraire à résister contre l'effet de détente de l'alcool, en intensifiant ce resserrement d'amertume et de venin fétide qui lui tenait lieu d'organisme, jusqu'au moment où ce resserrement avait lâché d'un coup et l'avait fait vomir partout en pleurant, en s'effondrant sur les passants ou sur les étalages des commerçants, ou en s'allongeant au beau milieu d'un boulevard en souhaitant la mort la plus rapide ; l'alcool faisait *puer* tous ses pores colmatés par son nihilisme mystique, rendus imperméables au plaisir et aux émois – un être frigide et aride comme jamais prêtre ne le sera ; sa négation, au lieu de tout *permettre* et notamment les voluptés, lui *interdisait* à peu près tout ; et rien ne m'avait autant fait pitié que sa pédérastie refoulée (j'ai fréquemment le sentiment d'une pédérastie refoulée chez les hétéros que je rencontre, et d'hétérosexualité refoulée chez les pédés comme S., qui se plaisait à séduire les filles et le faisait avec plus d'art que beaucoup d'hommes, mais jamais ne s'abaissait à plonger dans leurs sanguinolences utérines ; ce n'est pas par quelque militantisme bisexuel, aussi débile et affecté que le reste, mais par l'effroi que j'éprouve à voir tout un chacun s'encastrer dans une identité exclusive – je vais y revenir) : il était amoureux de son meilleur ami, un jeune en rupture de ban qu'il logeait, nourrissait, entretenait, et dont la beauté archangélique et le corps robuste ne masquaient pas longtemps le crétinisme foncier ; F. m'avait dit, à propos de son dulciné : « Regarde-le, lui c'est la vie, moi ch'uis qu'un nihiliste de merde. » Il ne manquait pas de pertinence sur son propre compte, mais le beau gosse dont il exaltait la vitalité, et en qui il devait voir un recours à son propre dessèchement, un ressourcement pour son propre corps tari et maigrelet, ce beau gosse était en fait plus nihiliste que lui, comme seule peut l'être une stupidité parfaite et sans mélange, un autisme qui ne se fatiguait pas à écouter vos paroles (on pouvait même douter de ce qu'il les *entendît* !) ou à considérer votre personne, tout en affectant une sympathie et une bonne humeur intéressées. F. ne lui avait jamais déclaré son amour, ni esquissé la moindre tentative d'approche physique ; il se contentait de lui céder son lit (lui dormait sur son modeste divan, où ses ronflements réclamaient l'invention d'un dixième degré à l'échelle de Richter), lui payait la nourriture, les transports et les entrées en boîte – enfin tout cela semblait bien révolu : F. avait semblait-il échoué à s'emparer des faveurs et de la santé de son mignon, pour s'en repaître et se refaire une vigueur, car je ne les avais plus vus ensemble depuis longtemps, et F. se voyait condamné perpétuellement à son dessèchement extrême, n'ayant plus que son ricanement nerveux pour compagnie : en effet il était frappé par un boycott général du milieu, qui le trouvait trop évidemment négateur, trop négativement négateur pour être un vrai goth, chez qui la négation devait rester sourde, larvée, inhumée de poses et d'affectations, aussi fausse, inoffensive et merdique que possible. Peut-être ai-je été dans ce livre un peu dure avec F., S., C. et les autres : ils pouvaient très bien changer avec le temps – mais rien, à part pour quelqu'un comme S., ne garantissait que ce serait pour le mieux. C'est un pouvoir néfaste de la chronique, que celui de figer tel individu dans un seul moment de sa vie, en photographie instantanée, et d'éterniser ce moment en l'imprimant à grand tirage, pour taire tout le reste concernant cette pauvre victime ; mais c'est qu'à son tour un individu, si je le décris, ne m'intéresse pas en tant que tel ; j'ai même beaucoup de mal, après l'avoir ausculté sous toutes les coutures, à croire à son existence autonome et singulière – au contraire je le diagnostique comme l'étape de tous les processus, courants, ondulations, qui traversent la société et visitent ainsi les milliards d'avortons en présence, pour les soumettre et les réduire à néant ; ce n'est donc pas le moment misérable d'un être que je fixe, mais toute une misère larvée qui ronge tous les êtres comme autant de câbles relais et circule dans les artères de toute la société ; et en jetant mon dévolu sur telle personne, je ne fais rien d'autre que mettre en lumière un courant qui le dépasse et pourtant l'articule tout entier, détermine toutes ses pensées, toutes ses paroles et tout son comportement – de même que je mettrais en lumière les filigranes d'un vélin, ou ferais courir une flammèche sous une lettre où les mots sont écrits au jus de citron, et qui ne peuvent apparaître qu'à l'épreuve de ce petit feu que j'allume ; voilà aussi pourquoi je n'utilise que les initiales des noms et prénoms, pour relativiser et même nier l'importance et la singularité de quelqu'un, et mieux montrer toutes les forces qui commandent tous les aspects de sa vie et en font un pantin flagrant. Il est indéniable que c'est également pour me préserver d'éventuelles poursuites judiciaires.

J'étais enfin arrivée au bout du tunnel; mon cerveau résonnait, je veux dire qu'un son, selon toute vraisemblance émis derrière moi, drainait vers lui ma cervelle par filaments gluants, et beaucoup de ma liqueur spinale : c'était un rire, dont je déterminai assez vite la source : F. encore et toujours, qui me poursuivait de son ricanement débile et, après m'avoir ventousé la nuque, ne voulait plus lâcher prise; je me bouchai les oreilles et le rire n'en retentit que doublement – car ma nuque avait vraiment été agrippée par sa voix puis percée et fourragée, y installant un dispositif de succion et vidant ma tête comme un poisson, déroulant vers F. toutes les riches substances de ma cervelle. Le pauvre F. devait être à une dizaine de mètres derrière moi, ricanant encore sans se douter que son rire, symptôme de ce qui le commandait et qu'il ne savait pas, s'était affranchi de lui en retour, vivant à présent d'une vie autonome, et ricochant de plus en plus fort sur ce mince filet gluant établi de lui à ma tête ouverte – et qui s'évidait ainsi sans mesure de sa matière pensante. Je décidai d'aller danser pour tenter de me distraire; ma danse était en complet décalage par rapport au rythme des musiques diffusées, le rire seul de F. imprimant par saccades les mesures de mes déhanchements – hin. Hin hin. Hin. Hinhinhin. J'étais perplexe et ne savais comment me défaire de ce rire qui s'identifiait désormais, par cordon de succion douce, aux flueurs et substances de ma tête – au système viscéral de ma pensée, comme dilacéré et répandu parmi tous pour qu'on en juge la laideur et l'inanité; je conjecturai par suite que les efforts que j'eusse dépensés pour réintégrer ma tête et mon corps de façon compacte et compartimentée eussent été vains, considéré le degré d'effritement que j'avais atteint de plein gré, et qui ne me permettrait plus, en aucune circonstance, de coïncider avec l'Irène de votre connaissance; c'était tant mieux, mais aussi ce travail de sape me rendait évidemment plus vulnérable aux entours et à leurs mouvances et remous, ou pour mieux dire beaucoup plus *offerte* aux puissances de happage et de succion dont j'étais harcelée de toutes parts, non par un acharnement décidé et orchestré par l'ambiance même, mais en conséquence du délabrement concerté de mes immunités et défenses, de mes propres cheminements toujours tendus vers la mise à bas de toutes mes protections, de tous ces pis-allers qui ne visaient qu'à perpétuer l'illusion Irène Lepic ; c'était donc *de droit* que tous ces flux magnétiques et tremblements d'effluves, ces courants d'aspiration qui hantaient l'atmosphère, venaient se servir en moi à volonté ; de m'être toute ma vie disséquée de cap en pied me mettait à la merci de toutes les palettes de sensations, des plus horribles aux plus extatiques. Mais peut-être me leurrais-je, peut-être avais-je toujours, en dépit de ma déliquescence, une manière de libre arbitre, et pouvais-je encore plus ou moins désigner dans l'ambiance les ondulations qui poursuivraient avec le plus de volupté mon entreprise d'érosion ; j'optai donc pour la solution la plus évidente et à portée : la musique, que je voyais mal, malgré la médiocrité et le caractère sinistre de celle qui était diffusée, me poncer douloureusement. Pourtant, je dois dire que j'ai longtemps souffert de l'horrible lassitude qui sanctionnait toujours l'écoute trop assidue d'un disque ; j'en étais même venue à haïr la musique pendant un temps, car il me semblait que, tant qu'on l'écoutait, elle pouvait nous procurer les plus vifs émois, mais à l'expiration de son temps elle refluait dans le vide de l'ambiance et ne laissait aux nerfs et à l'esprit qu'un imprécis vestige d'émois : et seules deux ou trois écoutes supplémentaires pouvaient les rendre pleinement, mais elles s'épuisaient au-delà. Dans un premier temps, le plaisir et l'euphorie qui accompagnent la découverte d'un bon disque – et dans un second temps l'ennui et l'éventement des émois qu'on éprouvait au début ; mais un beau jour, après quelques tâtonnements, j'élaborai une méthode qui coupait court à l'insinuation du second temps – méthode que je pus mettre parfaitement au point ce soir-là : il s'agissait de mettre en branle un processus d'*appropriation* de la musique, qui la faisait m'*incorporer*; en chantant les paroles d'une chanson, ma voix prenait fonction d'effluve relais – d'un filament plexus étiré dans l'air, donnant aux musiques le pouvoir de venir m'insuffler d'un vrombissement qui ne quittait plus mes nerfs (au lieu de se contenter, comme dans une écoute normale, d'une présence forte mais évanescente et comme semée dans l'espace) ; ainsi faisais-je rétention de la musique, et pouvais-je sur la piste de danse incarner les musiques successives, leur imprimant en retour les modulations que je voulais, contagionnant les sons des secousses de mon propre soma ; je tissais des fils de plus en plus denses entre le vivier de mon soma et les enceintes qui remplissaient de musique la boîte à goths – petites coutures pulsantes qui colonisaient l'espace et me greffaient aux rythmes et mélodies, se faisant de plus en plus nombreuses et complexes, donnant aux sons une portée décuplée dans mes nerfs et viscères, et un intarissable pouvoir de renouvellement en moi ; et en menant telle note à un degré d'intensité qu'elle-même n'était pas faite pour susciter, je sentais que je pouvais encore faire proliférer ce degré, de tous les côtés et plus en profondeur, comme un virtuose peut improviser sur son piano des prodiges d'harmonies à partir d'un seul thème connu. Enfin je cessai de danser et allai m'accouder au bar, pour draguer, comme on le dit si bien, car c'est au sens le plus fort du terme que j'allais draguer : la séduction n'étant rien qu'une manœuvre de *drague* au sens où l'on drague un canal, à travers les pollutions et jus d'égout, pour trouver quelque cadavre – le cadavre étant par excellence ce qu'on désire chez quelqu'un, son *cadavre en vie*, de même que j'avais longtemps cherché en E. sa dépouille fœtale animée, un E. qui me serait intégralement profitable, loisible, donc mort en tant que tel, en tant qu'être personnalisé et différencié de moi, mais vivant quand même en tant qu'organes pulsants et quartiers de viande palpitante dont je jouirais à loisir – des chairs encore douées de conscience mais une conscience totalement soumise à mes appétences, un esprit corvéable à merci, réglé sur la seule fréquence que je voudrais et ne fonctionnant que dans mon intérêt ; en somme un cadavre en vie, et la séduction n'est que l'épreuve de force entre deux partis dont l'un ou l'autre saura réduire l'adversaire à l'état que je viens de dire. Deux garçons étaient déjà au comptoir, chacun d'un côté d'Irène, me courtisant en position de sandwich ; je savais que je les connaissais, mais n'étais pas du tout en mesure de discerner leurs physionomies respectives aux traits vraiment trop changeants, tremblant sans cesse ainsi que des instruments de musique cherchant perpétuellement de nouvelles façons de s'accorder, mettant à chaque instant une nouvelle physionomie à l'essai ; ils me parlaient et en me parlant me fourrageaient de leurs désirs confondus, touillant leurs appétences bestiales dans ma chair à nu – mon soma frémissant à l'air libre et ouvert à toutes les sollicitations du globe ; je ne comprenais rien à ce qu'ils me disaient, leurs paroles me coulissaient dessus comme du mercure, mêlées dans un même débit indifférent, et les rares mots qui me parvenaient distinctement me restaient incompréhensibles, d'une part parce qu'exhumés de leur contexte et d'autre part parce que, dans les bouches de ces crétins laids et avinés, balourds et boutonneux, excentriques car peu sûrs d'eux, je ne pouvais rattacher ces mots à aucun sens précis : ni à un sens connu, ni à un sens que la manière dont ils eussent employé ces mots eût fait sourdre d'évidence (on sait que le langage poétique, lorsqu'il est réussi, quand bien même il rompt les acceptions usuelles de la langue, est par là même le plus intelligible qui soit ; il emplit à nouveau les mots vidés par leur usage courant, et sécrète un élément où chaque mot vient à point nommé, en fonction non de son sens commun mais de l'effet qu'il produit sur le restant de la phrase – du sens nouveau qu'il y fera affleurer) ; j'étais frappée d'aphasie en entendant mes deux dragueurs, et il m'eût fallu un bon dictionnaire pour recouvrer le sens de ce qu'ils me disaient – ils pouvaient bien dire ambiance ou délire, braquemart ou super, c'était du volapük à mon sens ; ils parlaient dans un idiome qui m'était devenu étranger, et je suis sûre que de leur demander une définition, même vague, de tel ou tel terme dont ils usaient à tout bout de champ, eût dans le meilleur des cas été sanctionné par un silence perplexe, et au pire par une réaction d'hostilité ouverte et même d'agression physique – non pas exactement à mon encontre, mais à l'encontre de mon intelligence même, et partant de l'intelligence en tant que telle, une entité abstraite parfois incarnée dans quelques monstres dont les têtes seront bientôt mises à prix et les rectums rôtis à la broche d'exception si le monde suit son cours présent. Ne pas vouloir comprendre, c'est se maintenir dans les degrés tièdes de la sensation; l'intelligence est ce qui offre aux émois l'échelle de graduation la plus étendue et extensible; en comprenant le mal dont on est atteint, on ne le guérit pas – il faudrait au contraire tout ignorer de ses rouages et replis profonds, car en le connaissant on se rend plus impuissant encore à l'affronter, tellement sa source nous dépasse, et par notre savoir se renfonce dans des béances beaucoup plus cuisantes et tortionnaires que celles du dépressif crétin; inversement, en saisissant la nature exacte de ses émois et voluptés et leurs fonctionnements, on peut raffiner ces derniers et les développer jusqu'aux régions de l'extase simple. Mes deux soupirants de l'heure m'avaient en face d'eux comme une caisse de résonance de leurs désirs primaires; je savais comment les titiller au plus vif, et à ce titre ils toléraient implicitement mon intelligence; mais si je m'étais avisée de faire résonner les gouffres de leur ineptie, voilà qui m'eût rivée au pilori sans délai – partout l'intelligence est ainsi en butte à tous les complots et à toutes les malveillances car elle peut renvoyer à chaque corps qui lui vient son image la plus juste, la plus épurée, la plus essentielle et donc vulnérable dans ce dénuement, si bien que pour filer doux et échapper aux sévices un esprit élevé doit se mettre en veilleuse dès qu'il s'expose au tout-venant, pour éviter qu'éclate par lui la vérité et qu'il se retrouve une fois de plus gibier de potence et gigot à rissoler pour toute la nation; et si je ne prétends en aucun cas être l'esprit le plus élevé qu'on puisse trouver de par la planète, je sais en revanche faire de mes quelques moyens, et notamment ma tête, le meilleur emploi – ce qui est dire que l'intelligence au sens commun n'est que le *second degré* de l'intelligence, au regard de cette intelligence suprême qui sait faire le meilleur usage de ses facultés, et les fait fructifier décisivement ; j'ai raison en affirmant qu'un casseur et un vandale sont plus intelligents, par la splendide mise en œuvre qu'ils font de leurs quelques possibilités, que le plus éminent doyen de faculté ; on peut avoir le cerveau d'un orque, cette intelligence nous fera toujours souffrir tant qu'on n'en fera pas l'usage adéquat – qu'on ne l'engagera pas dans l'aventure la plus riche et la plus profitable *personnellement*. Il y a, dans la plupart des bêtises qu'on peut rencontrer autour de soi, une effroyable concertation ; la bêtise est chez la plupart des gens un *parti pris* très grave et très conscient – un refus délibéré et affiché de l'intelligence, du langage trop développé, une torsion des traits labiaux face au savoir et à la pensée active ; l'intelligent, qui souvent ne demande qu'à s'amuser et à jouir, mais intelligemment, est ressenti de ce fait comme le rabat-joie néfaste, l'empêcheur de vivoter en rond ; tous ont peur de se risquer dans l'aventure de l'intelligence, on l'appréhende de loin et comme une substance délétère, source d'ennui et peut-être de dangers mortels – et c'est pourquoi je gardais le silence, à deux ou trois soupirs langoureux près, devant l'inanité de mes deux soupirants ; je voulais m'en servir, en disposer pour mon bon plaisir puis m'en séparer – le plaisir de les rabaisser à leur juste évier pouvait attendre. Ils tournoyaient centripètes autour de l'Irène, et ce tournoiement maladroit eut le don d'interrompre l'entreprise d'imprégnation qu'ils avaient amorcée sur moi ; il me fallait prendre les devants, franchir le stade de la drague, de l'auscultation en limon d'organes fondants, et les conduire là où je voulais. Quelques mots suffirent pour qu'ils acceptent de m'accompagner aux toilettes, et après une interminable attente dans la file des goths, chacun devant accomplir son vomissement d'usage, nous accédâmes enfin à l'un des lieux d'aisance ; quelques papouilles et gâteries préliminaires et ils furent déjà bien excités, malgré leur fort taux d'alcoolémie ; sans trop tarder leurs membres jaillirent du néant, douilles qui restaient tout de même les plus simples moyens par quoi ils pouvaient me raccorder du dedans – pas seulement génitalement, mais les sexes restaient, avec peut-être les langues, les seuls instruments qui me permissent de soutirer aux deux mâles ce que je voulais – mais on va voir ce que je veux dire. Deux mâles draguant les eaux d'Irène, touillant son épaisse parfonte pour en faire remonter le cadavre en vie, le mort-vivant d'onanisme intégral, et je sentais bien chaque fois qu'ils m'embrassaient ou me pénétraient par diverses voies, leurs charpies de viande et d'organes s'immiscer en moi par longues distensions de vers à cadavre, ou de diarrhées sanglantes circulant dans l'Irène comme dans un boyau ou une housse serrée, toujours avivée de plaisir effarant; qu'on songe aussi au coït des tortues, où le mâle pour pénétrer la femelle bande d'une petite queue bien solide et, une fois introduit, laisse son dard se distendre et traverser sa partenaire de part en part; ils enrichissaient de nouvelles viscères mes viscères, mes veines de nouveaux circuits, et mon plexus de nerfs aux inouïs vibrements – une jouissance dont j'ignorais si elle était partagée, je veux dire au même degré, saccadant et exsudant dans des milliers d'entrelacs poisseux et d'intrications, me canonnant le corps par convulsions et cloques éclatées de pus brûlant, tâtonnant la syncope à tout instant sans y basculer jamais. La musique inepte qui se répandait dans les caves et qui me parvenait clairement répondait parfaitement à tous mes états : « This Corrosion », sorte de gospel blanc interminable et pompier, triste et hilarant, où sur un rythme de disco antique et sous une déferlante de chœurs inestimables, le chanteur éborgné Andrew Eldricht haranguait la population mondiale et lui demandait d'entonner sa corrosion, avec une insistance de névrose, entrelardant son exhortation centrale (« Hey now, hey now now, sing this corrosion to me », répété au moins trois cents fois) de quelques phrases toutes plus creuses les unes que les autres, de mots exsangues et insensés mais qui prenaient soudain sens grâce à moi : allez, tous ensemble, chantons la joyeuse corrosion d'Irène Lepic, fêtons cette tambouille confuse où rien de solide n'est encore décelable mais pyorrhées, décharges, hémorragies, crépitements, « I bled all I can I won't bleed no more » – mais moi qui ai saigné tout mon soûl je réclame de saigner encore ; les dards ponctionnés de mes deux cavaliers se retirèrent de moi, mais laissaient toute la configuration nerveuse, viscérale, sanguine qu'ils m'avaient apportée ou plutôt encore une suggestion d'organisme, un brouillon de nouvelles fonctions qui tremblait de toutes ses extensions et entrecroisait les milliers d'autres lignes qui pouvaient à tout moment faire naître un état neuf ; nous quittâmes les lieux d'aisance, l'univers ne se lassant pas de célébrer ma corrosion à tue-tête ; j'allai au vestiaire où je récupérai ma veste et me propulsai dehors où l'ambiance n'en finissait pas d'orchestrer son tohu-bohu à rendre sourd, ma corrosion, ma corrosion, ma corrosion, toujours sur le même ton d'apocalypse, ma vie en dépendait semblait-il – à savoir n'importe quelle vie mais pas celle d'Irène Lepic, à qui je n'aurais plus jamais recours, corrodée de fond en comble pour que de son état il ne reste que le remue-ménage fiévreux de myriades d'états ; je fonçais vitesse grand V à travers le dix-huitième arrondissement pour rejoindre le quartier de Montmartre, et le parvis de l'église du Sacré-Cœur, où l'on peut jouir de la vue la plus plongeante sur Paris, les spasmes me dévalaient à toute vibure et de la panse au crâne comme je montais les marches de l'escalier quatre à quatre ; je songeais au fait que si j'avais longtemps eu l'envie sincère de dynamiter le monde, je n'en avais en l'occurence que plus envie car de tout faire sauter eût mis la réalité au pas de ma corrosion, l'univers à feu et à sang sous mes influx et déjà je corrodais l'univers pied à pied, je corrodais chaque détail qui se présentait à moi et cette corrosion n'avait rien d'illusoire, j'empestais chaque corps qui venait à ma rencontre, chaque être victime de mon épidémie pour que tout ne ressorte plus que de ce geyser, de ce processus où je m'étais si lucidement engagée, je ne pouvais plus m'arrêter de voltiger en tous sens comme une sorcière nue à califourchon sur son balai, tout contaminer de ce feu d'artifice, et enfin je hurlai et hurlai encore avant de m'affaisser dans l'herbe, la bouche ouverte aux mouches, et je jetai sur Paris un regard d'hécatombe.

J'étais finalement allongée dans mon lit, à l'aube, et consciente du fait qu'une manière de miracle venait d'advenir : tant il est vrai que c'est ce qu'on désire le plus qui semble du coup le plus inaccessible et hors de portée ; c'est lorsqu'on commence à s'attacher à quelque chose et à en avoir besoin qu'elle s'éloigne de soi, repoussée par un caillement de l'atmosphère en mur de fumée caustique, provoqué par notre intérêt et notre ardeur à désirer ; les êtres aimés sont toujours rebutés par notre amour – congelés, pétrifiés par cela même qu'ils font vibrer en nous ; les objets sont hermétiques à proportion de l'attention qu'on s'échine à leur porter ; une lecture passionnée et approfondie épaissira le mystère de notre fascination – on s'explique de moins en moins cette ardeur à mesure de notre lecture scrutatrice, de même qu'on est de moins en moins capable de dire en quoi réside l'intérêt du texte qui nous a passionnés. Il me faudra donc, en quelques mots, retracer le cours du processus terminal qui m'aura menée à l'avènement de ce que j'attendais : mon soma épuré jusqu'à sa nervure, dans son alizé d'émoi fuyant. La difficulté réside en ce que je ne pourrai plus, pour l'expliquer, faire état d'un enchaînement de causes et d'effets qui m'aura menée là ; il n'y eut plus à proprement parler d'évolution, du moins pas dans le sens d'une gradation qui m'aurait conduite à un but mûrement recherché – pas de saisie temporelle d'un fait qui aura pourtant macéré dans le temps que vous connaissez, mais dont le point d'émergence se trouve dans un tout autre temps et un élément tout différent : je m'étais donc allongée sur mon matelas, et ce fluide nerval qui m'avait si longtemps compressée et corrodée ne manqua de renforcer encore sa pression à la faveur de mon allongement, inoculant mes nerfs avec une intensité et un bouillonnement encore accrus, et dans mes nerfs crispés en lianes d'éclampsie m'étreignant toute jusqu'à un serrement de nœud coulant – puis une série de saccades liquides me dévora de cap en pied ; c'était un supplice mais en même temps libérateur, comme un orgasme à l'acide nitrique : je me contorsionnais en tous sens et plus je voulais trouver une position pour adoucir mon calvaire, plus mes chairs, nerfs, viscères se trayaient vers les points les plus douloureux, s'ébrouaient le plus atrocement. Enfin je sentis un relâchement, qui ne me surprit pas, gagner toutes mes fibres et me purger de tout le mauvais fluide et des crispations qui s'ensuivaient – une détente de l'étreinte d'abord, le ralentissement de son écoulement spasmogène, et d'un coup un éventement déflagré, délestant mon corps par nuées, sans vraiment déserter mes muscles et mes nerfs, mais s'en allant former à mon entour une sorte d'orbe corporel, et où étaient imprimés, mais imprimés à l'état le plus vivant et frémissant, tous les émois de ma vie – je pouvais aussi bien les revivre et les ressentir dans leur première intensité, que les laisser en plan et les éloigner ; je faisais aisément le tri entre la masse cauchemardesque de douleurs et tortures, et les rares moments de volupté que recelait cet orbe, à savoir ma vie ; tous les plaisirs, mais aussi toute la part de plaisirs qui s'étaient mêlés à mes supplices tout au long de mon existence, revenaient à la vie palpitante, puisables à volonté – toute une palette de sensations normalement confisquées par le passé, et à nouveau disponibles au plexus et aux papilles de tous sens, perdus dans une sorte de loterie permanente, de redistribution sensorielle toujours recommencée et qui me donnait accès à de nouveaux sens immédiatement remplacés par un nouveau tourbillon qui tirait au sort, non seulement de nouvelles sensations, mais aussi les sens insoupçonnés qui pouvaient faire ressentir pleinement ces sensations ; non seulement ce débit incessant pouvait résonner comme nouveau-né dans ma chair, à mesure que je pompais l'orbe selon ma volonté, mais celui-ci jouait en retour un rôle de réverbération repoussant l'étendue de mes émois : là où il aurait dû n'y avoir qu'un frisson, limité par la chair de poule, ce frisson s'étendait dans l'orbe et grâce à lui élargissait le giron de mes émois, comme tractionnés en avant par un long trémolo de mandoline, boursouflant doucement mais jusqu'à l'extase chaque vibrement qui se déclarait. Je m'aperçus que je me masturbais ; non pas intellectuellement comme d'aucuns pourraient persifler, mais doigt sur le bouton rosé – ou ailleurs aussi bien : le nœud émetteur de mes orgasmes avait volé en éclats, éparpillé dans tout mon corps puis au-delà, en rets de nerfs clitoridiens inlassablement constellés en nouveaux nerfs, chaque point tissant sous lui toute une toile de nouvelles poches à vibrements. En dernière analyse on peut dire que l'activité sexuelle ne sert jamais qu'à une chose : démultiplier les centres émetteurs du plaisir, qui pourtant restent dans vos corps, et surtout dans les corps mâles à ce qu'il paraît, toujours centralisés : pourquoi est-ce qu'on lèche les lobes et les nuques, mord les tétons, branle les anus, malaxe les parties rondes, griffe les culs, tend les jambes verticalement, lape les nombrils et aussi les oreilles jusqu'aux tympans ? C'est dans l'espoir d'éveiller plus loin, hors du clitoris, des couilles ou de la paroi supérieure du vagin, de nouveaux points d'émergence au plaisir ; que les ressacs orgastiques s'élancent de cent endroits à la fois plutôt que d'un, et que les corps, plutôt que de se limiter à des allers et retours d'ondes relayées dans les diverses parties du corps pour inéluctablement échouer en une zone centrale très réduite, deviennent ces magmas de décharges confuses, où aucune zone ne présiderait aux réactions des autres, où les spasmes de volupté s'entrechoqueraient de toutes parts sans se concentrer et s'atrophier en un point précis ; et de fait je sentais l'éviction de ce centre génital tyrannisant l'orgasme, supplanté par une éruption de nerfs diffractés dans le corps, giclant leurs flammèches d'aise jusqu'à déborder et envahir des aires inaccessibles au corps usuel.

La volupté est comme l'acmé du temps ; et le temps fonctionne en dernière instance comme le développement jamais relâché d'eaux courantes, au nombre infini, qui suivent leurs voies éparpillées et s'entrecroisent à intervalles réguliers, lors des moments intenses de la vie ; exceptionnellement, lors des moments de pure volupté, elles confluent toutes dans un seul creuset, pour dans les secondes suivantes reprendre leurs cours normaux et dispersés en mille directions, poursuivant, séparément et à toute vibure, leur développement coutumier ; le point de confluence, où la volupté s'aiguise et creuse le temps à l'extrême mais ne s'étend pas, est donc d'une nature purement intensive, étrangère à celle, purement extensive, des courants qui l'ont pourtant suscitée par leur rare coïncidence, et qui ne savent par ailleurs que s'étendre et poursuivre leurs cours plus ou moins divergents à l'infini; on peut donc dire que ce point orgastique, d'une nature si étrangère à cette géologie temporelle toujours dynamique et ramifiée, en est pourtant pleinement dépendant. Je voudrais trouver (et je vois bien que je suis en train d'y arriver) un point de convergence temporelle qui, là même où il se produirait, cracherait une toile mouvante qui serait tout entière d'une texture aussi intense et intensive que la sienne – un réseau dont les développements superficiels recouperaient des creusets dont la profondeur ferait, partout dans mes chairs, résonner les émois aussi fortement que lors de ces rares points de ralliement qui m'ont dans ma vie menée au bout de l'extase, pour aussitôt m'en déconner; chaque émoi trouverait, dans ce réseau extensif systématiquement ravivé, dans cette masse ronceuse d'émois passés et à venir, une aire d'amplification qui la ferait vibrer aussi intensément et aussi loin que possible – durée dont les moments, toujours relayés et toujours reliés entre eux, résonneraient autant que mes nerfs saturés de masturbation, excisés par cet orbe ondulatoire pour y nager à loisir et trembler beaucoup plus loin que leurs limites assignées – comme si le temps trouvait dans le plaisir sa véritable dimension, et se l'appropriait pour l'irriguer de toutes parts dans chaque corps vivant, ou au moins le mien; un temps qui serait le terrain extensif où chaque plaisir pourrait faire son lit avec la profondeur de mes orgasmes présents, perpétué avec la patiente cohérence d'un tricot sans fin, imprégnant chaque seconde à venir et l'appariant à toute la gamme d'instants futurs ou passés (quand l'espoir ou la nostalgie ne furent jamais que des abstractions, tirant leur force mélancolique de leur nature contraire au fonctionnement de notre temps organique, ce temps réel lierait partie avec chaque fibrille du soma, et lui deviendrait indissociable – plutôt que ce temps d'horloge dont tel infime élément exclut tous les autres, où aucun instant ne peut se vivre en plein et n'a guère qu'une vocation de carotte à mulet) ; un nerf correspondrait à un émoi, qui en vibrant imprégnerait par libation toute ma tessiture somatique. Je pourrais citer maintes occurences où ce point a commencé à surgir, et ce livre aura de fait servi à retracer une courte période de ma vie où il s'est manifesté avec beaucoup plus d'insistance qu'ailleurs – où je l'ai senti se démener dans l'entrelacs des nerfs, qui le temps de ces soubresauts auront été ma torture, pour les faire craquer et envahir toute leur masse liquéfiée. Quand au sortir d'une boîte de nuit dont je ne me souviens plus du nom j'embrassai N., nous exhalions tous deux le vomi alcoolisé, et jamais baiser ne fut plus pur que le nôtre ; pas de jouissance dans le dégoût, pas de plaisir dans la répulsion transgressée ; une volupté sans mélange, sans cette conscience descellée qui nous rend si souvent étrangers à nos ébats ou baisers, et ce baiser restera le plus beau de ma vie, car le plus *vivant* : nos bouches comme ensanglantées, ou plutôt évidées de leurs nerfs gluants, une ébullition de radicelles veineuses dont la pulsation de fond, une fréquence à retourner la nife, rameuta en elle les plus infimes vibrements d'entour – jouissance de spasme bu, de pets suiffeux et de petits granules qui tournaient et se retournaient dans ma chair avant de se fondre en convulsions sous ma peau presque éventée ; j'en ai encore le goût dans la bouche et si, partant de mes orteils je remonte à la bouche et me lape le palais, de nouvelles saccades de volupté viennent m'envahir et m'affoler. Me masturber maintenant, c'est touiller en mon for des milliers de remous comparables, nodules d'à-coups paniqués dans un corps de moins en moins métabolique et définissable. Nous rentrâmes chez N. ce soir-là, et la suite prouva que ce que j'avais ressenti n'était que le prélude d'un plaisir défiant toute volonté d'évaluation ; N. n'était ni un bon ni un mauvais amant : mes voluptés ne dépendaient plus de la singularité d'un homme, de l'étrangeté d'un phantasme, ni de la spécificité d'une atmosphère ; quand il me lécha, la peau utérine grésilla sous ses coups de langue ; celle-ci faisait ainsi crépiter toute une nouvelle couche de peau qui se superposait à la peau usuelle – une strate de radiations inflammables servant encore d'extension au brasier cellulaire de mon con tout résineux, et qui, au moindre souffle, se convulsait d'étincelles et imprimait à tous les muscles de très secs à-coups, y transplantant une jouissance également répartie dans tout mon soma, puis trouvant dans la gangue de gaz brûlant diffusée par mes spasmes une sorte de réseau transitif vers un autre soma – qui n'était pas celui de mon amant ; il me fourra son doigt dans l'anus qui grésilla à l'unisson, sa phalange raclant par mon trou les milliers de points enclenchés, crépités, de mon corps aux retranchements toujours changeants. L'orgasme ainsi porté à son degré de perfection participe d'une nature autre que l'orgasme : celle de la mue, ou plutôt d'une transmutation régénérée à chaque instant et bourdonnée vers d'autres étagements de cellules grouillantes ; un à un, les filaments d'une matière irréductible à la moindre formule définitive se décollaient de ma peau, ainsi que des poils arrachés par une décharge trop vive d'électricité, activant un système de jouissance perpétuelle et l'étirant vers les régions les plus reculées. Allongée dans ma chambre, ce souvenir de mes ébats n'était plus éloigné par le souvenir, mais perfusé dans mes nerfs en éruption, en prise avec le temps organique même que je ne finirai jamais de détailler, aussi longtemps que je pourrai écrire ; la mémoire ne jouait plus aucun rôle et avait abdiqué ses fonctions archaïques, au profit de ce système nerveux plus liquide que solide, m'innervant de plaisir sans mesure – de ramures toujours plus extensives, et pullulées d'aise incroyable : chaque plaisir à venir serait une sorte d'alinéa de cette cartographie de filins et ondes entortillés, infiniment mouvants, infiniment orgastiques ; quand on apprend à consigner ainsi ses émois dans sa chair (mais les consigner veut dire les maintenir à flot bouillant pour tout le restant de sa vie), et qu'on crée aussi le langage qui y donne accès, on se sent envahi d'une certaine angoisse ; on va jusqu'au bout de sa sensation, on l'épuise et il ne reste plus rien qu'un plaisir de répétition comme les autres ; mais plutôt que de chercher à tâtons de nouveaux émois à explorer, je pris vite conscience du fait que je pouvais franchir le stade de la recherche laborieuse, c'est-à-dire qu'à compter de cet avènement, dès que je parviens à vivre et à comprendre telle sensation exhaustivement, de nouveaux émois se profilent, suggérés par ce que cette seule expérience révèle, et qui est la fuite de cette expérience hors du nerf ou du verbe où je l'ai capturée ; ces petits embryons d'émois se détachent et se mettent à vivre plus vite qu'à leur tour, à résonner plus largement que leurs devanciers, demandant eux aussi à être explorés, menés à maturité – et je m'y lançai sans hésiter, dans la certitude qu'aller jusqu'au bout d'une sensation spéciale ne l'épuisera pas pour autant, et que mon extrémisme intime, ma pulsion de dévastation jusqu'au-boutiste, ne me mènera pas à l'anéantissement mais à toujours plus de résurrection ; dès que je choisis un émoi à visiter, je sais que plusieurs gestations d'émois m'attendent au bout, palpitant dans le plasma temps que j'aurai su leur ménager.

Qui suis-je ? Une coquille bulleuse ne renfermant qu'une masse désordonnée de nébules et courants, tout couleurs et mélodies et alizés de parfums. Il n'y a en moi rien de solide, aucune épine dorsale ni vertèbre à quoi ma chair pourrait encore s'appuyer ; et si ma peau était transparente, je ressemblerais à une boule de cristal poreux donnant sur la nife, ses laves, et toutes les gammes de couleurs fumigènes.

Transcodé
et achevé d'imprimer
par la Société Nouvelle Firmin-Didot
à Mesnil-sur-l'Estrée
en janvier 1996
pour le compte
des Éditions Tristram
Larroque/Castin
32810 Auch

Imprimé en France
Dépôt légal : janvier 1996
Numéro d'impression : 32925
ISBN 2-907681-09-5